苏缨古典集

纳兰词全译

清初第一词的最完整译注

(清)纳兰性德 著

苏缨 毛晓雯 注译

CNS 湖南文艺出版社 HUNAN LITERATURE AND ART PUBLISHING HOUSE 博集天卷 CS-BOOKY

图书在版编目（CIP）数据

纳兰词全译 /（清）纳兰性德著；苏缨，毛晓雯注译.
—长沙：湖南文艺出版社，2014.10
ISBN 978-7-5404-6885-9

Ⅰ.①纳… Ⅱ.①纳… ②苏… ③毛… Ⅲ.①词（文学）—
作品集—中国—清代 Ⅳ.①I222.849
中国版本图书馆CIP数据核字（2014）第211797号

上架建议：文学经典 · 诗词鉴赏

纳兰词全译

作　　者：（清）纳兰性德
注 译 者：苏　缨　毛晓雯
出 版 人：刘清华
责任编辑：薛　健　刘诗哲
监　　制：陈　江　毛闽峰
策划编辑：陈春红
营销编辑：张　璐
封面设计：熊琼工作室
版式设计：姜利锐
出版发行：湖南文艺出版社
（长沙市雨花区东二环一段508号　邮编：410014）
网　　址：www.hnwy.net
印　　刷：北京鹏润伟业印刷有限公司
经　　销：新华书店
开　　本：787mm × 1092mm 1/16
字　　数：200千字
印　　张：20.5
版　　次：2014年10月第1版
印　　次：2014年10月第1次印刷
书　　号：ISBN 978-7-5404-6885-9
定　　价：38.00 元
（若有质量问题，请致电质量监督电话：010-84409925）

· 序

纳兰词名世逾三百年矣，犹弦歌如缕，剞劂常新。推其家家争唱之权舆，殆微斯人则断无斯恨，因其文而得行其远也。故纵有杜郎俊赏，熟读之亦每如初见；若与重光一晤，心会之定细认前身。诚知观堂不谬，顾曲何妨千载一人；叹息朱王非匹，题名但落长卿二字。莫伤早逝，雏凤即推只手；何须画壁，旗亭唯诩双鬟。唱和浙西阳羡，广囤博见之粮；心期林下闺房，本具贯一之药。造语工乎，却得擿玉毁珠之妙，照烛赤子之心；绝尘夐矣，尚有攀龙托凤之徒，自致属车之盛。

待红楼灯灺，可辨暗香如昨；庾岭梅开，转忆罗浮旧梦。不恋人间富贵，却道冷处偏佳；轻掷续断鸾胶，一任青衫湿遍。欲挽罗衣，难结连理；空言解佩，何处闻琴。过蓝桥而浆非易乞，寄红笺而约总难凭。慈云高处，谩道有情皆满愿；重九来时，已无红豆慰相思。才读得青陵台上，腐衣顿作蛱蝶；却只见双林寺里，名花瘗于冷雨。神女无恙否，谁唤玉燕钗飞空；断带依然也，谁持博山香相待。

奈何。守考父兹恭之义，怀素履幽人之想。性恒真素，职非伐辐。京华坻塄，难为凭虚公子；梭龙衰草，不属安处先生。屈云岫偃仰之心，忍缴道磬折之冗。效秦成许少之劳，毕期门佽飞之事。然斗筲之役，未足羁縻丈夫；春容大雅，岂可牢笼词客。入金马如空门，访飞琼于瑶台；撰回文于乌丝，采石榴而谁贻。想侧帽来时，兰成憔悴；玉箫去后，奉倩神伤。但赢得梁溪高士，弹指相知；楝亭旧友，登高为赋。饮水词工，心期独得于言外；草堂梦杳，分携岂不在料中。

终向泥犁去也，共秦七黄九而三；亦与玉楼事焉，及杜二苏大为伍。谓诗言志也，不为词之本；词言情也，不为诗之余。故黄泉碧落，两无碍也。成君容若以自伤情多故极于词，极于词故妨于命。是则温韦之后，纵无匹也；归全之道，终有憾焉。其绍述花间，方驾屈宋，恣八叉之才，迈三变之妙，而块垒未便尽销，致情深不寿也。我辈之幸，诚成君之不幸也。

予素慕渌水亭之雅集，爱夜合花之销忿，畏通志堂之大观，悼皂荚屯之清寂。虽率土之滨，皆歌饮水；挈缾之知，敢作郑笺。但竭鄙诚，周旋前贤之间耳。当今世而守古道，常怀弗克负荷之忧；绝子孔而斥良止，宁去不媚不信之诫。虽非哿矣能言，但求信而有徵。役病不敢请藩，循本无非穮蓘。俾略广爨桐之音，小传柯亭之响云尔。唯恐心怀裁玉之志而手无昆刀之锐，殆大方之家摩厉以须，以俟予之出焉。予必降服以谢，中心惙惙焉。

庚寅中秋月，平江后学苏缨拜撰。

·目录

卷一

卷二

卷三

卷四

卷五

卷一

［梦江南］

江南好，建业旧长安。紫盖忽临双鹊渡，翠华争拥六龙看。雄丽却高寒。

【说明】

《梦江南》这首词及以下共十首是一组联章组词，写于康熙二十三年（1684年）秋，其时性德以侍卫的身份扈从康熙帝第一次巡幸江南。

【译文】

江南好，江宁（南京）这座古都，忽然有帝王的船队驾临，人们狂热地争相瞻仰这盛大的仪仗，扫空了秋天的寒意。

［又］

江南好，城阙尚嵯峨。故物陵前惟石马[1]，遗踪陌上有铜驼[2]。玉树夜深歌。

【译文】

江南好，江宁（南京）古城的城阙仍是旧模样，峻拔耸立。而埋葬明太祖的孝陵前却已荒芜，故物尽遭毁弃，只剩下孤独的石马，在孤独中守陵。不知名的小巷里还残存一点前明的遗迹，这些遗迹承载着前朝的繁华风流，亦昭示着前朝的荒淫堕落。

【笺注】

①故物陵前惟石马：陵，即南京孝陵，明太祖朱元璋的陵墓。孝陵原本规模极大，陵丘上曾有梅花鹿群放养，多时达数千头，每头鹿的脖颈上都挂有银牌以示标记，凡捕杀者以死罪论处。至明清易代之际，建筑被损毁殆尽，苑内鹿群亦已无人看管，遭到当地人的随意捕杀，鹿颈银牌也失去了原先的权威，散落在捕杀者的手中。顺治十年（1653年），诗人吴伟业（梅村）来到南京拜谒两江总督马国柱，见到孝陵景象，作诗谓“无端射取原头鹿，收得长生苑内牌”。到性德来时，已仅存石人石马。

②遗踪陌上有铜驼：晋代文学家陆机在《洛阳记》里记述洛阳有一条铜驼街，宫门以西的地方有汉代铸造的两座铜驼。当时有俗语说“金马门外集众贤，铜驼陌上集少年”，可见这里是一处繁华热闹的所在。又，《晋书·索靖传》记载，索靖预见到天下将乱，指着洛阳宫门口的铜驼叹息说：“将来要在荆棘丛中见到你了。”

故物二句，是说前明遗迹依稀尚在，让人由此想见当日的繁华风流。

［又］

江南好，怀古意谁传。燕子矶头红蓼月[①]，乌衣巷口绿杨烟[②]。风景忆当年。

【译文】

江南好，在这里油然生出怀古的意绪。城外燕子矶头，月色浩荡，满岸红蓼，仿佛万古皆如此；城内乌衣巷口，绿杨烟轻，却早已寻不见晋宋年间鼎盛的气象了。

【笺注】

①燕子矶头红蓼月：燕子矶，南京城外的一处名胜，状如飞燕，俯临长江。

②乌衣巷口绿杨烟：乌衣巷，南京城内秦淮河畔的一条巷子，是晋宋时代王、谢两家名门的聚居之地。最使乌衣巷著名的是刘禹锡的诗："朱雀桥边野草花，乌衣巷口夕阳斜。旧时王谢堂前燕，飞入寻常百姓家。"

"燕子矶头红蓼月，乌衣巷口绿杨烟"，这两句构成一组绝佳的对仗：上联是城外的风景，下联是城里的风景；上联是自然的风景，下联是人世的风景；上联是永恒的风景，下联是短暂的风景。

［又］

江南好，虎阜[①]晚秋天。山水总归诗格秀，笙箫恰称语音圆[②]。谁在木兰船[③]。

【译文】

江南好，晚秋时节的虎丘最是宜人。山水明秀如诗，笙箫悠扬清越，恰与当地的吴侬软语配得刚好。是谁，在木兰舟中守候这风景与歌？

【笺注】

①虎阜：即虎丘，苏州名胜。性德《渌水亭杂识》卷一对虎丘的文物历史有详细的记述与考据。

②笙箫恰称语音圆：语音圆，苏州方言素有吴侬软语之称，圆润柔美。

③木兰船：南朝梁人任昉《述异记》载，浔阳江中有一座木兰洲，洲中多生木兰树，这里的木兰树原本是吴王阖闾为了修建宫殿而栽种的。鲁班曾以木兰树做舟，这只木兰舟至今仍在木兰洲中。木兰船或木兰舟是诗歌习语，在唐代以后常常成为诗人笔下舟船的代称，泛指而已，所以纳兰词的各家注本在此常常不加注释，殊不知性德这句“谁在木兰船”却写得更有深意，当真用上了《述异记》里的典故，妥帖地切合了全词所写的苏州一地，让读者多了几分抚今追昔的感慨。

［又］

江南好，真个到梁溪[①]。一幅云林高士画[②]，数行泉石故人题[③]。还似梦游非。

【译文】

江南好，这次我真的到了好友的故乡梁溪（无锡）。此处的泉石风景，自成一幅高士的山水画作。而当行经某些小风景，总能发现至交故友的题写，这感觉如同做梦一般。

【笺注】

①真个到梁溪：梁溪是无锡以西的一道河水，而无锡正是容若的至交好友顾贞观的家乡。

②一幅云林高士画：云林，双关语，既指梁溪云林仿佛出自高手的画笔，又指元末画家倪瓒。倪瓒号云林居士，擅绘山水，人有超然出世之态，世称高士，本句赞美无锡风景有如倪瓒画境。因为“云林”双关，本句在语义上便有两种断句方式，一是“一幅／云林高士画”，二是“一幅云林／高士画”。

③数行泉石故人题：性德的好友多是江浙一带的汉人名士，本句是说旅途所见的无锡风景多有故人的题咏。

［又］

江南好，水是二泉[①]清。味永出山那得浊，名高有锡[②]更谁争。何必让中泠。

【译文】

江南好，无锡惠山泉无愧于“天下第二泉”的称号。泉水清澈隽永，就算流出山外也不会浑浊，还有哪里的泉水可以与之相比呢，为何平白让镇江金山的中泠泉占了“天下第一泉”的名头？

【笺注】

①二泉：即无锡惠山泉，茶圣陆羽评之为“天下第二泉”，故此也称“二泉”，二胡名曲《二泉映月》说的就是这个地方。

②有锡：即无锡的旧称。

［又］

江南好，佳丽数维扬。自是琼花[①]偏得月，那应金粉不兼香[②]。谁与话清凉。

【译文】

江南好，繁花之美最属扬州：琼花占尽扬州那天下第一的月色，且香气远胜别种花卉。这馥郁的清凉，谁来与我一同分享？

【笺注】

①琼花：扬州名花。宋人周密《齐东野语》载，扬州后土祠琼花，天下只此一株，样子很像一种叫作聚八仙的花，颜色微黄，后来被宦者陈源命园丁嫁接在聚八仙的根上，虽然活了下来，但色彩与香气都减弱了不少。后土祠的琼花已经死掉了，人间存留的只有当时聚八仙的嫁接品种而已。

宋人韩琦《后土祠琼花》称“维扬一枝花，四海无同类”。《洪武郡志》载，至元十三年（1276年）花朽，道士金丙瑞以聚八仙在原地补植，琼花自此绝种。

②兼香：香气之馥郁倍于群芳。兼，这里是“倍”的意思。

［又］

江南好，铁瓮古南徐[①]。立马江山千里目，射蛟风雨百灵趋[②]。北顾更踌躇[③]。

【说明】

康熙帝南巡，乘船往镇江金山寺，途中遇风。性德有《金山赋》记载此行，将自己比拟司马相如和扬雄扈从帝王于上林、甘泉，“因逡巡匍匐于帐殿之下，谨再拜手稽首而献颂”。全词从“铁瓮古南徐”开始，孙权建城、汉武帝射蛟、圣天子百灵相佑、梁武帝登山北顾，无一不切合帝王身份，很见作者的用心。

【译文】

江南好，南徐（镇江）北固山前的铁瓮城巍峨耸峙。如今帝王登临于金山顶上，立马眺望江山千里，想起方才扬帆长江，在一切神灵的庇护下射杀蛟龙的壮举，怎能不踌躇满志呢？！

【笺注】

①铁瓮古南徐：铁瓮，即铁瓮城，是镇江北固山（又名北顾山）前的一座古城，三国时孙权所建。南徐，镇江旧称。

②“立马”二句：康熙帝其时泛舟长江，登临镇江金山。射蛟，《汉书·武帝纪》载，汉武帝于元封五年（公元前106年）冬天南巡，在长江中射蛟，性德以此典比喻康熙帝的武威。百灵：诸方神灵。这两句既是用典，又是写实，《康熙起居注》四十五年（1706年）十月初六载，康熙帝其时回忆这次南巡，说自己在江宁上船前往镇江金山寺，途经黄天荡的时候狂风大作，众人急忙降下船帆，只有自己悠然无畏，下令满帆前进，还站在船头射杀江豚。

③北顾更踌躇：“北顾”，北顾山，一名北固山，在今江苏镇江市北。梁武帝曾经登临此山，谓为京口壮观，所以改名“北顾”。句中“北顾”一语双关，既指北顾山，又指向北眺望。

[又]

江南好，一片妙高云。砚北峰峦米外史①，屏间楼阁李将军②。金碧矗斜曛。

【译文】

江南好，金山极顶的妙高峰上，佛寺慈云缭绕。面朝绵延的峰峦，想起宋代书画名家米芾在这里生活时，就曾以这里的风景为原型，创作了名噪天下的水墨山水。而此刻，佛寺画屏上的山水画与画屏掩映的真实山水交叠在一起，仿佛唐代绘画名家李思训笔下的金碧山水真实地矗立在夕阳的余晖里。

【笺注】

①砚北峰峦米外史：砚北峰峦，《悦生随钞》及《明一统志》载，南唐后主李煜有一方砚台，其大逾尺，四周雕刻有三十六座山峰，故称砚山。入宋之后，这方砚台落到了书画名家米芾之手，米芾用它在镇江换了一片宅地，地在镇江甘露寺下临江之处。到了南宋，这座宅子归了岳飞的孙子岳珂，岳珂在此修建园林，因为这段渊源而名之为砚山园。砚北，即砚山园之北。米外史，即米芾，别号海岳外史。

②屏间楼阁李将军：屏间楼阁，透过屏风所见的金山佛寺建筑。《饮水词笺校》认为“屏间楼阁”可有两种解释，一种如上，一种是指屏间所绘的楼阁，但从修辞手法上看，这两句词都应当是以画境比喻实景，若是后一种解释成立，便是以画境比喻画境了，略嫌不妥。李将军，唐代宗室画家有两位李将军，一是李思训，曾官右武卫大将军，称大李将军，绘画擅用青绿金碧重色，气象富丽，世称金碧山水；一是其子李昭道，称小李将军，也擅绘青绿山水。砚北二句是以米芾与二李的绘画比喻金山的自然山水与佛寺建筑。

［又］

江南好，何处异京华。香散翠帘多在水[①]，绿残红叶胜于花。无事避风沙。

【译文】

江南好，风华丝毫不亚于京城。花香时时沁透水边人家的帘栊，即便过了花季，绿叶凋残，却又迎来红叶璀璨，比花开时节更为绚烂。若说这里有什么与京城不同，那便是风清气润，无一点风沙扰人。

【笺注】

①香散翠帘多在水：语出白居易《阶下莲》“花开香散入帘风”。

［又］

昏鸦尽，小立恨因谁。急雪乍翻香阁絮[①]，轻风吹到胆瓶[②]梅。心字已成灰。

【译文】

黄昏暮沉沉，乌鸦尽数归林，而女子仍失神地站在窗边，无人知道她的思念与恼恨系于谁。天空突然降雪，雪花随风飘飞，放肆入侵她的闺阁。花瓶里那枝暗香浮动的梅，也在风的寒意中瑟缩。熏香在不知不觉中焚尽，灰烬落地，形成一枚完整的心。

【笺注】

①急雪乍翻香阁絮：《晋书·列女传》载，王凝之的妻子谢道韫聪慧有才辩，在一次全家赏雪的时候，叔父谢安问这雪与何物相似，谢安哥哥的儿子谢朗比之为向天撒盐，谢道韫答道：“未若柳絮因风起。”谢安大悦。以絮喻雪即出自此处。

②胆瓶：一种形似悬胆的花瓶，细颈、削肩、圆腹，始烧于唐代，盛行于宋代。

［又］

新来好，唱得虎头[①]词。一片冷香惟有梦，十分清瘦更无诗[②]。标格早梅知。

【译文】

近来尚好，总会唱起你（顾贞观）捎来的新词，最爱其中“一片冷香惟有梦，十分清瘦更无诗”这咏梅的两句，词句的风骨当真不让于严冬中的早梅。

【笺注】

①虎头：晋代画家顾恺之小字虎头，这里借指性德的好友顾贞观。顾贞观与顾恺之不仅同姓，还同是无锡人。

②一片冷香惟有梦，十分清瘦更无诗：这两句直接援引顾贞观的《浣溪沙·梅》“物外幽情世外姿。冻云深护最高枝。小楼风月独醒时。　一片冷香惟有梦，十分清瘦更无诗。待他移影说相思。”顾词

作于康熙十七年（1678年）或十八年（1679年）冬，除夕寄达性德，性德为赋《梦江南·新来好》。冷香，梅花的清香。

［江城子 咏史[①]］

湿云全压数峰低。影凄迷。望中疑[②]。非雾非烟，神女欲来时[③]。若问生涯原是梦，除梦里，没人知[④]。

【译文】

浓云氤氲，沉沉笼罩巫山顶上，仿佛已将山峰压低。巫山神女的身影似烟似雾，却非烟非雾，在似真似幻中渺茫难寻。也许，她只会出现在仰慕者的梦里。也许，除了梦境，她的容颜在别处无可寻觅。

【笺注】

①词题“咏史”，但全词本于宋玉《高唐赋》，看不出和史事的关联，当是汉乐府旧题《巫山高》一类的题材。

②影凄迷。望中疑：语出杜甫《咏怀古迹》“最是楚宫俱泯灭，舟人指点到今疑”。

③非雾非烟，神女欲来时：语出宋玉《高唐赋》序言（一说这是汉代赋家的伪托之作），大意是说宋玉陪着楚襄王去云梦泽游玩，望见高唐之观上有一种特殊的云气，楚襄王很好奇，宋玉解释说：“这就是所谓的朝云。当年我们楚国的先王（楚怀王）也曾来高唐游玩，疲倦之后白日入梦，梦见一个女子自称巫山之女，自荐枕席，先王便宠幸了她。女子告别的时候，说自己就在巫山之阳，高丘之阻，旦为朝云，暮为行

雨。朝朝暮暮，阳台之下。先王在第二天清早向山上望去，果然见到一种奇特的云气，便给那女子立了庙，号为朝云。”

④若问生涯原是梦，除梦里，没人知：语出李商隐《无题》“神女生涯原是梦，小姑居处本无郎”。

［如梦令］

正是辘轳金井[①]。满砌落花红冷。蓦地一相逢，心事眼波难定。谁省。谁省。从此簟纹灯影。

【译文】

石阶清寒，落红铺满。在这样冷冽的天气里，你我相逢在井栏边上。乍一相遇，眼神交错，心弦拨动。别后的心事，有谁能知晓？从此只在锦茵上，在灯影里，无眠地思念你。

【笺注】

①金井：一说是井栏有雕饰的井，一说即普通石井，“金”不过形容其坚固。

［又］

黄叶青苔归路。屧粉衣香[①]何处。消息竟沉沉，今夜相思几许。秋

雨。秋雨。一半因风吹去[②]。

【译文】

她离去的小径，如今已满是黄叶与青苔，她鞋子里洒落的香粉和衣襟上散发的香气，不知都飘向了何处。如今她杳无音讯，而今夜我又有多少相思无处托付呢？秋意浓，雨飘零，雨丝在风中纠缠的姿态，如同我缭乱的心绪。

【笺注】

①屧粉衣香：屧（xiè），古代鞋子的木底。屧粉，女鞋里衬的香粉。屧粉、衣香，都是借指所思念的女子。

②秋雨。秋雨。一半因风吹去：性德这里是借用好友朱彝尊《转应曲·安丘客舍对雨》的成句："秋雨。秋雨。一半回风吹去。"

［又］

纤月黄昏庭院。语密翻教醉浅。知否那人心，旧恨新欢相半。谁见。谁见。珊枕泪痕红泫[①]。

【译文】

纤细的月牙照进了黄昏的庭院，爱人在喁喁细语中散去了些许醉意。他的心事，她无从了解，在他心底是否有旧爱与新欢纠缠不清？谁能够理解这样的忐忑，她在停不住的泪水中无法安眠。

【笺注】

①珊枕泪痕红泫：枕头上满是泪水。珊枕，即珊瑚枕，女子所用的一种枕头。泪痕红泫，用红泪之典。王嘉《拾遗记》载，魏文帝曹丕迎娶美女薛灵芸，薛灵芸不忍远离父母，伤心欲绝，等到登车起程以后，薛灵芸仍然止不住哭泣，眼泪流在玉唾壶里，待车队到了京城，壶中已经泪凝如血。

［采桑子］

彤霞久绝飞琼字[①]，人在谁边。人在谁边。今夜玉清[②]眠不眠。　　香消被冷残灯灭，静数秋天。静数秋天。又误心期[③]到下弦。

【译文】

很久没有她的音信，不知伊人身在何方，不知今夜的她是否和我一般因思念而无眠？　　熏香燃尽，残灯熄灭，一个人躺着，感觉寒意袭来，静静在秋夜的失眠中计算重逢的日期。但重逢之约一再耽搁，不知何时才能相见。

【笺注】

①彤霞久绝飞琼字：彤霞，代指仙境。飞琼，即许飞琼，传说中一名瑶台仙女的名字，代指仙女。

②玉清：有两说。一说是道家三清境之一，所谓三清之玉清，道家诸天界，最高为大罗，大罗生三气，化为三清天，也就是说，大罗天生出了玄、元、始三气，分别化为玉清、上清、太清三般天界，是为三清

天；另一说是一名仙女的名字。两说皆可通。

虽然以上两说于词义皆可通，但以第一种解释更佳，如此则上阕的大意是说，诗人许久没有收到情人的书信，不知道她现在哪里，不知道她现在在仙界一般的住所里可也像自己一样无眠。若取第二种解释，玉清和飞琼便重复了。

［又］

谁翻乐府凄凉曲，风也萧萧。雨也萧萧。瘦尽灯花又一宵[①]。　不知何事萦怀抱，醒也无聊。醉也无聊。梦也何曾到谢桥[②]。

【译文】

在这个风雨之夜，是谁唱着凄凉的歌曲，让我在忧伤里度过了又一个失眠的夜晚。　究竟是什么事情总在我心中纠结？让我无论是醉是醒都有一种百无聊赖的惆怅。为何我再也见不到她，就连做梦也飞不到她的身旁？

【笺注】

①瘦尽灯花又一宵：灯花，古时的蜡烛一般是用羊油做成，烛芯烧着烧着有时就会小小地爆裂一下，如花。

②梦也何曾到谢桥：古人用“谢娘”来指代才女。谢桥和谢家便都是由谢娘衍生出来的词汇，指代“谢娘”所在的地方，一说是六朝时代真有一座桥叫作谢娘桥。晏幾道《鹧鸪天》有“梦魂惯得无拘检，又踏杨花过谢桥。”

［又］

严宵拥絮频惊起，扑面霜空。斜汉朦胧。冷逼毡帷火不红[①]。　　香篝翠被浑闲事，回首西风。何处疏钟。一穗灯花似梦中。

【译文】

塞外的夜寒让人难以成眠。每次惊醒，便拥着被子坐起身来，眼见清冷的夜空低垂，仿佛径直压迫到人面前。银河斜挂天际，星光朦胧，帐幕里的炉火被冷空气逼得只剩下一丝弱光。　　回想在家的幸福时光，有舒适而华美的床铺，有为房间增添暖香的熏炉，而今在这西风呼啸的塞外真难挨呀。哪里传来了稀疏的钟声？望着帐篷里那一穗灯花痴痴出神，仿佛在梦中一般。

【笺注】

①冷逼毡帷火不红：语出杨万里《霰》“冷气侵人火失红”。

［又］

那能寂寞芳菲节，欲话生平。夜已三更。一阕悲歌泪暗零。　　须知秋叶春花促，点鬓星星[①]。遇酒须倾。莫问千秋万岁名[②]。

【译文】

草木芳菲的美丽时节，人怎能在寂寞中度过呢？夜已深，回首平生往事，在暗暗流下的泪水里化作了一阕悲歌。　　要知道岁月催人老，而今鬓发已经斑白。索性今朝有酒今朝醉，何必去操心身后的虚名？

【笺注】

①点鬓星星：鬓边白发杂生。语出左思《白发赋》“星星白发，生于鬓垂”。

②莫问千秋万岁名：千秋万岁名语出杜甫《梦李白》之二“千秋万岁名，寂寞身后事”。

［又］

冷香萦遍红桥梦[1]，梦觉城笳。月上桃花。雨歇春寒燕子家。　　箜篌别后谁能鼓，肠断天涯。暗损韶华。一缕茶烟透碧纱。

【译文】

梦中行至红桥，嗅到桥上弥漫清冷的花香。那有着花香的睡梦，被城头上忽然吹响的报晓胡笳惊醒。天未亮，桃花上洒满月光；雨已停，留下一片春寒，燕子还在巢中安睡。　　自我们分别之后，我再也无心弹奏箜篌。想着远方的你，思念让人肝肠寸断，青春渐渐折损为憔悴的面容。一缕茶烟透过纱窗飘了进来，新的一天即将开始了。

【笺注】

①冷香萦遍红桥梦：冷香，清冷的花香。红桥，当指有雕饰的桥，或仅仅是对桥的雅称，如姜夔《侧犯·咏芍药》：“恨春易去。甚春却

向扬州住。……红桥二十四，总是行云处。”扬州二十四桥在这里被称为“红桥二十四”。

［又 九日］

深秋绝塞谁相忆，木叶萧萧。乡路迢迢。六曲屏山和梦遥[①]。　　佳时倍惜风光别，不为登高。只觉魂销。南雁归时更寂寥。

【说明】

词题九日，即九月九日重阳节，民俗逢此日当登高饮菊花酒，插茱萸，与亲人团聚，而性德此时正出使塞外，不能南归与家人团聚。推测此词当作于康熙二十一年（1682年）出使觇梭龙之时。

【译文】

深秋时节，我远行塞外，不知道家乡可有谁在思念我。落叶纷纷，遮住了漫长的回家之路，在闺阁里等待我归去的她，比梦境更遥不可及。　　此时正是重阳佳节，须珍惜这与平日不同的风光。心头那黯然销魂的感觉，并不是因为登高望远之故，而仅仅是因为思念。这也是北雁南归的时节，我却不能归去，寂寥的况味也就越发难挨了。

【笺注】

①六曲屏山和梦遥：六曲屏山，即六扇屏风。《纳兰词笺注》谓六曲屏山代指家园，不确，应当代指所思之闺阁女子，如赵孟坚《花心动》有“兰幌玉人睡起，情脉脉、无言暗敛双眉。斗帐半褰，六曲屏

山，憔悴似不胜衣”，仇远《木兰花慢》有“远钟消断梦，又霜信、到纹窗。有六曲屏山，四垂斗帐，重锦方床。轻寒画眉尚懒，想留连、一线枕痕香。无语因谁悒怏，何心重理丝簧”。

［又 咏春雨］

嫩烟分染鹅儿柳，一样风丝。似整如欹。才着春寒瘦不支。　凉侵晓梦轻蝉腻[1]，约略红肥。不惜葳蕤[2]。碾取名香作地衣。

【译文】

蒙蒙雨雾将初春的柳枝点染出了鲜嫩的鹅黄色，风丝如雨丝，齐刷刷地稍带一点倾斜。春雨细弱，仿佛是因为抵不住春寒而消瘦了下来。　冰凉的露水悄悄凝在女子的鬓发上，催她从晓梦中醒来。花儿大多正当盛开，春雨却不懂怜惜，径自将它们打落在地，形成一层绚烂的地毯。

【笺注】

①凉侵晓梦轻蝉腻：蝉腻当是蝉鬓、腻云的简称。蝉鬓，女子的一种发式。腻云，比喻光泽的发髻。

②不惜葳蕤：葳蕤即草木茂盛、枝叶下垂的样子。

［又 塞上咏雪花］

非关癖爱轻模样[①]，冷处偏佳。别有根芽。不是人间富贵花。　谢娘别后谁能惜，飘泊天涯。寒月悲笳。万里西风瀚海沙。

【说明】

此词当作于康熙二十一年（1682年）扈从东巡途中或同年觇梭龙途中。

【译文】

不是我偏爱雪花那轻盈的模样，谁教它在越寒冷的地方开得越美呢。雪花不同于其他任何花卉，它属于天上，不属于人间的富贵之家。　古人当中，只有才女谢道韫是雪花的知己，自她去世之后，雪花便只能在天涯漂泊，漂泊在冷清的月色里，在悲切的胡笳声里，在凛冽的西风里，在无垠的沙漠里。

【笺注】

①非关癖爱轻模样：轻模样，形容雪花的轻盈姿态，语出孙道绚（一作赵彦端）《清平乐·雪》"悠悠飏飏。做尽轻模样"。

［又］

桃花羞作无情死，感激东风。吹落娇红。飞入闲窗伴懊侬。[①]　谁

怜辛苦东阳瘦[2]，也为春慵。不及芙蓉。一片幽情冷处浓[3]。

【说明】

康熙十二年（1673年）三月是科举殿试之期，性德因病未参与，心绪不佳，此词即缘此而作。

【译文】

桃花多情，不肯白白凋谢，故而从枝头飘落，乘着东风飞进我的窗子，陪伴孤独的我。　　有谁怜惜我的日渐消瘦呢，而我因为伤怀春天的逝去而越发慵懒起来。这次未能参加科考，在友人纷纷高中进士的一派欢天喜地中，自己只能在闲居中品味寂寞。

【笺注】

①飞入闲窗伴懊侬：懊侬即烦闷，这里借指烦闷之人，即性德自指。

②谁怜辛苦东阳瘦：东阳瘦，南朝沈约曾任东阳太守，故称沈东阳。沈约在一次书信中谈到自己日渐清减，腰围瘦损，此事便成了一个典故。沈约的腰肢消瘦本来是愁病所损，但一来因为六朝时代特殊的审美品位，二来因为沈约素来有美男子之称，故而沈腰一瘦，时人却许之为风流姿容。

③不及芙蓉。一片幽情冷处浓：芙蓉即荷花，不能如梅花一般开在冷处，所以这里的“芙蓉”应当是用“芙蓉镜”的典故。芙蓉镜，字面意思就是形似芙蓉的镜子。传说唐代李固在考试落第之后游览蜀地，遇到一位老妇，预言他第二年会在芙蓉镜下科举及第，再过二十年还有拜相之命。李固第二年再次参加考试，果然如言及第，而榜上恰有“人镜芙蓉”一语，正应了那老妇的“芙蓉镜下及第”的预言。二十年过去，李固也果然如言拜相。这一典故，在蒙学读本《龙文鞭影》里便被写为

“李固芙蓉”，所以，性德这句“不及芙蓉”的芙蓉并不是芙蓉花，却是事关科举的“李固芙蓉”。

本句化自明末王彦泓《寒词》“个人真与梅花似，一日幽香冷处浓”。纳兰词中极多地化用、套用王彦泓的诗句，显示性德在填词上受王彦泓《疑雨集》的影响极大。王彦泓的诗常有格调不高的毛病，性德的化用与套用常为他增色不少。

［又］

海天谁放冰轮满，惆怅离情。莫说离情。但值良宵总泪零。　只应碧落重相见，那是今生。可奈今生。刚作愁时又忆卿。

【说明】

从“只应碧落重相见”一语推断，此词当为悼亡之作。性德的妻子卢氏死于康熙十六年（1677年）五月。

【译文】

是谁在海天之间安放一轮皎洁的圆月，徒然惹动了离愁别绪。罢了，不要再说什么离愁别绪了吧，每个良宵我总是涕泪飘零。　我们定会在另一个世界重逢，但今生毕竟无法再相遇。这无奈的今生今世，为何我又一次在愁怀中将你想起！

［又］

明月多情应笑我[①]，笑我如今。辜负春心。独自闲行独自吟。　近来怕说当时事，结遍兰襟[②]。月浅灯深。梦里云归何处寻。

【译文】

多情的明月会笑话我吧，笑我现在这副惆怅的样子。在这灿烂的春光里，我本应和她一起，而今却只有我自己，孤独地漫步行吟。　近来很怕提到从前的事，那时候我们把衣襟结在一起，祈祷永不分离。而现在，月色渐渐淡去，灯火渐渐暗淡，又一个无眠之夜即将过去，不知道我如何才能再见到你。

【笺注】

①明月多情应笑我：化自苏轼《念奴娇·赤壁怀古》“故国神游，多情应笑我，早生华发”。

②结遍兰襟：套用晏幾道《采桑子》“别来长记西楼事，结遍兰襟”。兰襟，芬芳的衣襟。结兰襟可比喻知己好友的结交。在晏幾道的原句里，“结遍兰襟”当指男女之情，而在性德这首词里，却无法判断词的主题是友情还是恋情。

［又］

拨灯书尽红笺也，依旧无聊。玉漏迢迢[①]。梦里寒花隔玉箫[②]。　几

竿修竹三更雨，叶叶萧萧。分付秋潮。莫误双鱼到谢桥[3]。

【译文】

挑亮灯烛，写完这封信，心内依然惆怅。夜深了，梦中的你已与我生死暌违。　　听雨水打在竹叶上，每一声都是伤心。我这封信哪，要怎样才能寄给你？

【笺注】

①玉漏迢迢：套用秦观《南歌子》“玉漏迢迢尽，银潢淡淡横”。玉漏，古代计时用的漏壶。漏壶罕有玉制，所谓玉漏，不过如金井、铁笛之类的词汇一般，是一种气质上的形容罢了。所以在诗歌语言中，同一种漏壶，可以叫作玉漏、银漏、更漏、铜漏、春漏、寒漏。

②梦里寒花隔玉箫：寒花，寒冷时节所开的花，多指菊花。这里所谓玉箫，当是唐代范摅（shū）《云溪友议》所载的唐代韦皋的一段情事。韦皋年轻时游历江夏，住在姜使君那里教书，姜家有个小婢女，名叫玉箫，经常服侍韦皋，于是日久生情。后来韦皋因事离开，和玉箫约定少则五年，多则七年，一定回来接走玉箫，还留下了一枚玉指环和一首诗作为信物。但韦皋并没有归来，到了第八年的春天，玉箫绝望，绝食而死。姜家人怜悯玉箫，就把韦皋留下的玉指环戴在了玉箫的中指上，把她下葬。韦皋做官回来，听说玉箫之死，凄怆叹惋，便日复一日地抄写佛经、修建佛像，终于感动了一位方士。方士施法术使韦皋见到了玉箫的魂魄。玉箫云：“多亏你的礼佛之力，我马上就会托生人家，十二年后定当再到你的身边，做你的侍妾。”多年之后，有人给韦皋送来一名歌姬，也叫玉箫，相貌也和当年的玉箫一样，再看她的中指，隐隐有一个环形凸起，正是当年那个玉指环的形状。

③分付秋潮。莫误双鱼到谢桥：秋潮，秋天的潮水。潮水在诗歌套

语里具备往来有信的含义。双鱼，代指书信，典出《古乐府》“尺素如残雪，结成双鲤鱼。要知心中事，看取腹中书”。

[又]

凉生露气湘弦润，暗滴花梢。帘影谁摇。燕蹴风丝上柳条。　　舞鹍镜匣开频掩，檀粉[①]慵调。朝泪如潮。昨夜香衾觉梦遥。

【译文】

露气清凉，润湿了琴弦，凝成水滴滴湿了花梢。是谁掀动帘栊，惊得燕子乘着轻风飞上了柳枝？　　那有着鹍鸡舞蹈图案的精巧镜匣，为何打开了又匆匆合上？伊人慵懒地调弄着胭脂，泪如泉涌。她想起昨夜的梦境，思念的人哪，在遥遥异乡。

【笺注】

①檀粉：女子化妆用的香粉。

[又]

土花曾染湘娥黛，铅泪难消。清韵谁敲。不是犀椎是凤翘。　　只应长伴端溪紫[①]，割取秋潮。鹦鹉偷教。方响[②]前头见玉箫。

【说明】

咏物之作，所咏之物不详，疑为金属质地的打击乐器，古物。

【译文】

这乐器金属表面的积年斑痕，曾经染绿过湘水女神的眉黛吧，而那斑渍如铅泪一般凝固，无从消除。是谁敲击着它，不是用犀角小槌，而是用凤凰模样的发钗，敲出一串清幽的韵律？　　它只应长久地陪伴在紫石端砚的旁边，它的色泽如同割取下来的一截秋潮。又是谁在偷偷地教鹦鹉说话？是方响前面那个可爱的歌女。

【笺注】

①端溪紫：紫石端砚，一种名贵的砚台。

②方响：打击乐器，铜质。

［又］

白衣裳凭朱阑立，凉月趖[①]西。点鬓霜微。岁晏知君归不归。　　残更目断传书雁，尺素还稀。一味相思。准拟相看似旧时。

【译文】

身着一袭白衣，倚立在朱红色栏杆上，任孤冷的月缓缓西沉。鬓角有了些微白发，已经是岁末了，不知道你会不会归来？　　更鼓已稀，又是一个无眠之夜，又是等不来你的书信的漫长一天。一味思念着你，想来重逢时，你一定还是旧时模样吧？

【笺注】

①趖（suō）：缓行。

［又］

谢家[1]庭院残更立，燕宿雕梁。月度银墙。不辨花丛那辨香。　　此情已自成追忆，零落鸳鸯。雨歇微凉。十一年前梦一场。

【译文】

想起从前，那一次长夜将尽之时，我独自伫立庭院中，看燕子睡在雕梁上，看月亮从墙的这边慢慢绕到墙的那边。我默默等待，却始终不见她到来，不知她对我究竟是有心还是无意。　　那一段情事，早已经蜕变成回忆，我们再也无缘相聚。今天还是在这个庭院里，雨刚停，空气中浮动凉意，忽然感觉十一年前那场爱情，已缥缈如梦境。

【笺注】

①谢家：代指女子居所。张泌《寄人》："别梦依依到谢家，小廊回合曲阑斜。多情只有春庭月，犹为离人照落花。"

［又］

而今才道当时错，心绪凄迷。红泪偷垂。满眼春风百事非。　　情

知此后来无计，强说欢期。一别如斯。落尽梨花月又西。

【译文】

如今才悟到当时的错误，心中几分凄凉、几分迷惘。眼前纵是郁郁春光，但爱情变了，一切都走了样。　　虽然心底清楚你此去再也不会归来，但我还是假装不知情地和你订下盟约。你就这样走了，我继续我的等待，梨花已落尽，月亮也跌下天际。

［台城路 洗妆台[1]怀古］

六宫佳丽谁曾见，层台尚临芳渚。露脚斜飞，虹腰欲断，荷叶未收残雨。添妆何处。试问取雕笼，雪衣分付[2]。一镜空濛，鸳鸯拂破白苹去。　　相传内家结束[3]。有帕装孤稳，靴缝女古[4]。冷艳全消，苍苔玉匣，翻出十眉遗谱[5]。人间朝暮。看胭粉亭西，几堆尘土。只有花铃，绾风深夜语。

【译文】

彼时的六宫佳丽早已无处可寻，只剩台阁水榭依旧立在水滨。金露亭、玉虹亭、荷叶殿的风景，还与当年一样吗？问一问雕笼中的鹦鹉，可知道萧皇后当时究竟在哪处梳妆？看这一潭空蒙的绿水上，鸳鸯拂开萍花，远远游走。　　相传辽代的宫廷女装，是以玉饰首，以金饰足。而今翻检出的玉匣上已然布满苍苔，全失了当初的冷艳，而匣中仍然收藏着辽代女子梳妆的眉谱。人间朝朝暮暮，时光飞转，看脂粉亭的西侧，不见了佳人，只见几堆尘土。一切归于沉寂，只有护花铃被夜风轻轻吹响。

【笺注】

①洗妆台：北京名胜，一直被讹传为辽代萧皇后的梳妆楼，但实为金章宗为李宸妃所建，旧址在今天北海公园的琼华岛上。性德及其同时代的文人吟咏洗妆台，往往明知讹传之误，却仍写辽代萧皇后的事情。

萧皇后，即辽道宗懿德皇后萧观音，契丹著名才女。辽道宗这位才子皇帝与出身皇后世家的萧观音本是青梅竹马，后来辽道宗沉迷田猎，萧观音撰文劝谏，两人从此便有了隔阂。萧观音为了使丈夫回心转意，写过一组《回心院》联章体组词，这组词颇著名，清代叶申芗《本事词》称其“皆情致缠绵，怨而不怒焉”。但萧观音后来遭人诬陷与他人有奸情，被处死。死后，其亲生的太子也未能幸免，直到萧观音的孙子即位，冤情才被洗雪，当年进谗构陷的奸臣也被剖棺戮尸。

②试问取雕笼，雪衣分付：雪衣，白色鹦鹉，典出郑处诲《明皇杂录》，唐明皇时，岭南进献了一种白色鹦鹉，擅学人言，就连诗歌教过几遍之后也能背诵，唐明皇与杨贵妃皆称它为雪衣女。

③相传内家结束：内家结束谓宫廷装扮。

④有帕装孤稳，靴缝女古：孤稳，玉；女古，金。两者都是契丹语的音译。

⑤翻出十眉遗谱：十眉遗谱，唐明皇曾令画工画过所谓“十眉图”，记载描眉的十种式样。

［又 上元[①]］

阑珊火树鱼龙舞[②]，望中宝钗楼远。鞓鞨余红，琉璃剩碧[③]，待嘱花归缓缓[④]。寒轻漏浅。正乍敛烟霏，陨星如箭。旧事惊心，一双莲影

藕丝断。 莫恨流年逝水，恨销残蝶粉[⑤]，韶光忒贱。细语吹香，暗尘笼鬓，都逐晓风零乱。阑干敲遍。问帘底纤纤[⑥]，甚时重见。不解相思，月华今夜满。

【译文】

夜已阑珊，喧闹了一宵的明媚花灯渐渐沉寂下来，人已离开了酒肆，踏上了归家的路。路旁残留的灯盏还残留着温暖，光影依旧美丽，所以且将脚步放慢些吧。计时的滴漏声轻了，夜将尽，微寒。空中骤然爆出焰火，如陨星一般，不由令人在惊心中念及惊心的旧事，念及和情人的藕断丝连。 不恨青春易老，只恨自己挥霍了青春。当年缱绻细语、耳鬓厮磨的欢愉，都被晓风吹散，变作凌乱的记忆了。百无聊赖中敲遍栏杆，不知道何日才能与她重见？月亮不解相思，偏偏在今夜给出一副圆满的模样。

【笺注】

①上元：正月十五，元宵节，灯节。

②阑珊火树鱼龙舞：阑珊，残，将尽。火树，花灯高叠如树。鱼龙舞，舞鱼灯或龙灯。

③靺鞨余红，琉璃剩碧：靺鞨（mòhé），红靺鞨，红宝石的一种。琉璃，玻璃。本句是以靺鞨和琉璃来比喻上元夜晚闪耀的花灯。

④待嘱花归缓缓：典出苏轼《陌上花》诗引，游九仙山，听到乡里小孩子唱《陌上花》，当地父老说，当年吴越王妃每年春天必回临安，吴越王写信给王妃说：“陌上花开，可缓缓归矣。”吴地之人便把这段话谱为歌谣。

⑤恨销残蝶粉：蝶粉，唐代的一种宫妆。

⑥问帘底纤纤：帘底纤纤代指美女。原指帘子底下所见的女子纤足。

［又 塞外七夕］

白狼河[①]北秋偏早，星桥又迎河鼓[②]。清漏频移，微云欲湿，正是金风玉露[③]。两眉愁聚。待归踏榆花，那时才诉。只恐重逢，明明相视更无语。　　人间别离无数，向瓜果筵前，碧天凝伫。连理千花，相思一叶，毕竟随风何处。羁栖良苦。算未抵空房，冷香啼曙。今夜天孙，笑人愁似许[④]。

【说明】

约作于康熙二十二年（1683年），其时性德扈从康熙帝往古北口外避暑。

【译文】

塞外的秋天来得比别处更早，七夕裹挟着秋意而来。夜色渐深，微云愈浓，秋季风露清冷，牛郎织女就要在这美丽的时刻相会。而我眉头紧锁，因为要等到榆花飘落的季节，我才能踏上归途，才能对那个人诉说长长的思念。就怕等到重逢之时，彼此相对却无言。　　人间有无数的别离。每逢七夕，女人们结彩缕、穿七孔针，在庭院里陈列瓜果向织女祈求女红的巧艺，而你此刻一定就在那瓜果筵前，出神地凝望天空吧？千朵连理之花，一片相思红叶，究竟被秋风吹向了何处？我耽搁在无尽的旅途，虽然苦闷，但这苦比不上你在空荡荡的房间里彻夜思念未归的我。天上的织女，今夜应该会笑话我们各自的孤独。

【笺注】

①白狼河，今辽宁省大凌河，此处泛指塞外。

②星桥又迎河鼓：星桥，即鹊桥。河鼓，河鼓星，即牵牛星，此谓牛郎。

③金风玉露：借指秋天。金风，秋风。玉露，白露。

④今夜天孙，笑人愁似许：天孙，织女星。织女是天帝的孙女，故名天孙。

[玉连环影]

何处。几叶萧萧雨。湿尽檐花，花底人无语。掩屏山。玉炉寒。谁见两眉愁聚倚阑干。

【译文】

是在哪里呀，零落的雨打着稀疏的枝叶，屋檐下的花已湿透，而那个伫立花前的人依旧默然无语。掩上屏风，任熏炉烧尽，退去最后一丝暖意，那人眉头紧锁，倚靠在栏杆上，不知他在想些什么。

[洛阳春 雪]

密洒征鞍无数。冥迷远树。乱山重叠杳难分，似五里、濛濛雾。　惆怅琐窗深处。湿花轻絮。当时悠飏得人怜，也都是、浓香助[①]。

【译文】

骑马远行的路上，雪花铺天盖地落下，迷蒙了远处的树林，模糊了重叠的山岭，教人无法辨个明白，仿佛身陷五里雾中。　　当初这雪花也飘进过我们的窗户，一如濡湿的花朵、轻盈的柳絮。那悠扬的样子多么惹人怜爱，但不是因为雪花太美，而是因为你就在我身边。

【笺注】

①当时悠飏得人怜，也都是、浓香助：化自罗虬《比红儿诗》“浓艳浓香雪压枝，袅烟和露晓风吹”。

［谒金门］

风丝袅。水浸碧天清晓。一镜湿云青未了。雨晴春草草[1]。　　梦里轻螺谁扫[2]。帘外落花红小。独睡起来情悄悄。寄愁何处好。

【译文】

微风温柔，碧蓝的天空仿佛浸在水里似的，氤氲的云映着山林的青翠，这是一个雨过天晴的清晨，真希望春天能够多停留一段时间。　　梦里是谁在为她画眉呢？梦醒了，帘外只有零散落花，如同梦的残片。从独眠中醒来，她起身，梦境中的缠绵尚未散尽，而这一怀相思的愁绪，不知该如何寄予他知道。

【笺注】

①春草草：化自仇远《更漏子》“春草草，草离离。离人归未归”。草草：匆促。

②轻螺：浅淡的螺黛。螺黛是古代女子画眉之墨。

[四和香]

麦浪翻晴风飐柳。已过伤春候。因甚为他成僝僽。毕竟是春迤逗。红药阑边携素手[①]。暖语浓于酒。盼到园花铺似绣。却更比春前瘦。

【译文】

轻风吹起柳枝摇扬，又吹起田间的麦浪。伤春时节本已过去，心绪却仍旧被春色撩拨成愁。 忆起在芍药栏边与你携手的日子，你温柔的话语比醇酒还教人胸怀暖畅。盼望某年某月园中再次鲜花盛开，而我们也像从前一样携手细语。在这样的盼望中，我日渐憔悴。

【笺注】

①红药阑边携素手：化自赵长卿《长相思》“药阑东，药阑西，记得当时素手携，弯弯月似眉”，蔡伸《浪淘沙》“曾共玉人携素手，同倚阑干”。红药，芍药。

[海棠月 瓶梅]

重檐淡月浑如水。浸寒香、一片小窗里。双鱼冻合[①]，似曾伴，个人无寐。横眸处，索笑而今已矣。 与谁更拥灯前髻[②]。乍横斜、疏影疑飞坠。铜瓶小注，休教近，麝炉烟气[③]。酬伊也，几点夜深清泪。

【译文】

月光如水，倾洒在层层叠叠的屋檐上。小窗里，弥漫着梅花清冷的香。砚台中的墨汁冻结成冰，这份孤冷陪伴着失眠的我。我呆呆地望着什么出神，追怀着那些无法重来的往事。　　再不能和你一起在灯下谈心了吧？失神间忽然看到梅枝影动，好像有什么东西坠跌。将熏炉摆远一些吧，免得麝香的气味熏坏了梅花。不觉又想起你，夜深时独自垂泪。

【笺注】

①双鱼冻合：双鱼，或是某种形制的砚台，叶樾《端溪砚谱》记载砚台的形制有风字、凤池、合欢、玉台、双鱼；或是指双鱼洗，刻有双鱼图案的洗手器。

②与谁更拥灯前髻：典出《飞燕外传》附《伶玄自叙》，“以手拥髻，凄然泣下”，后指手捧发髻，话旧生哀。

③休教近、麝炉烟气：古来有麝香不宜于花的说法，故而瓶中的梅花要避开熏炉中的麝香烟气。

［金菊对芙蓉　上元］

金鸭消香，银虬[①]泻水，谁家夜笛飞声。正上林[②]雪霁，鸳甃晶莹。鱼龙舞罢香车杳，剩尊前、袖掩吴绫[③]。狂游似梦，而今空记，密约烧灯。　　追念往事难凭。叹火树星桥，回首飘零。但九逵[④]烟月，依旧笼明。楚天一带惊烽火[⑤]，问今宵、可照江城。小窗残酒，阑珊灯灺[⑥]，别自关情。

【说明】

康熙十八年（1679年）秋，性德的好友张纯修离京赴任湖南江华县，其时三藩之乱未息。此词原作于康熙十九年（1680年）正月，《瑶华集》存其初稿，“楚天”以下数句作“锦江烽火连三月，与蟾光、同照神京”，及至同年四月二十一日，性德作书寄张纯修，并寄此词，改动了若干字句，以切合寄友之旨。

【译文】

铜熏炉里燃着熏香，银漏壶正在滴水计时，是谁家飘来笛子清越的乐音呢？元宵佳节，正是大雪初晴的时候。皇家苑囿里，屋顶的鸳鸯瓦上晶莹一片。到了夜色阑珊的时候，喧闹的花灯舞蹈归于寂静，看灯的女子也坐着香车回家去了，只有我们还在举杯对饮，互诉着郁结的心事。当年灯节上的狂游而今想起来恍如梦幻，一切都模糊了，只记得和你密约点灯的事情。　　往事大多已随风去，可叹那极尽绚烂的花灯转眼间便只剩下零星的光焰了，只有街道上的烟霭与月色依旧那样朦胧。如今南方正值战乱，不知道你在江城有没有受到波及呢？我此刻正在对着小窗，饮着残酒，思念着你，一直到灯火燃尽。

【笺注】

①银虬：银漏壶。

②上林：上林苑，汉代皇家苑囿，这里代指清代皇家苑囿。

③吴绫：吴中出产的薄绫，当时极高档的丝织品。

④九逵：四通八达的都城大道。九逵之“九”只是虚言其多，并非实指。

⑤楚天一带惊烽火：指“三藩之乱”。性德作此词时，“三藩之乱”尚未平息。

⑥灯灺（xiè）：灯烛的余烬。

［点绛唇］

一种蛾眉，下弦不似初弦好。[①]庾郎未老。何事伤心早。[②]　　素壁斜辉，竹影横窗扫。空房悄。乌啼欲晓。又下西楼了。

【译文】

虽然是同一轮月亮，但残月总不比新月更好。我明明并未老去，却为何如此伤心以至于容颜憔悴？　　月亮斜斜地照亮了素白的墙壁，把竹影投映在窗上。空房间静悄悄的，远处响起乌鸦的鸣叫，天色渐明，无眠的我这才走下西楼。多少个夜晚，我都这样度过。

【笺注】

①一种蛾眉，下弦不似初弦好：蛾眉，即蛾眉月。上弦的蛾眉月即新月，下弦的蛾眉月即残月。同样是蛾眉月，但残月不如新月，是因为新月迫近满月的缘故。

②庾郎未老。何事伤心早：庾郎，即南朝梁代的诗人庾信。庾信出使西魏，未及回国而梁为西魏所灭，于是留在西魏，后来又出仕北周，常常愁思故国，暮年时作《愁赋》《伤心赋》等以抒发愁怀。本句是诗人以庾信自比，慨叹自己虽未老去，却过早地伤心了。

[又 咏风兰]

别样幽芬，更无浓艳催开处。凌波[1]欲去。且为东风住。　忒煞萧疏，争奈秋如许。还留取。冷香半缕。第一湘江雨[2]。

【说明】

此词张刻本有副题《题见阳画兰》。见阳，即性德的好友张纯修，字子敏，号见阳。

【译文】

别致的幽香，并非来自艳丽夺目的花朵。那风兰姿态轻扬，仿佛洛神正欲凌波远去的模样。不要离开呀，现在春风正好。　叶子太萧疏了些，这如何能抵抗秋的寒意？在最美的湘江雨色里，且留取半缕清冷的花香吧。

【笺注】

①凌波：出自曹植《洛神赋》“凌波微步，罗袜生尘”。

②第一湘江雨：张纯修其时正在湖南江华县做官，正是沅湘之地，这一句是对张纯修所画风兰的赞誉。

[又 寄南海梁药亭[1]]

一帽征尘，留君不住从君去。片帆何处。南浦沉香雨。　回首风

流，紫竹村边住。孤鸿语。三生定许。可是梁鸿侣[②]。

【说明】

此词大约作于康熙二十年（1681年），其时梁佩兰（号药亭）离京返粤，性德作此词寄赠。

【译文】

帽子还积着旅途中的尘土，你却马上又要出发。我无法将你挽留，便只好由得你走。你乘这一叶扁舟要去往何方呢，是去往那飘着沉香雨的南浦吗？　　回想你当初住在紫竹村边，日子过得潇洒风流，如同孤雁。你这个梁鸿一般的高士，我愿意与你约定三生三世的友谊。

【笺注】

①梁药亭：梁佩兰，字芝五，号药亭，别号柴翁，晚更号郁洲，广东南海人，清初著名诗人，与屈大均、陈恭尹并称为“岭南三家”，有《六莹堂集》。

②可是梁鸿侣：梁鸿，东汉隐士，在霸陵山中以耕田、织布为生，咏诗书、弹琴以自娱。梁药亭与梁鸿同姓，这是诗人用典的传统手法。这两句是说梁药亭怕前生就是梁鸿一样的人物。

［又　黄花城[①]早望］

五夜[②]光寒，照来积雪平于栈。西风何限。自起披衣看。　　对此茫茫，不觉成长叹。何时旦。晓星欲散。飞起平沙雁。

【译文】

五更天了，清寒的晨光照在积雪上，那积雪深得几乎埋住了栅栏。西风不住地吹，我披上衣衫，起来欣赏这难得的雪景。　对着茫茫天地，我慨然长叹。天就要亮了，清晨的疏星快要消失不见，沙原上大雁飞起，开始了新一天的征途。

【笺注】

①黄花城：古代关口，在今北京怀柔区北长城内侧。

②五夜：第五更。

［又］

小院新凉，晚来顿觉罗衫薄。不成孤酌。形影空酬酢。　萧寺[①]怜君，别绪应萧索。西风恶。夕阳吹角。一阵槐花落。

【说明】

此词当为姜宸英而作。姜宸英，字西溟，浙江慈溪人，进京应考博学鸿词科落榜，生活困顿，性德将他安置在德胜门北千佛寺。

【译文】

小院里忽然添了凉意，到了夜间，便觉得衣裳太薄。一个人喝着闷酒，形影相吊。　怜惜你此刻寄居寺院，也许正在落寞中思念家乡吧。夕阳下有人吹响了悲凉的号角，在强劲的西风里又落下多少槐花。

【笺注】

①萧寺：佛寺。梁武帝萧衍崇信佛教，兴建佛寺冠以自己的姓氏，曾命萧子云书飞白大字“萧寺”，后人便以萧寺代称佛寺，这里指姜宸英寄居的千佛寺。

［浣溪沙］

消息谁传到拒霜[①]。两行斜雁碧天长。晚秋风景倍凄凉。　银蒜[②]押帘人寂寂，玉钗敲竹信茫茫。黄花开也近重阳。

【译文】

木芙蓉花开，冬天见出端倪，两行大雁飞在浩渺的高天之上，这已是晚秋气象，风景分外凄凉。　银坠子压着窗帘，她百无聊赖，时不时用玉钗敲打着竹子，恼恨情人的杳无音信。菊花已然绽放，快要到登高思亲的重阳节了。

【笺注】

①拒霜：木芙蓉的异名，它在九至十一月间次第开花，耐寒不落，所以叫作拒霜。

②银蒜：银质的坠子，用来压帘。

［又］

雨歇梧桐泪乍收。遣怀翻自忆从头。摘花销恨[①]旧风流。　帘影碧桃人已去，屧痕苍藓径空留。两眉何处月如钩。

【译文】

雨刚停，梧桐叶不再发出淅淅沥沥之声，而我的眼泪也稍稍止住，忍不住又从头想起和你在一起的时光。记得在桃花盛开的季节，我们曾在花丛里嬉戏，没有一点烦恼。

而今桃花谢了，桃子熟了，你也离我而去，那生着苔藓的小径上还隐约印着你秀丽的足迹。望着弯弯的月，想起你弯弯的眉，却不知道此刻你在哪里。

【笺注】

①摘花销恨：典出《开元天宝遗事·销恨花》：唐明皇禁苑之中有千树桃花盛开，明皇与杨贵妃每天都在树下欢宴，明皇说：“不独萱草忘忧，此花亦能销恨。”

［又］

欲问江梅[①]瘦几分。只看愁损翠罗裙。麝篝衾冷惜余熏。　可耐暮寒长倚竹，便教春好不开门。枇杷花底校书人。[②]

【说明】

从末句“枇杷花底校书人”推断，本词当为江南才女沈宛而作，详见注②。

【译文】

要想知道那个如江梅一般清雅的女子近来究竟消瘦了几许，只消看一看她身上的翠罗裙被愁绪折磨得宽松了几分。麝香已在熏笼里燃尽，被子渐渐凉了下来，那一点余温最让人怜惜不过。　　她就在这寒冷的暮色里久久地倚着修竹，纵然春光大好，她也懒得走出门外，只在枇杷花底，静静写诗填词而已。

【笺注】

①江梅：范成大《梅谱》详列各个梅花品种，说江梅也叫野梅，花朵较小，清瘦有韵致，香气最清。

②枇杷花底校书人：校书，即校书郎的简称，是一种官职，通常由有学问的人担任，负责校对皇家藏书。女校书原本特指唐代才女薛涛，因韦皋坐镇蜀地时使薛涛侍酒赋诗，戏称之为女校书。又因薛涛本属歌伎，女校书一词后来便演变成为歌伎的雅称。

［又］

泪浥红笺第几行。唤人娇鸟怕开窗。那能闲过好时光。　　屏障厌看金碧画[①]，罗衣不奈水沉香。遍翻眉谱只寻常。

【译文】

临窗写信，泪水浸湿了精美的信笺。不敢开窗，怕窗外鸟的啼鸣会加重自己的忧思。这般旖旎的春光，怎可以就这样在寂寞中消磨？　　屏风上艳丽的彩画早已看厌，也不再有心思用水沉香来熏染罗衣，想描一描眉，却是翻遍眉谱也枉然，始终找不到想要的式样。

【笺注】

①金碧画：金碧山水画，以泥金、石青、石绿三色为主，多用于屏风装饰。

［又］

残雪凝辉冷画屏。落梅[①]横笛已三更。更无人处月胧明。　　我是人间惆怅客，知君何事泪纵横。断肠声里忆平生。

【译文】

冰凉的月光经残雪反射到斑斓的屏风上，已是三更天。你用笛吹着《梅花落》的曲调，月色朦胧，笼罩在空无一人的寂静大地上。　　我是人间惆怅的过客，所以懂得你笛声中的幽怨，懂得你泪水纵横的缘由。在这断肠的笛声里，平生种种悲欢离合，一时涌上心头。

【笺注】

①落梅：即《梅花落》，笛子古曲。

［又］

睡起惺忪强自支。绿倾蝉鬓[①]下帘时。夜来[②]愁损小腰肢。　　远信不归空伫望，幽期细数却参差。更兼何事耐寻思。

【译文】

梦醒，带着惺忪的睡意勉强支撑着下床，放下帘幔，任乌黑的鬓发垂落。经过这一夜的愁眠，腰肢仿佛更见纤弱。　　凝视远方，无望地期盼他的音信，细细地计算着日子，想着早该归来的他，始终没有归来。到底是什么事情耽搁了他的归期呢？想得愈多，心愈纠结。

【笺注】

①绿倾蝉鬓：乌黑发亮的鬓发垂了下来。绿，指颜色深暗，如杜牧《阿房宫赋》“绿云扰扰”，绿云即指女子的乌发。

②夜来：双关语，既有字面上的意思，也是一位美女的名字。魏文帝宠妃薛灵芸又名夜来，身体娇柔，这里以夜来代指美女。

［又］

十里湖光载酒游。青帘低映白苹洲。西风听彻采菱讴[①]。　　沙岸有时双袖拥，画船何处一竿收。归来无语晚妆楼。

【说明】

当作于康熙二十三年（1684年）扈从江南之时，写江南风物。

【译文】

船上载着美酒，悠游在江南的十里湖光中，撩起船舱青色的帘子，看湖中长满白色苹花的沙洲，西风送来采菱的歌谣。　　看见沙岸上有人拥着双袖，悠然自得；又见画船游荡，不知驶向何处。风光这般好，游赏尽兴而归，但回房之后，竟突然沉默，是想起了什么？

【笺注】

①采菱讴：泛指江南民歌。《楚辞·招魂》王逸注："采菱，楚人歌曲也。"

［又］

脂粉塘[1]空遍绿苔。掠泥营垒燕相催。妒他飞去却飞回。　　一骑近从梅里[2]过，片帆遥自藕溪来。博山香烬未全灰。

【说明】

当作于康熙二十三年（1684年）扈从江南之时，写江南风物。

【译文】

这脂粉塘，传说曾是西施沐浴的地方，如今伊人已逝，空余水塘满布青苔。燕子在忙着筑巢，可叹人却不能像燕子一样才离家便可迅速飞回家里。　　向远方眺望，有人骑马打梅里穿过，有船从藕溪深处驶来。我就这样望着，博山炉里的香即将焚尽，尚留一丝残余的温暖。

【笺注】

①脂粉塘：江南地名，也叫香水溪，传说是西施沐浴的地方。吴王宫中的女子们都去香水溪的源头处洗妆，所以这里的溪水有一种特殊的香气。

②梅里：江南地名，传说为吴国始祖太伯的居处。

［又］

五月江南麦已稀。黄梅时节雨霏微。闲看燕子教雏飞。　　一水浓阴如罨画[①]，数峰无恙又晴晖。湔裙谁独上渔矶[②]。

【译文】

江南五月，麦穗已稀落。正当梅雨时节，小雨霏霏，成年的燕子在教乳燕学习飞翔。　　堤岸上绿荫深浓，望上去如同色彩明丽的罨画，几座山峰泛着清爽的翠色，那独自到水边石矶上浣洗衣裙的女子究竟是谁呢？

【笺注】

①罨（yǎn）画：一种色彩鲜明的绘画。

②湔裙谁独上渔矶：湔（jiān）裙，洗裙。旧日风俗，三月三日上巳节，女人们相约一同到水边洗衣，以为这样可以除掉晦气。上巳节和

清明节隔得不远，所以穆修有诗说“改火清明度，湔衫上巳连”，这种户外聚众的日子往往提供给男男女女堂而皇之的约会机会。

[又 西郊冯氏园看海棠[1]，因忆香严词[2]有感]

谁道飘零不可怜。旧游时节好花天。断肠人去自今年。[3]　一片晕红才着雨，几丝柔绿乍和烟。倩魂销尽夕阳前。

【译文】

谁说飘零的海棠花就不可爱了呢？如今又是赏花的时节，海棠美丽依旧，只可惜当年那个赏花、惜花之人，已不在人世了。　刚刚下过雨，花上的胭脂色被雨水晕染，柳枝柔媚，笼罩在朦胧烟霭中。夕阳的光影里，那美丽的花魂渐渐远去无踪。

【笺注】

①西郊冯氏园看海棠：西郊冯氏园，原是明朝万历年间大太监冯保的园子，清代起以海棠花知名，是文人雅士们常去玩赏的地方。

②香严词：香严即龚鼎孳，龚氏寓所有香严斋，龚氏词集初题为《香严词》。明清之际，龚鼎孳与钱谦益、吴伟业合称“江左三大家”，清初为文坛宗主。龚鼎孳在康熙十二年（1673年）做过会试的主考官，性德便出自他的门下。

③断肠人去自今年：谓龚鼎孳之死。龚氏死于康熙十二年（1673年）九月，享年五十九岁。

［又 咏五更，和湘真韵[1]］

微晕娇花湿欲流。簟纹灯影一生愁。梦回疑在远山楼。　残月暗窥金屈戌[2]，软风徐荡玉帘钩。待听邻女唤梳头。

【译文】

娇花带雨，俏丽的色泽好像要化在水中流淌开来的样子。那女子含泪的模样，也同这湿漉漉的花朵一般。苇席上、灯影里，藏着她一生的愁绪。梦醒之后，恍惚间她感觉自己仍在梦中的楼头等待良人归来。　残月默默映照在大门的搭环上，柔风缓慢摇动窗上的帘钩，再也无法入睡了，唯有等待天明，等邻家的女伴来唤自己一同梳妆。

【笺注】

①咏五更，和湘真韵：湘真，即陈子龙，字卧子，号大樽、轶符，松江华亭（今上海松江）人，明末幾社领袖，文坛名士，于易代之际抗清被俘，投水殉难，有《湘真阁存稿》一卷。清代顺康年间的词人往往鄙薄明代词作，明代词人对之尚有较大影响力的不过数人而已，其中便以陈子龙为首。

陈子龙于词推崇五代、北宋风尚，工于小令，性德的这首步韵之作和的便是陈子龙小令中的佳作，《浣溪沙·五更》："半枕轻寒泪暗流。愁时如梦梦时愁。角声初到小红楼。　风动残灯摇绣幕，花笼微月淡帘钩。陡然旧恨上心头。"

②屈戌：亦称屈戌，即门上的搭环。

[又]

伏雨[1]朝寒愁不胜。那能还傍杏花行。去年高摘斗轻盈。　　漫惹炉烟双袖紫，空将酒晕一衫青。人间何处问多情。

【译文】

天空阴霾浓重，雨却迟迟不落，再加上早晨的寒意，简直令人有些承受不起，哪还有心情再到那条杏花盛开的小路上散步？那条小路有我快乐的回忆，去年杏花时节，我们曾在那里比赛谁能摘到更高处的花朵。　　如今百无聊赖，不知不觉间，袖子被香炉的氤氲熏成了紫色，衣衫亦染满酒痕，我这无法排遣的深情又有谁能了解。

【笺注】

①伏雨：浓阴而未落下的雨。《饮水词笺校》注为："连绵雨。杜甫《秋雨叹》诗：'阑风伏雨秋纷纷。'仇注引赵子栎曰：'阑珊之风，沉伏之雨，言其风雨不已也。'"这里，赵子栎注伏雨为沉伏之雨，这是没错的，但沉伏之雨不等于连绵不断的雨。阑珊之风，风已将吹尽；沉伏之雨，雨沉伏而不发，所以阑风、伏雨并举。伏，是潜伏、隐匿的意思，如《老子》通行本第五十八章"福兮祸之所伏"。

一说伏即伏天、三伏之伏，亦误，因为接下来的两句"那能还傍杏花行，去年高摘斗轻盈"，说的是杏花开放的时节，而杏花开放是在公历三四月，入伏却要到公历七月了。

[又]

五字诗中目乍成[①]。尽教残福折书生[②]。手挼裙带那时情。　　别后心期和梦杳，年来憔悴与愁并。夕阳依旧小窗明。

【译文】

情愫都写在这一首诗里，眉目相接时彼此已经互通心意，她那短暂的温存岂是我能够承受得起的。还记得她低头摆弄裙带的羞涩模样，那时多么情意缠绵。　　自分别之后，再也无缘重逢，随着光阴流转，我的愁绪与日俱增。此刻的小窗之外仍是那轮不变的夕阳，仿佛对我的心事无动于衷。

【笺注】

①五字诗中目乍成：五字诗，即五言诗。目乍成，以眉目定情。

②尽教残福折书生：化自王彦泓《梦游》“相对只消香共茗，半宵残福折书生”。残福，残留的薄福，引申为短暂的幸福。

[又]

欲寄愁心朔雁[①]边。西风浊酒惨离颜。黄花时节碧云天。　　古戍烽烟迷斥堠[②]，夕阳村落解鞍鞯。不知征战几人还。

【译文】

西风劲吹，我饮一壶浊酒，神情凄苦。在这菊花绽放、登高怀人之际，我唯愿大雁能将我的愁心捎给北方边塞的友人。　　遥想边塞上，古代城堡遗迹泛着迷蒙的烟雾，边关哨所难以辨别清楚，有人在夕阳西下的时候骑马经过某个村落，解鞍下马稍事休整。自古以来，有多少远赴边疆参战的人最后能够平安还乡呢？

【笺注】

①朔雁：北方边塞的大雁。

②斥堠（hòu）：侦察敌情的岗哨，泛指边关哨所。

［又］

记绾长条欲别难。盈盈自此隔银湾。便无风雪也摧残。　　青雀几时裁锦字[①]，玉虫连夜翦春幡[②]。不禁辛苦况相关。

【译文】

记得我们分别那日，折柳相送，依依不舍，都知道从此远隔天涯、再难相见，那种刻骨相思，比风霜雪雨更能催人老去。　　如今真个远隔天涯，不知何时才会收到你的音信。马上就要立春，正是连夜在灯下裁剪春幡、准备迎春之时，你也许忙得没空写信吧。我心仍系于你，你是否也在思念中煎熬，和我一般憔悴？

【笺注】

①青雀几时裁锦字：青雀，即青鸟。据《汉武故事》，青鸟是西王母的信使。锦字，信笺。

②玉虫连夜翦春幡：玉虫，灯花。春幡，古代风俗，在立春之日，女子把缯绢剪成小幡，或簪在家人的头上，或缀在树上，称为春幡，以示迎春之意。本句是说连夜挑灯裁剪春幡。翦，同“剪”。

[又]

谁念西风独自凉。萧萧黄叶闭疏窗。沉思往事立残阳。　被酒[①]莫惊春睡重，赌书消得泼茶香[②]。当时只道是寻常。

【说明】

当为悼亡之作。

【译文】

独自在西风中感受秋凉，关上窗，看窗外黄叶零落。夕阳的余晖映在身上，我久久呆立，沉浸在当初有你陪伴的回忆里。　记得某个春日晚上我们一起欢醉，早晨迟迟起不了床。我们还时常谈诗论文，快乐得忘乎所以。那样的幸福如今已成奢望，当时竟然只觉得这一切不过是寻常。

【笺注】

①被酒：醉酒。

②赌书消得泼茶香：李清照《金石录后序》记载自己与赵明诚的夫妻生活，说每次饭后都在归来堂烹茶，指着堆积的书卷，互相考校某事在某书第几卷第几页第几行，以胜负决定饮茶次序。答中的人每每举杯大笑，以致把茶水倾在怀里，反而喝不到了。

［又］

十八年来堕世间。吹花嚼蕊弄冰弦。[①]多情情寄阿谁边。　紫玉钗斜灯影背，红绵粉冷枕函偏[②]。相看好处却无言。

【译文】

想来她是从仙境坠入人间的，故而不沾一点烟火气。看她无忧无虑地吹奏曲子、弹拨琴弦，不知道她的一颗心寄托在谁身上？　看她熟睡的模样，枕头歪斜着，白天用过的紫玉钗也在跳动的灯影里歪斜着，梳妆用的粉扑早已抛在一边。我在旁边默默欣赏，她这样子真是惹人爱怜，再美的语言也无法表现。

【笺注】

①吹花嚼蕊弄冰弦：吹花嚼蕊，典出李商隐《柳枝诗序》，洛阳有个女孩子名叫柳枝，她十七岁时，本该是喜欢梳妆打扮的年纪，但她对这些事缺少耐心，倒喜欢“吹叶嚼蕊”，弄片树叶吹吹曲子。她还擅长丝竹管弦，能作“天海风涛之曲，幽忆怨断之音”。柳枝曾因爱慕李商隐的文才而托人向李商隐求诗。

性德曾托好友顾贞观寻访“天海风涛之人”，于是有了和江南才女沈宛的一段因缘。性德致顾贞观书信中提到："又闻琴川沈姓有女颇佳，亦望吾哥略为留意。"

冰弦，据《太真外传》，是域外的冰蚕丝做的琴弦。

②红绵粉冷枕函偏：红绵，是女子擦粉用的粉扑。枕函，代指枕头。古时候的枕头有木制、瓷制的，中空可以装物，是为枕函。

［又］

莲漏[①]三声烛半条。杏花微雨湿红绡。那将红豆记无聊。　　春色已看浓似酒，归期安得信如潮[②]。离魂入夜倩谁招[③]。

【译文】

莲花漏刚刚响了三声，蜡烛也燃掉了一半，提醒着不眠的人此刻已三更，夜已深。窗外雨沥沥，湿了红杏。把玩着红豆，一个人在思念中待得久了，便容易陷入百无聊赖的情绪里去。　　春色浓如酒，正是好时候，思念的人为何不能如期归来呢？谁能将我的魂魄带到爱人的身边？

【笺注】

①莲漏：即莲花漏，是一种雅致的时钟。

②归期安得信如潮：化自王彦泓《错认》"秋期只愿信如潮"。潮水来去皆有定时，故称潮信。闺怨题材的诗歌常以潮信来对比远人没有确定的归期。

③离魂入夜倩谁招：典出唐传奇《离魂记》，倩娘与王宙相爱，王

宙远行，倩娘的魂魄在半夜离开身体，与王宙同行。

［又］

身向云山那畔行。北风吹断马嘶声。深秋远塞若为情。　　一抹晚烟荒戍垒，半竿斜日旧关城。古今幽恨几时平。

【说明】

当为康熙二十一年（1682年）八月性德在觇梭龙行程中所作。

【译文】

向着北方边疆一路前行，凛冽的北风模糊了骏马的嘶鸣，教人听不真切。在这遥远的边塞，在这萧瑟的深秋时节，我的心久久不能平静。　　夕阳下，荒烟飘浮在废弃的营垒上，飘浮在破败的关隘上，令人不禁想起古往今来一切金戈铁马的故事，心绪起伏如波澜。

［又　大觉寺］

燕垒空梁画壁寒。诸天花雨散幽关。[1]篆香清梵有无间。　　蛱蝶乍从帘影度，樱桃半是鸟衔残。此时相对一忘言。

【译文】

寺院里绘有壁画的墙上透出丝丝凉意，梁上虽有燕子筑的小巢，却不见燕子的踪迹。野花缤纷，如同护法诸神撒下的漫天花雨。诵经之声若隐若现，空气中暗暗浮动篆香的烟气。　　蝴蝶飞进帘幕，樱桃已有一半被鸟儿啄去。此情此景蕴含无限美丽与深意，令人忘却了语言，尽情沉迷。

【笺注】

①诸天花雨散幽关：诸天花雨，《仁王经·序品》载，佛祖说法，诸天赞叹他的功德，散花如雨。本句双关，诸天花雨实指野花盛开。诸天，佛教术语，指护法众神。幽关，寺院地处偏僻，故称幽关。

［又 古北口］

杨柳千条送马蹄。北来征雁旧南飞。客中谁与换春衣。　　终古闲情归落照，一春幽梦逐游丝[①]。信回刚道别多时。

【说明】

性德充任御前侍卫曾司马曹，负责在口外（内蒙古）牧马，此词或为这一时期的作品。

【译文】

骑马远行，道旁的杨柳飘起千万柳枝，仿佛对我依依不舍。头顶上，今天的北飞之雁正是当年的南飞之雁。离家在外，冬去春来，无人为我打点行装，替我换上春天的衣裳。 傍晚余晖脉脉，古往今来有多少人对着夕阳生出千愁万绪，而我这一春幽梦，追逐着空中乱飘的蛛丝，没有凭依。刚刚寄走家书，自己已离家太久了，不知何时是归期。

【笺注】

①游丝：飘荡在空中的蛛丝，在诗歌套语里是春残的意象。

［又］

凤髻抛残秋草生。高梧湿月冷无声。当时七夕记深盟。[①] **信得羽衣传钿合**[②]**，悔教罗袜葬倾城**[③]**。人间空唱雨淋铃。**

【说明】

此词通篇用唐明皇、杨玉环事。

【译文】

当年杨玉环自缢的地方已生满了荒草，一轮冷月高挂梧桐树梢，照见这秋夜里的唐明皇，照见他默默地怀想七月七日长生殿里曾经的海誓山盟。 唐明皇相信那个临邛道士有在天界与人世之间传递消息的法力，能使自己与仙去的玉环再通音信。他多么后悔，当初在马嵬坡前没能守护她，连最后好好安葬她都无法做到，终究草率了事。至今世间仍然传唱着唐明皇在马嵬坡事变之后谱写的《雨霖铃》，但那随风飘逝的红颜，再也无法复生。

【笺注】

①当时七夕记深盟：《太真外传》载天宝十年（751年）秋七月，唐明皇与杨贵妃在骊山宫仰望牵牛、织女星，秘密誓约“愿世世为夫妇”。

②信得羽衣传钿合：羽衣，代指道士。陈鸿《长恨歌传》载，唐明皇在和杨玉环的定情之夜曾送她金钗钿合。及至马嵬坡事件之后，一位来自蜀中的道士用方术寻访杨贵妃的魂魄。已在天界的杨贵妃取出当年定情的金钗钿合，分作两半，把其中一半委托道士交给唐明皇。

③悔教罗袜葬倾城：《太真外传》载，杨贵妃死去的那天，马嵬坡的一位老妇人拾到了一双罗袜，相传路过的人花费百钱可以玩赏一次，老妇人因此发家。

［又］

败叶填溪水已冰。夕阳犹照短长亭。何年废寺失题名。　　倚马客[①]临碑上字，斗鸡人[②]拨佛前灯。净消尘土礼金经。

【译文】

落叶填满小溪，溪水已然结冰，一路上长亭短亭都笼罩在夕阳的余晖里。我在一座废弃的寺院前停下了马，这寺院不知道已经荒废了多少年，看不到匾额，不知道这寺院的名字。　　倚着马，我用擅写诗词的笔抄写寺院里的碑文。我这宦海中的倦客，挑亮了佛像前的灯火。抖落身上的尘土，仿佛抖落了凡尘，我虔诚地跪在佛前祈祷。

【笺注】

①倚马客：倚马客表示一流的才干，典出《世说新语·文学》，袁虎跟随桓温北伐，因事受到处分，被免了官。正巧桓温急需一篇檄文，便叫来袁虎，命他倚靠在战马旁边草拟。袁虎手不辍笔，很迅速地就写完了七张纸，且写得极好。

②斗鸡人：“斗鸡人”表示荣耀与地位，典出陈鸿《东城父老传》，唐玄宗宠爱一个叫作贾昌的斗鸡小孩，给了他极其尊贵的待遇。

［又 庚申除夜］

收取闲心冷处浓。舞裙犹忆柘枝红。[1]谁家刻烛[2]待春风。　竹叶樽空翻采燕[3]，九枝灯灺颤金虫。风流端合倚天公。

【译文】

不要再在幽冷的地方独自品味闲愁了，且看眼前盛大的歌舞，那场面不是还和往年一样绚烂吗？　酒喝了一杯又一杯，头戴采燕的舞女频频过来斟满。九枝灯在夜色中熄灭，唯余灯花仍在微微颤抖。想开些吧，人生的风流韵致毕竟由天不由人哪。

【笺注】

①舞裙犹忆柘枝红：柘（zhè）枝，柘枝舞，唐代由西域传入中原。

②刻烛：古人在蜡烛上标记刻度，用以计时。

③竹叶樽空翻采燕：竹叶，酒名。采燕，古代风俗，在立春那天把

彩色绸缎剪为燕子形状戴在头上。

［又］

万里阴山万里沙。谁将绿鬓斗霜华。年来强半在天涯。　　魂梦不离金屈戌[1]，画图亲展玉鸦叉[2]。生怜瘦减一分花。

【说明】

康熙二十一年（1682年），性德自梭龙归，请人绘《楞伽出塞图》（性德号楞伽山人）。此词下片有"画图亲展"，当是题画之作。

【译文】

边塞之地尽是黄沙，这一年来大半时间都在这漫天风沙中度过，乌黑的头发在边塞寒霜的侵袭下还能乌黑多久？　　总是梦见归家，推开那一扇熟悉的房门。如今却只有用玉制的叉子展开画卷，才能一窥家乡的风貌。可怜画中的花朵如此稀疏，就像我在思乡情中日益消瘦。

【笺注】

①屈戌：门窗上的搭扣，也作"屈戍"，这里代指家园。

②玉鸦叉：又作玉丫叉，玉制的叉子，用来张挂书画或展开屏障。

[又]

肠断斑骓去未还。绣屏深锁凤箫寒。一春幽梦有无间。　　逗雨疏花浓淡改，关心芳草浅深难。不成[1]风月转摧残。

【译文】

他骑着斑骓马飘然远去，至今未归，对他的思念教我肝肠寸断。我就这样把自己封闭在房间里，无心摆弄乐器。整个春天，他总是出现在我梦里，但梦境，又是那么捉摸不定。　　疏落的花朵被雨水打湿，改变了颜色的浓淡。望着萋萋芳草，牵挂远方的爱人，时嗔时怨，心绪不宁。难道这风这月摧残了春意，也将摧残我的心吗？

【笺注】

①不成：难道。

[又]

容易浓香近画屏。繁枝影着半窗横。风波狭路倍怜卿。　　未接语言犹怅望，才通商略已懵腾。只嫌今夜月偏明。

【译文】

一阵浓郁的香气吸引我走近画屏，才发现繁茂的花枝将影子投上了窗棂，这时候不由得想起你来，在这个波谲云诡的复杂人世里，越发感到你多么可贵。　　你终于到来，我们先是默然含情对望，而刚一通话便感到情意绵长，只可惜今夜的月亮太过明亮刺眼了些。

［又］

抛却无端恨转长。慈云稽首返生香[①]。妙莲花[②]说试推详。　　但是有情皆满愿，更从何处着思量[③]。篆烟残烛并回肠。

【说明】

悼亡之作，多涉佛语。性德于佛教颇倾心，有自号为楞伽山人。

【译文】

不管多么渴望抛却烦恼，烦恼只是越斩越多。我只有在佛前拜倒，请求佛祖赐予我返生香，使我心爱的妻子死而复生。细细地研究《法华经》，经文里不是说不管你遇到多大的烦恼，只要念诵观世音的名号，观世音菩萨就会到你身边帮你排忧解难吗？

经文里说，众生只要许愿，总能如愿。然而我如此虔诚地许愿，真就能如愿吗？香火燃尽，蜡烛也快熄灭，而我的九转回肠，何时才能得到纾解？

【笺注】

①慈云稽首返生香：慈云，佛教术语，佛家称佛的慈悲如大云覆盖世界，这里代指佛祖。

②妙莲花：即《妙法莲华经》，简称《法华经》。

③但是有情皆满愿，更从何处着思量：化自王彦泓《和于氏诸子秋词》“但是有情皆满愿，妙莲花说不荒唐”。“有情皆满愿”语带双关，原意是一切众生都能如愿，引申义反而用了字面上的含义，是说有情人只要许愿，总能如愿。有情，佛教术语，指一切众生，也译作众生。人类、诸天护法、饿鬼、畜生、阿修罗等有情识的生物都称有情，草木金石、山河大地等则称无情。

[又 小兀喇[1]]

桦屋鱼衣柳作城。蛟龙鳞动浪花腥。飞扬应逐海东青[2]。　　犹记当年军垒迹，不知何处梵钟声。莫将兴废话分明。

【说明】

康熙二十一年（1682年），三藩之乱已告平定，康熙帝东巡祭祖，并至兀喇兴围，性德扈从。小兀喇原是性德祖先叶赫部的领地。

【译文】

在小兀喇那个地方，人们用桦木建房，用鱼皮制衣，种植成排的柳树作为屏障。那里的河水仿佛有蛟龙游动，河面上闪烁龙鳞一般的光辉，浪花里泛着浓重的腥气。那里的人们喜欢驯养海东青，用它来捕捉猎物。　　旧日营垒让人想起当年的战争，而如今一片宁静祥和，还有那不知从何处飘来的寺院钟声。朝代更迭、江山兴废，一切皆成过眼云烟，又何必细辨孰是孰非呢？

【笺注】

①小兀喇：即吉林乌拉，在今吉林市松花江畔。满语吉林的意思是“沿”，乌拉的意思是“江”，吉林乌拉即“沿江”。

②海东青：雕的一种，产于黑龙江一带，性情凶猛，北方民族常常驯养海东青为狩猎之用。

［又 姜女祠］

海色残阳影断霓。寒涛日夜女郎祠。翠钿尘网上蛛丝。　　澄海楼高空极目，望夫石在且留题。六王如梦祖龙非[①]。

【说明】

当作于康熙二十一年（1682年）扈从东巡途中。

【译文】

大海沐浴着夕阳余晖，冰冷的海涛日夜拍打着姜女祠下的岩石。姜女祠内冷冷清清，孟姜女的雕像已缀满蛛网与尘灰。　　登上高耸的澄海楼极目远眺，还能眺望到什么？望夫石至今犹在，且在那里题诗一首吧。想那战国时候关东六国都亡于秦始皇之手，而秦始皇也早已作古，胜利者与失败者在浩渺的时空里皆成虚空，他们的胜败又有多少意义呢？

【笺注】

①六王如梦祖龙非：六王，指战国燕、赵、韩、魏、齐、楚六国的

国君。祖龙，指秦始皇。《史记·秦始皇本纪》“今年祖龙死”，《集解》作注：“祖，始也。龙，人君像。谓始皇也。”此句是说战国七雄争霸中的胜利者和失败者都已成过眼烟云。

［又］

旋拂轻容写洛神。须知浅笑是深颦。十分天与可怜春。　　掩抑薄寒施软障[①]，抱持纤影藉芳茵。未能无意下香尘[②]。

【说明】

咏美人图之作。

【译文】

轻轻展开素绢，看画面上那位秀丽女子，她天生一副可爱模样，如春光般明媚，就连皱眉的样子也像极了笑容。　　将素绢画张挂在屏风上欣赏，就好像用屏风来替画中人阻挡寒意。她姿态纤柔轻盈，仿佛被落花托起。或许，她也想过从画中走出来和我亲近吧？

【笺注】

①掩抑薄寒施软障：掩抑，阻隔。软障，屏风画，本身没有骨架，一般张挂在屏风上。

②下香尘：挟香尘而下。香尘，女子经过时所荡起的芳香之尘。前秦王嘉《拾遗记·晋时事》载，石崇把沉水香碾成粉末，撒在象床上，使心爱的女子在床上践踏。

［又］

十二红帘窣地深。才移刬袜[1]又沉吟。晚晴天气惜轻阴。　　珠衱佩囊三合字[2]，宝钗拢髻两分心[3]。定缘何事湿兰襟。

【译文】

十二红帘长长垂地，她没有穿鞋，只穿着袜子，才走了几步却又迟疑不前。在这晚晴微热的天气里，一点点阴凉是多么令人爱惜。　　她缀着珍珠的裙带上佩着一个香囊，这香囊绣着三个字的半边，必须和另一个香囊合在一起才能看出完整的字样。她的头上还梳着发髻，将头发从中间分开，像两颗心剖分开来的样子。到底是因为什么事，伊人流下的泪水都沁透了衣衫？

【笺注】

①刬（chǎn）袜：只穿着袜子行走。李煜《菩萨蛮》有“刬袜步香阶，手提金缕鞋”。

②珠衱佩囊三合字：衱（jié），裙带。三合字，情侣各自佩戴的一对香囊上各绣三个半边字，合在一起就组成了三个完整的字。

③宝钗拢髻两分心：古代风俗，未出嫁少女的发型梳成双髻，即从中间向左右两分。

［又 红桥怀古，和王阮亭韵］

无恙年年汴水流。一声水调[①]短亭秋。旧时明月照扬州。　　曾是长堤牵锦缆，绿杨清瘦至今愁。玉钩斜路近迷楼[②]。

【说明】

本词作于康熙二十三年（1684年）十月，其时性德扈从南巡，经过扬州红桥，根据王士祯（号阮亭）吟咏红桥的一首《浣溪沙》步韵写下的和作。性德对步韵诗向来反感，他在《渌水亭杂识》里专有一条评论说，当今诗词的大害莫过于写步韵诗，如果人们不戒除写步韵诗的毛病，则必然不会有好诗出现。这首是性德少有的步韵诗词。

至于怀古，性德曾在《渌水亭杂识》里提出了咏史诗的一个创作理念：咏史诗不能搞议论，因为一有议论就不再成其为诗词，而变成史评了。这首《浣溪沙》很好地体现了这个创作理念。

【译文】

汴水年年都是这样流淌，明月也未改变旧时模样。是谁在河边小小的驿站里唱起隋炀帝开凿运河时的《水调》，给秋色平添了一分苍凉？

遥想隋炀帝当初乘龙舟沿淮水下扬州，强征吴越少女在运河两岸为龙舟拉纤，少女死者枕藉，使当时在运河两岸栽种的柳树至今仍笼罩在浓浓的哀愁里。少女们被埋葬在玉钩斜，而那不远处便是隋炀帝那座被称为迷楼的奢华行宫。

【笺注】

①水调：曲调名，相传为隋炀帝开凿汴河时所创。

②玉钩斜路近迷楼：玉钩斜，传说拉纤少女的埋葬之地。迷楼，隋炀帝在扬州西北郊营建的宫室。据《南部烟花记》，为了修建迷楼，隋炀帝征发了几万民工，耗费多年才告建成。隋炀帝游览之时，见宫室建筑回环往复，便对左右说，就算神仙来到这里也会迷路的。故而名之为迷楼。

[风流子 秋郊即事]

平原草枯矣，重阳后，黄叶树骚骚。记玉勒青丝，落花时节，曾逢拾翠[①]，忽忆吹箫。今来是、烧痕残碧尽，霜影乱红凋。秋水映空，寒烟如织，皂雕飞处，天惨云高。　　人生须行乐，君知否，容易两鬓萧萧。自与东君[②]作别，刬地[③]无聊。算功名何许，此身博得，短衣射虎[④]，沽酒西郊。便向夕阳影里，倚马挥毫。

【说明】

行猎词，属早期作品。

【译文】

平原上的草已凋枯，重阳节刚刚过去，大风猛刮树上的黄叶。忽然忆起落花时节曾骑马在此游玩，偶遇俏丽的游春女子，心生恋慕。那时的情景多么风情万种，而今这里却只有大火烧过的黑痕和秋天的霜迹，再无一点花红柳绿。秋水映着晴空，烟霭凄迷如同织物一般，在黑雕飞过的地方，只看到天色惨淡、白云孤高。　　你可知道，人生应当及时行乐，因为时光流逝太过匆匆。自从春天过去，每一天都是百无聊赖。

功名利禄当真值得追求吗？这一生倒不如就在行猎与饮酒中潇洒度过吧，兴致来时，正好在夕阳的余晖里吟诗作赋。

【笺注】

①拾翠：拾取翠鸟的羽毛当作首饰，后多代指女子游春，这里代指游春的女子。

②东君：司掌春天的神仙。

③刬地：依旧，照样。

④短衣射虎：化自杜甫《曲江》“短衣匹马随李广，看射猛虎终残年”。《史记·李将军列传》载，李广听说所居之郡有虎，亲往射杀之。

［画堂春］

一生一代一双人。争教两处销魂。相思相望不相亲。天为谁春。浆向蓝桥易乞[①]，药成碧海难奔[②]。若容相访饮牛津[③]。相对忘贫。

【译文】

注定要共度一生一世的两个人，为什么命运偏偏要安排他们悬隔两地，因长相思而摧心肝？那么多思念与盼望，却终是无法相聚，上天为何不眷顾他们？世间最难得的，并不是人人都向往的羽化登仙，而是能和有情人做一对时常相聚的平凡夫妻。若能相守，日子再贫苦又何妨？

【笺注】

①浆向蓝桥易乞：倒装句，实为“向蓝桥乞浆易”，典出裴铏《传

奇·裴航》。裴航在回京途中与樊夫人同舟，赠诗以致情意，樊夫人却答以一首离奇的小诗："一饮琼浆百感生，玄霜捣尽见云英。蓝桥便是神仙窟，何必崎岖上玉清。"裴航见了此诗，不知何意，后来行到蓝桥驿，因口渴求水，偶遇一位名叫云英的女子，一见倾心。此时此刻，裴航念及樊夫人的小诗，恍惚之间若有所悟，便以重金向云英的母亲求聘云英。云英的母亲给裴航出了一个难题："想娶我的女儿可以，但你得给我找来一件叫作玉杵臼的宝贝。我这里有一些神仙灵药，非要玉杵臼才能捣得。"裴航得言而去，终于找来了玉杵臼，又以玉杵臼捣药百日，这才得到云英母亲的应允。后来裴航与云英双双仙去，非复人间平凡夫妻。

②药成碧海难奔：化自李商隐《嫦娥》"嫦娥应悔偷灵药，碧海青天夜夜心"。《淮南子·览冥训》载，羿向西王母求得不死之药，嫦娥把药偷走，奔往月宫。

③若容相访饮牛津：晋人张华《博物志》载，大海尽处即天河，每年八月，海边有浮槎往返于天河与人间，从不失期。于是有人立志利用这个机会探访天河，便在槎上搭起了飞阁，阁中储满了粮食，向天河而去。一日豁然见到城郭和屋舍，举目遥望，见女人们都在织布机前忙碌，却有一名男子在水滨饮牛。问那男子这里是什么地方，男子回答："你回到蜀郡一问严君平便知道了"。这人回到人间之后便去拜访蜀郡的著名神算严君平，严君平道："某年某月某日，有客星犯牵牛宿。"算来这个时间正是他到达天河的日子，那位在水滨饮牛的男子自然就是天河之滨的牛郎了。

[蝶恋花]

辛苦最怜天上月。一昔如环，昔昔都成玦。若似月轮终皎洁。不辞冰雪为卿热[①]。　　无那尘缘容易绝。燕子依然，软踏帘钩说。唱罢秋坟愁未歇。春丛认取双栖蝶[②]。

【说明】

悼亡之作。

【译文】

最怜惜月亮的辛苦，一个月中只有一夜圆满，其他所有夜晚都有残缺。如果你能像满月那般永远皎洁圆满，永远与我团聚相守，我愿为此付出一切，就连生命也在所不惜。　　无奈尘缘易断，但燕子依然呢喃不已，不懂得人的伤心。用诗笔倾诉我的忧愁，诗句收尾处忧愁却仍在延续。等到春天，在花丛里辨认那些并肩双飞的蝴蝶，不知道哪一只是我，哪一只是你。

【笺注】

①不辞冰雪为卿热：典出《世说新语·惑溺》，荀奉倩和妻子的感情极笃，有一次妻子患病，身体发热，体温总是降不下来，当时正值隆冬，荀奉倩情急之下，脱掉衣服，赤身跑到庭院里，让风雪冻冷自己的身体，再回来贴到妻子的身上给她降温。如此这般不知多少次，但深情并没有感动上天，妻子还是死了，荀奉倩也被折磨得病重不起，很快也随妻子而去了。

②春丛认取双栖蝶：《山堂肆考》载，民间传说大蝴蝶必定成双，

是梁山伯、祝英台的魂魄所化，一说是韩凭夫妇的魂魄所化。李冗《独异志》载，宋康王夺走了韩凭（又作韩朋）的妻子，派韩凭修筑青陵台，然后杀死了他。韩凭的妻子请求临丧，跳下青陵台自尽身亡。《太平寰宇记》对此事也有记载，说韩凭的妻子事先把衣服做了腐化处理，在青陵台上突然投身下跳，左右的人急忙拉住她的衣角，谁知衣服触手即碎，化作片片蝴蝶。宋康王愤恨不已，把韩凭夫妻分别埋葬，结果两座坟墓上分别生出了两棵大树，枝条互相接近，终于缠绕在一起，是为连理枝。或说韩凭夫妇化为蛱蝶。

［又］

眼底风光留不住。和暖和香，又上雕鞍去。欲倩烟丝遮别路。垂杨那是相思树。　　惆怅玉颜成闲阻[①]。何事东风，不作繁华主。断带依然留乞句。[②]斑骓一系无寻处。

【译文】

眼前风光虽好，却是我挽留不住的。无可奈何，在一片温暖与芬芳里，他又一次上马远行。想要请柳丝飞舞起来，遮住他身后的道路，莫让我看见他离开的背影。但垂杨不是相思树，怎会理解我的伤心。　　从此我们将天涯相隔，为什么上天不肯成全我们的姻缘呢？身边依然珍藏着他的信物，但他的马已走远，再也寻不到踪影。

【笺注】

①闲阻：间阻，阻碍。闲，本是会意字，表示门中有木，是栅栏之

类的意思，引申为阻隔、边界。

②断带依然留乞句：典出李商隐《柳枝诗序》，洛阳有个女孩子名叫柳枝，父亲本是位有钱的商人，但不幸遭遇风波而死。李商隐的堂兄李让山是柳枝的邻居，一天，李让山吟咏李商隐的《燕台诗》，柳枝突然跑了出来，吃惊地问：“这诗是谁写的呀？”李让山说：“是我一个亲戚小哥写的。”柳枝当即便要李让山代自己向这个“亲戚小哥”去求诗，大概还怕李让山不经心，特地扯断衣带系在了他的身上作为提醒。

［又 散花楼送客］

城上清笳城下杵。秋尽离人，此际心偏苦。刀尺又催天又暮。一声吹冷蒹葭浦。　　把酒留君君不住。莫被寒云，遮断君行处。行宿黄茅山店路。夕阳村社迎神鼓。

【说明】

送别之作。张刻本词题作《送见阳南行》，即为张纯修送行而作。散花楼，何地不详，或是京城里的一处酒楼。

【译文】

城头阵阵凄清的胡笳声，城下一片捣衣的砧杵声。这些声音加深了秋意，此刻在别离的酒宴上，心情益发沉痛。城中的女人们忙着裁剪冬衣，夕阳西下，又一声胡笳响起，远处那生满芦苇的水滨越发显得寒意深深。　　向你频频劝酒，频频挽留，你却终于要走。希望寒云不要遮断你行经的道路，好让我可以目送你一路远行。当你在荒凉的山中旅社歇宿的时候，该会听到农家祭祀土地神的鼓声吧。

［又］

准拟[①]春来消寂寞。愁雨愁风，翻把春担阁。不为伤春情绪恶。为怜镜里颜非昨。　　毕竟春光谁领略。九陌缁尘，抵死遮云壑[②]。若得寻春终遂约。不成长负东君诺。

【译文】

本打算让万紫千红的春天来排解我的寂寞，却没料到近来总是风雨萧索，春光迟迟未到。但我心绪低落并非因为伤春，而是为那镜中老去的容颜。　　到底如何才能够安心享受春天？凡尘俗事总是萦绕心怀，让人不能做置身事外的清梦。我还是希望摆脱尘世的牵绊，安享春天的美丽，不辜负春天之神对我的期待。

【笺注】

①准拟：打算。

②抵死遮云壑：抵死，总是。云壑，云雾遮覆的山谷，引申为僻静的隐居之所。

［又］

又到绿杨曾折处。不语垂鞭，踏遍清秋路。衰草连天无意绪。雁声远向萧关去。　　不恨天涯行役苦。只恨西风，吹梦成今古。明日客程还几许。沾衣况是新寒雨。

【译文】

又到了当初折柳送别的地方，我默然不语，马鞭低垂，在清秋天气里茕茕前行。荒草一望无际，惹动愁怀，大雁鸣叫着向远方的边塞飞去。　　远行在天涯已经是一桩苦事，但这样的辛苦哪比得上被西风吹醒了还乡之梦，醒来后哀叹过去甜蜜的日子已一去不返？明天还要继续赶路，不知道还要走上多久，心绪本已凄迷，更何况寒冷的雨水打湿了我的征衣。

［又］

萧瑟兰成看老去[1]。为怕多情，不作怜花句。阁泪[2]倚花愁不语，暗香飘尽知何处。　　重到旧时明月路。袖口香寒，心比秋莲苦。休说生生花里住，惜花人去花无主。

【说明】

悼亡之作。

【译文】

我已经日渐衰老憔悴，为了不惹起更多的伤感，惜花的诗句如今也不敢再写。只是噙着泪水倚在花旁，默默无语，看花儿随风飘落，不知去向。　　重新走上旧日我们一同散步的小径，月光依旧，衣袖还残留花的余香，但这余香已冷，我的心哪，苦如秋天的莲子。不敢回忆彼此曾经的约定，约定世世代代都在花丛里相依相守。惜花的你已经离去，花儿从此不再属于我们。

【笺注】

①萧瑟兰成看老去：兰成，庾信的小字，性德这里以庾信自比，谓如庾信一般少年俊逸的自己已渐衰老。

②阁泪：含着眼泪。阁，同“搁”，“搁着眼泪”即“含泪”。

［又］

露下庭柯蝉响歇。纱碧如烟，烟里玲珑月。并着香肩无可说。樱桃暗解丁香结[①]。　　笑卷轻衫鱼子缬。试扑流萤，惊起双栖蝶。瘦断玉腰[②]沾粉叶。人生那不相思绝。

【译文】

庭院里满是露水，高树上的蝉停止鸣叫，月光透过碧窗纱，光线如烟霭一般迷蒙。那天我们肩并着肩，默默无言。你虽然一语不发，却暗暗解开了我的心结。　　你笑意清浅，卷起美丽的衣袖，捕捉萤火虫，却惊起了一对双栖的蝴蝶。蝴蝶沾着花粉的腰肢纤弱无比，而如今的我，也在思念中消瘦。对你的思念，终其一生也无法断绝。

【笺注】

①樱桃暗解丁香结：樱桃，比喻女子的樱桃小口。丁香结，丁香的花蕾，古人常以呈紧密包裹状的丁香花蕾比喻愁肠郁结。而丁香花蕾还有一个特点：到了成熟的时候，只要轻轻一碰，就会顺着纹理绽裂开来，恰是“暗解丁香结”。

②玉腰：即蝴蝶，语出温庭筠的一副对联：“蜜官金翼使，花贼玉腰奴”。

［又 出塞］

今古河山无定据。画角声中，牧马频来去。满目荒凉谁可语。西风吹老丹枫树。　　从前幽怨应无数。铁马金戈，青冢黄昏路。一往情深深几许。深山夕照深秋雨。

【译文】

自古以来政局风云变幻，江山没有确定的归属。号角声中，北方的游牧部落不断南侵，又不断北返。满目荒凉景象，我独自感伤，无人可诉说。丹枫树在西风的吹掠下日渐凋零。　　历史上这里发生过多少生离死别，但再多的金戈铁马、战火硝烟，最终都要归于宁静，徒留几座青冢。当夕阳照进深山，秋雨缓缓滴落，多少柔情突然涌上我心头。

［又］

尽日惊风吹木叶。极目嵯峨，一丈天山雪[①]。去去丁零愁不绝[②]。那堪客里还伤别。　　若道客愁容易辍。除是朱颜，不共春销歇。一纸乡书和泪摺。红闺此夜团圞月。

【说明】

此词《瑶华集》题作“十月望日与经岩叔别”。经岩叔，名经纶，性德觇梭龙时经纶随行。推测此词作于康熙二十一年（1682年）十月十五日，是时经纶于觇梭龙途中先行返京。

【译文】

狂风整天吹拂落叶，远远望去，边塞群山覆盖着厚厚的积雪。向着边塞走去，离家越远，愁绪便越深重，哪里禁得起在旅途中还要同你话别？　　除非青春可以永驻，远行思乡的愁绪才可以稍做停歇。噙着泪水，将家书放进信封，今夜那象征团圆的明月一定也照进了我妻子的窗口。

【笺注】

①一丈天山雪：这里的天山应代指塞外高山，因为性德从未到过新疆。

②去去丁零愁不绝：去去，越走越远。丁零，汉代匈奴属国，在匈奴之北。性德写作此词正在觇梭龙途中，即侦察中俄边境的情况，以备对抗俄罗斯的入侵，清人误以为俄罗斯是丁零的后裔。

［河传］

春残。红怨。掩双环。微雨花间昼闲。无言暗将红泪弹。阑珊。香销轻梦还。　　斜倚画屏思往事。皆不是。空作相思字。记当时。垂柳丝。花枝。满庭胡蝶儿。

【译文】

春光将逝，落花令人伤感。关起房门，任微雨湿了花枝，独自消磨这漫长的白天。心绪凄凉中默默垂泪，熏香燃尽最后的温暖，梦中的景象再次浮现在眼前。　　斜靠着屏风，回忆甜蜜往事，然而如今所有的事都不再顺心，心间唯余相思。记得当时与他在一起，一切都那么好，柳丝低垂，花枝正艳，庭院里满是双飞双栖的蝴蝶。

［河渎神］

凉月转雕阑。萧萧木叶声干。银灯飘落琐窗闲①。枕屏几叠秋山。　　朔风吹透青缣被。药炉火暖初沸。清漏沉沉无寐。为伊判得憔悴②。

【译文】

我能想象，今夜她家里的景象：幽凉的月转过精致的栏杆，落叶飘坠，传来干涩嘶哑的声音。灯花飘飞，花窗紧闭，枕前屏风上画着秋山的轮廓。　　而此时的我，远行在北方，正在失眠中把她怀想。北风吹透了我的被衾，药炉刚刚烧沸，耳畔传来低沉的更漏声，让我越发无法入睡。相思苦，让我如此憔悴。

【笺注】

①琐窗闲：琐窗紧闭。琐窗，镂刻有连琐图案的窗棂。闲，本是会意字，表示门中有木，是栅栏之类的意思，这里指用销子销住。

②为伊判得憔悴：化自柳永《凤栖梧》“为伊消得人憔悴”。判得，拼得。

［又］

风紧雁行高。无边落木萧萧。楚天魂梦与香消。青山暮暮朝朝。　断续凉云来一缕。飘堕几丝灵雨[①]。今夜冷红浦溆[②]。鸳鸯栖向何处。

【译文】

秋风萧瑟，卷起漫天落叶，大雁向着南方高飞。爱情匆匆开始，又匆匆结束，徒然留下无尽相思。　偶然飘来一朵凉云，洒下几点雨水，不由令人记挂起那生着红草的水滨，鸳鸯今夜该向哪里栖宿？

【笺注】

①灵雨：好雨。语出《诗经·鄘风·定之方中》“灵雨既零”。《笺》：“灵，善也。”《广雅》：“灵，福也。”灵雨即良雨、好雨。《饮水词笺校》释为：“据《后汉书·郑弘传》，郑弘为淮阳太守，政宽人和，致行春天旱，有灵雨随车而降。后遂以灵雨为称颂地方官典故。……此词用语多及湘楚，殆为寄张见阳词。见阳任江华令，因

有‘灵雨’之辞。‘鸳鸯’云云，则颇涉调侃。词当作于康熙十八年（1679年）秋见阳南行后不久。”按，《饮水词笺校》因为误释“灵雨”之典，故而求之过深，错会了本词的主题。本词当为爱情主题。

②冷红浦溆：冷红，即红草，亦称荭草，生于路边或水边湿地。《饮水词笺校》注为“秋花”，不确。浦溆，水滨。

［落花时］

夕阳谁唤下楼梯。一握香荑。回头忍笑阶前立，总无语，也依依。　　笺书直恁无凭据[①]，休说相思。劝伊好向红窗醉，须莫及，落花时。

【译文】

是谁将她唤下楼来？她沐浴着夕阳，纤纤玉手扶着楼梯的扶手。她站在阶前回过头去，强忍笑意，虽然一言不发，但柔美的姿态令人着迷。　　给她写信，她却不做答复。为她相思，她却无动于衷。她真应该好好把握住青春，不要平白错过了最美的年华。

【笺注】

①直恁无凭据：直恁（nèn），竟然如此。无凭据，不能凭信。

纳兰词 全译

卷二

［金缕曲　赠梁汾[1]］

德也狂生耳。[2]偶然间、缁尘京国，乌衣门第。有酒惟浇赵州土，谁会成生此意。[3]不信道、遂成知己。青眼高歌俱未老[4]，向樽前、拭尽英雄泪。君不见，月如水。　　共君此夜须沉醉。且由他、蛾眉谣诼[5]，古今同忌。身世悠悠何足问，冷笑置之而已。寻思起、从头翻悔。一日心期千劫在，后身缘、恐结他生里。然诺重，君须记。

【说明】

本词作于康熙十五年（1676年），是性德的成名之作。其时性德初识顾贞观，作此《金缕曲》为顾题照。

【译文】

我本是一介狂生，只因命运的偶然才生长于京城豪门罢了。我仰慕的是豪爽好客的战国平原君，可有谁了解我这样的真性情呢？和你顾贞观虽然身份地位悬隔，谁能想到我们两个却结成了知己。我们都还没有老去，不该在饮酒的时候流泪悲叹。你没看到吗，此刻月光如水。　　正该开怀痛饮，管那些小人如何在背后议论，才高招忌是古往今来都如此的事情。自己的身世遭际不用在意别人的眼光，对那些不怀好意的探询只消冷笑以对。只是当自己思量往事的时候，才觉得多少有些悔不当初。和你一朝订交，友谊便会长存，生生世世不绝。请你一定记得我对你的郑重承诺。

【笺注】

①梁汾：顾贞观，字华峰（一作华封），号梁汾，无锡人，康熙五年（1666年）举顺天乡试，擢内国史院典籍，康熙十年（1671年）退归乡里，康熙十五年（1676年）再度进京，结识性德，著有《积书岩集》及《弹指词》。

②德也狂生耳：德，作者自指。性德以“德”称名，是仿效汉人的习惯，类似姓成名德，字容若，有时也以“成生”自谓，朋友们书信往来，常常也以“成容若”称之，而不用纳兰（那拉）这个姓氏。

③有酒惟浇赵州土，谁会成生此意：套用李贺《浩歌》“买丝绣作平原君，有酒唯浇赵州土”。平原君是赵国贵族，“战国四君子”之一，喜好交游，无论达官显贵还是贩夫走卒，只要性情投合，就会倾盖如故。本句意思是仰慕平原君的为人。性德《效江醴陵杂拟古体诗》二十首之《左太冲咏史》有“吾闻赵公子，好客埒三君。能令千载后，买丝绣其真”。

④青眼高歌俱未老：化用杜甫《短歌行赠王郎司直》“青眼高歌

望吾子，眼中之人吾老矣”。青眼，据《晋书·阮籍传》，阮籍放浪形骸，不受礼俗拘束，看到俗人就以白眼视之，看到同道中人就会青眼相加。

⑤蛾眉谣诼：造谣中伤。语出屈原《离骚》“众女嫉余之蛾眉兮，谣诼谓余以善淫”。

［又 姜西溟言别，赋此赠之[①]］

谁复留君住。叹人生、几番离合，便成迟暮。最忆西窗同剪烛，却话家山夜雨。不道只、暂时相聚。滚滚长江萧萧木，送遥天、白雁哀鸣去。黄叶下，秋如许。　　曰归因甚添愁绪。料强如、冷烟寒月，栖迟梵宇。一事伤心君落魄，两鬓飘萧未遇。有解忆、长安儿女。裘敝入门空太息[②]，信古来、才命真相负[③]。身世恨，共谁语。

【说明】

康熙十八年（1679年）秋，姜宸英奔母丧南归，性德予以资助，并填此词相赠。

【译文】

谁又在把你挽留？可叹人生在几次离别中便匆匆老去。最令人想念的，是在西窗下一起秉烛夜谈，听你讲起故乡的生活，却不料这短暂的相聚随即而来的是漫长的告别。长江滚滚，落叶纷纷，白雁哀鸣着向远方飞去，而你也将离我而去。黄叶扑簌簌落下，秋天的景象凄凉如此。　　你说着要离去，我就平添了许多愁绪。但你要回乡就回吧，想来该好过如今在京城凄凉地寄宿在寺院里。你已两鬓斑白，儿女在家乡思念着你，而我一直为你的落魄遗憾不已。你上京城求取功名，才高八斗却始终不能及第，看来无论古今，才华与命运总是彼此背离。这满腔的悲愤，又能够对谁讲起？

【笺注】

①姜西溟言别，赋此赠之：姜西溟，即姜宸英，字西溟，浙江慈溪人，明末清初的书法家、史学家。姜宸英多年逗留京城以寻取功名，郁郁不得志，到七十岁时——康熙三十六年（1697年）——才考中进士，翌年充任顺天乡试副主考官，舆情论其不公，被劾下狱，待平反时已在狱中自尽。

②裘敝入门空太息：典出《战国策·秦策一》：苏秦游说秦王，屡屡上书而始终不被重视，黑貂之裘敝，黄金百斤尽，生活费就快断了，只好离开秦国。

③信古来、才命真相负：化用李商隐《有感》“古来才命两相妨”。性德《金缕曲·慰西溟》亦有“须知道、福因才折”。

［又 简梁汾］

洒尽无端泪。莫因他、琼楼寂寞，误来人世。信道痴儿多厚福，谁遣偏生明慧。莫更着、浮名相累。仕宦何妨如断梗[①]，只那将、声影供群吠[②]。天欲问，且休矣。　　情深我自判憔悴。转丁宁、香怜易爇，玉怜轻碎。羡杀软红尘里客，一味醉生梦死。歌与哭、任猜何意。绝塞生还吴季子[③]，算眼前、此外皆闲事。知我者，梁汾耳。

【说明】

此词作于顾贞观（梁汾）寄吴兆骞《金缕曲》二首之后，约在康熙十五年（1676年）岁末或新年之初。汪刻本词题作《简梁汾，时方为吴汉槎作归计》。性德向顾贞观许诺，誓必把流放东北多年的吴兆骞营救回来。

【译文】

没来由的眼泪如今已经流尽，那本属仙界的人哪，真不应该因为难耐仙界的寂寞便错误地降临人世。人世间只有愚笨之人才能享有厚福，而谁让吴兆骞偏偏那样聪明呢？不只是聪明拖累了他，名声也一样拖累了他。做官何妨随波逐流，不必有自己的独立人格。而吴兆骞偏偏特立独行，就连上天也帮不了他。　　我为他的遭遇深深惋惜，只要能够救他回来，纵然憔悴也心甘情愿。但我还要叮咛你顾贞观，香总是容易烧尽，玉总是容易摔碎。那些在名利场上醉生梦死的人反而活得比谁都好，他们不会理解我们这些性情中人的心思，只会无端地猜忌我们。我一定会把流放北方边塞的吴兆骞营救回来，会全力去办这件事，再不分心理会其他事情。能够了解我这番心意的人，只有你顾贞观了。

【笺注】

①断梗：典出《战国策·齐策三》，苏代对孟尝君说："我路过淄上的时候，见到有土偶人与桃梗对话。桃梗对土偶说：'你虽具人形，不过是西岸之土塑成的，淄水一旦冲刷过来，你就会残缺不全了。'土偶回应道：'我本来就是西岸之土，就算淄水冲来，土也无非复归西岸，而你是东国的桃梗，纵然刻削成人形，待淄水冲刷而来，把你冲走，谁知道你会漂到哪里呢？'"

②声影供群吠：语出汉代王符《潜夫论·贤难》"一犬吠形，百犬

吠声”，也作“一犬吠影，百犬吠声”，一只狗看到形影叫了起来，百十只狗便跟着乱叫，比喻庸人不了解真相而随声附和。

③吴季子：即春秋时吴国贤公子季札，亦称延陵季子，这里代指而并非直指吴兆骞。

［又 寄梁汾］

木落吴江[①]矣。正萧条、西风南雁，碧云千里。落魄江湖还载酒，一种悲凉滋味。重回首、莫弹酸泪。不是天公教弃置，是南华、误却方城尉。[②]飘泊处，谁相慰。 别来我亦伤孤寄。更那堪、冰霜摧折，壮怀都废。天远难穷劳望眼，欲上高楼还已。君莫恨、埋愁无地[③]。秋雨秋花关塞冷，且殷勤、好作加餐计。人岂得，长无谓。

【说明】

寄顾贞观之作，慰藉其才高招妒。

【译文】

秋叶纷纷飘落吴江，这是万物萧条的时节，大雁在秋风中南飞，千里碧空上云彩绵延。想你顾贞观落魄江湖，船上载着浇愁的酒，悲凉之感油然而生。再回首时不必落泪，莫要抱怨上天辜负了你的才华，是权贵猜忌你，使你仕途坎坷。当你四处漂泊，有谁安慰你的伤悲？ 自从分别之后，我也自伤自怜，险恶环境已彻底磨灭了我的理想。我想登上高楼，眺望你远走的身影，但终于还是不忍亲眼看你离去。你不要埋怨愁绪无处排遣，要多留心转凉的天气，注意饮食，保重身体，人怎可能一辈子沉沦下去?

【笺注】

①吴江：即吴淞江，代指顾贞观（梁汾）的家乡无锡。

②不是天公教弃置，是南华、误却方城尉：南华，即《南华经》。唐代尊崇道教，升格道家经典，于天宝元年（742年）改称《庄子》为《南华真经》。南华误却方城尉，据孙光宪《北梦琐言》卷二，计有功《唐诗纪事》卷五十四，令狐绹曾以旧事相询于温庭筠，温庭筠答道："此事见于《南华经》。《南华经》并不是冷门书，相国公事之余也应该看一点古书。"令狐绹与温庭筠积怨已久，因此而益发气愤，便上奏说温庭筠有才无行，温庭筠终未进士登第。

另据孙光宪《北梦琐言》卷四，唐宣宗喜欢微服出游，有一次在旅店里遇到了已经做了官的温庭筠。温庭筠不识龙颜，出言不逊："你也就是个司马、长史之流吧？"（按，司马和长史一般是市级官员的助手，这种位置经常被用来安置闲人，白居易就被贬过江州司马，即《琵琶行》所谓的"江州司马青衫湿"。）唐宣宗说："不是。"温庭筠又道："那你就是六参、簿、尉之类了？"（按，这些职位已是县级以下的小吏。）温庭筠因此被贬为方城县尉。

③埋愁无地：《后汉书·仲长统传》载，仲长统生性倜傥，不拘小节，是个著名的狂生，政府征召他做官，他却称病推辞，过着逍遥隐逸的生活，乃至以仙道自期。仲长统写过一首四言诗，其中有"寄愁天上，埋忧地下"。

［又 再赠梁汾，用秋水轩旧韵］

酒涴青衫卷。尽从前、风流京兆[①]，闲情未遣。江左知名今廿载，枯树泪痕休泫[②]。摇落尽、玉蛾金茧。多少殷勤红叶句，御沟深、不似天河浅[③]。空省识，画图展[④]。　　高才自古难通显。枉教他、堵墙落笔[⑤]，凌云书扁[⑥]。入洛游梁[⑦]重到处，骇看村庄吠犬。独憔悴、斯人不免。衮衮门前题凤客[⑧]，竟居然、润色朝家典。凭触忌，舌难剪。

【说明】

作于康熙十六年（1677年）春顾贞观南归之前，慨叹其才高不遇，又遭小人排挤。

【译文】

酒漫青衫，你顾贞观却是无所谓，还是那一副风流不羁的样子。你在江南已经成名二十年，何必叹息年华白白老去？想在京城求取功名，对你来说，这实在难于登天。正如汉元帝不曾欣赏王昭君的美貌，当今朝廷也不会赏识你的才干。　　自古以来，才华高绝的人在仕途上总是难于显达。纵使你才气干云，终究不过是徒劳。现在你再入京城，重游故地，吃惊地发现那些爬上高位的都是阿谀谄媚之人。正直磊落如你，只得独自憔悴。那些不学无术的人竟然取代了你曾经的职位，主持朝廷的典册文书。直言不讳是你的天性，纵然触犯朝廷禁忌，你不会亦不肯改变。

【笺注】

①风流京兆：《汉书·张敞传》载，张敞为人缺乏威仪，任京兆尹

时为妻子画眉，京城传说张敞画出来的眉毛非常妩媚，有司以此弹劾张敞。皇帝问及，张敞答道：“臣听说闺房之内、夫妇的私情，还有超过画眉的。”性德这里以“风流京兆”比喻顾贞观。

②枯树泪痕休泫：典出庾信《枯树赋》：“桓大司马闻而叹曰：‘昔年种柳，依依汉南；今看摇落，凄怆江潭。树犹如此，人何以堪。’”据《世说新语·言语》，桓温北伐经过金城，见到自己先前担任琅邪内史时所种的柳树已经有十围粗细了，不禁感慨：“树木尚且如此，人怎能禁得起岁月的消磨呢。”于是攀住柳树的枝条泫然泪下。

③多少殷勤红叶句，御沟深、不似天河浅：《云溪友议》载，舍人卢渥进京赶考，偶然从皇宫向外排水的御沟里拾到一片红叶，叶子上是宫女题的一首绝句。后来唐宣宗放一些宫女出宫嫁人，卢渥娶到的恰好就是当年红叶题诗之人。性德反用其意，慨叹御沟比天河更深，故而再多、再真切的红叶题诗也不会被人看到。

④空省识，画图展：据《西京杂记》，王嫱（王昭君）不肯贿赂画工，以致得不到汉元帝的召见，后来匈奴入朝，求美人为妻，汉元帝从图画中选择了王嫱，待发现王嫱的容貌竟是后宫第一时已经追悔莫及。性德用此典比喻朝廷不能真正认识顾贞观的才学。

⑤堵墙落笔：语出杜甫《莫相疑行》“忆献三赋蓬莱宫，自怪一日声辉赫。集贤学士如堵墙，观我落笔中书堂”。其时杜甫献三大礼赋，唐玄宗安排宰相在集贤院试他的文章。杜甫应试时，集贤院的学士们围着观看，对杜甫的文章给予了很高的评价。但即便如此，朝廷并未重用他，而是把他列入了候补的名册。

⑥凌云书扁：据《世说新语·方正》，太极殿落成时，谢安派人把空白的匾额送到王献之那里请他题写。王献之露出不满的神色，让来人把匾额扔到门外。谢安后来见到王献之，说道：“题匾有何不可呢，当初魏国韦诞（字仲将）等人也这么做过。”王献之答道：“这就是魏国

国祚不长的原因。”谢安认为他说的是至理名言。

⑦入洛游梁：入洛，《晋书·陆机传》载，陆机、陆云兄弟于晋太康末年自吴入洛，得到太常张华的欣赏，由此发迹。游梁，《汉书·枚乘传》载，枚乘再游梁国时，梁王门客皆擅辞赋，而以枚乘的造诣最高。顾贞观素有入洛游梁之叹。

⑧题凤客：典出《世说新语·简傲》，嵇康和吕安交好。有一次吕安来时正巧嵇康不在，嵇康的哥哥嵇喜出门接他。吕安见是嵇喜，便没有进门，在门上写了一个“凤”字就走了。嵇喜看了很高兴，殊不知“凤”（鳳）字拆开是“凡鸟”，吕安以此来讥讽嵇喜是碌碌之辈。

［又］

生怕芳樽满。到更深、迷离醉影，残灯相伴。依旧回廊新月在，不定竹声撩乱。问愁与、春宵长短。人比疏花还寂寞，任红蕤、落尽应难管。向梦里，闻低唤。　　此情拟倩东风浣。奈吹来、余香病酒，旋添一半。惜别江郎[①]浑易瘦，更着轻寒轻暖。忆絮语、纵横茗椀。滴滴西窗红蜡泪，那时肠、早为而今断。任角枕，欹孤馆。

【说明】

此词为悼亡之作，作于康熙十七年（1678年）春，其时卢氏去世尚不满一年。

【译文】

最怕夜深人静时候，残灯光影里，酒杯又被斟满。新月依旧照回廊，风摇翠竹的声音撩得人心乱如麻。在无眠中，春夜越发漫长，而愁思比春夜更长。庭花稀疏，一派寂寞模样，而人比花更寂寞，无可奈何地看着花儿飘散落尽。一会儿又到梦里，倾听你轻声的呼唤。　　多么希望春风能吹散愁绪，怎奈风带来花的余香，加深了我的醉意。与你生死悬隔之后，我日渐消瘦，更何况现在是乍暖还寒时候，身体更难禁受。回想同你饮茶低语，温馨无限。西窗之下，红烛流下一滴滴红色的眼泪，我愁肠寸断，在空荡荡的房间里斜靠着枕头，无望地思念着。

【笺注】

①惜别江郎：江郎，江淹，南朝著名文学家，以《别赋》著名，这里为性德自谓。

［又 慰西溟］

何事添凄咽。但由他、天公簸弄，莫教磨涅。失意每多如意少，终古几人称屈。须知道、福因才折。独卧藜床看北斗①，背高城、玉笛吹成血。听谯鼓，二更彻。　　丈夫未肯因人热②。且乘闲、五湖料理，扁舟一叶。泪似秋霖挥不尽，洒向野田黄蝶。须不羡、承明班列。马迹车尘忙未了，任西风、吹冷长安月。又萧寺，花如雪。

【说明】

此词作于康熙十八年（1679年），其时姜宸英落选博学鸿儒科，性德以词相慰。

【译文】

是什么事情让你伤心落泪呢，纵然上天不使你仕途得意那又如何，只要心志不改就好。自古以来，人们总是失意多于如意，更何况才华太高总会减损人的福分。你独坐在京城的城墙之外，仰望北斗，吹着笛子，笛声载满幽怨。城门的望楼上响起了更鼓之声，已经要到三更天了。　　大丈夫总是不肯借助别人的力量来成就自己的事业，不如索性归隐五湖，去过一段自由自在的生活。那些像秋雨一般流不尽的泪，尽可以洒向美丽的乡野之地，何必羡慕庙堂之上的功名？京城永远这般熙熙攘攘，人们忙着争名逐利。就让秋风把京城的月亮吹凉，你且潇洒归去，这是个好时节，你所寄寓的寺院里正花开如雪。

【笺注】

①独卧藜床看北斗：藜床，简陋的坐具。北斗，双关语，明指北斗星，暗指朝廷。古人以北斗代指中央政权，如《论语·为政》有“为政以德，譬如北辰，居其所而众星共之”。联系下句，本句当指姜宸英在京城北城墙外千佛寺的临时落脚之地对朝廷充满期待。

②丈夫未肯因人热：因人热，比喻借助别人的力量。典出《东观汉记·梁鸿传》，梁鸿的邻舍有一天先做了饭，然后招呼梁鸿趁着灶台还热赶紧做饭，而梁鸿说自己不是个“因人热”的人，即不会借着别人烧热的灶台来给自己做饭，于是把灶台灭掉，重新生火。顾贞立（顾贞观之姊）《忆秦娥》序有“鸡肋虽存，懒从人热”。

［又 亡妇忌日有感］

此恨何时已。滴空阶、寒更雨歇，葬花天气。三载悠悠魂梦杳，是梦久应醒矣。料也觉、人间无味。不及夜台[①]尘土隔，冷清清、一片埋愁地。钗钿约，竟抛弃。　　重泉若有双鱼寄。好知他、年来苦乐，与谁相倚。我自中宵成转侧，忍听湘弦重理[②]。待结个、他生知己。还怕两人俱薄命，再缘悭、剩月零风里。清泪尽，纸灰起。

【说明】

悼亡之作，作于康熙十九年（1680年）五月三十日，是为卢氏三周年忌日。

【译文】

这愁绪什么时候才能到尽头？滴落在空空台阶上的细雨终于止住，夜晚如此清冷，正是适宜葬花的天气。你离我而去至今已三年，纵然这是一场大梦，也早就应该醒来了。你一定是觉得人间没意思吧，不如泥土深处的黄泉，虽冷冷清清，但它埋葬了所有的愁怨。你倒是去了那清净之地，而我们生生世世不离不弃的约定，就这样被你抛弃。　　如果可以寄书信到黄泉该多好，好让我知道你这些年过得怎样，是谁在身边照顾你。夜深了，我仍然辗转反侧，无法入睡，不忍听他们的续弦之议。让我们来生再结为知己吧，就怕真的到了来生，我们两个仍然薄命，无法长相厮守。我的泪水已经流尽，纸钱烧成灰飘忽不定。

【笺注】

①夜台：坟墓。坟墓因为把死者长埋地下，不见光明，所以被称作

夜台。

②忍听湘弦重理：湘弦，楚辞《远游》有“使湘灵鼓瑟兮，令海若舞冯夷”之句，此后诗词多以湘弦代指琴弦或弹琴。另一方面，妻子去世称为断弦，续娶称为续弦，“湘弦重理”暗示着当时有让性德续弦的提议。忍，即不忍，怎忍，古汉语之反训。

［又］

疏影临书卷。带霜华、高高下下，粉脂都遣。别是幽情嫌妩媚，红烛啼痕休泫。趁皓月、光浮冰茧。恰与花神供写照，任泼来、淡墨无深浅。持素障，夜中展。　　残缸掩过看逾显。[①]相对处、芙蓉玉绽，鹤翎银扁。但得白衣时慰藉[②]，一任浮云苍犬。尘土隔、软红偷免。帘幙西风人不寐，恁清光、肯惜鹴裘典[③]。休便把，落英剪。

【说明】

秉烛赏画词，用秋水轩唱和之韵。

【译文】

画卷上画着疏落的花影，花枝高高低低，带着霜痕，如同涂着脂粉一般。别是一种幽情，又带着几分妩媚。熄灭蜡烛吧，就趁着月色欣赏这幅画卷。似乎随意的几笔淡墨之下，花的神采完全被表现了出来。展开素白的绢帛软障，且在夜色中细细赏玩。　　熄灭了灯光之后，画面越发显得美丽。绽开的鲜花洁白如玉，到处是银色的花瓣。只要有花有酒，又何必在意世事变幻无常呢。看着这幅画，令人忘记了世俗。西风吹拂的夜色里，因赏画而不肯入睡，为了这美丽的图画就算把鹔鹴裘衣典当掉也在所不惜。爱花所以惜花，从此便不要轻易地把枝头的残花剪掉吧。

【笺注】

①残缸掩过看逾显：缸，同釭（gāng），油灯。

②但得白衣时慰藉：白衣，代指酒。典出《续晋阳秋》，重阳之日陶潜无酒，怅望远处，见有白衣人到来，原来是王弘派来给自己送酒的人。陶潜当即便喝了起来，喝醉之后方才回家。

③鹴裘典：《西京杂记》载，司马相如刚刚与卓文君回到成都的时候，穷困潦倒，便把身上穿的鹔鹴（sù shuāng）裘衣到市场上换了酒与卓文君对饮。

［**踏莎美人 清明**］

拾翠归迟，踏青期近。香笺小叠邻姬讯。樱桃花谢已清明。何事绿鬟斜亸、宝钗横。　　浅黛双弯，柔肠几寸。不堪更惹其他恨。晓窗窥梦有流莺。也觉个侬憔悴、可怜生。

【译文】

游春到很晚才缓缓归来，马上又要到踏青的日子，邻家女伴已经捎信相约一同前去。樱桃花谢，转眼就是清明时节，正是一年中最好的游赏时光，却为何总觉意兴阑珊呢？　　眉头微蹙，情绪纠结，脆弱的心再不能承载一点忧恨。清晨里流莺的啼鸣惊醒了她的梦，她那憔悴的模样真是令人爱怜。

［红窗月］

燕归花谢，早因循、又过清明。是一般风景，两样心情。犹记碧桃影里、誓三生[①]。　　乌丝阑纸娇红篆，历历春星。道休孤密约，鉴取深盟。语罢一丝香露、湿银屏。

【译文】

燕子归去，花朵凋残，春光最美的清明时节又过去了。风景还是去年的好风景，心情却不再是去年的好心情。还记得当初我们在这般春光里海誓山盟，然而今天这盟誓却失去了凭据。　　红色篆字写在乌丝阑纸上，每个字都如春夜里的星星那般清晰。说道不要辜负你我的密约，这乌丝阑纸上的盟约，便是我们深情的见证。说完这番话，不知是露水还是泪水便沁湿了屏风。

【笺注】

①犹记碧桃影里、誓三生：《续青琐高议》载，鲁敢与一位名叫西真的女子走进一个洞中，见那里碧桃艳杏，香气凝聚如雾气。西真说："希望他日与君从人间归来，双栖于此。"

［南歌子］

翠袖凝寒薄，帘衣入夜空。病容扶起月明中。惹得一丝残篆、旧薰笼。　　暗觉欢期过，遥知别恨同。疏花已是不禁风。那更夜深清露、湿愁红。

【译文】

翠袖轻薄，凝聚寒气；帘幕低垂，融入夜色。在美好的月色里强撑起病体，颤动了旧熏笼里散发出的烟气。　　原定相聚的日期已经过了，想你在远方也和我一般承受着相思煎熬。稀疏的花朵已禁不起风吹，更禁不起夜深时冰凉的露水。

［又］

暖护樱桃蕊，寒翻蛱蝶翎。东风吹绿渐冥冥。不信一生憔悴、伴啼莺。　　素影飘残月，香丝拂绮棂。百花迢递玉钗声。索向绿窗寻梦、寄余生。

【说明】

从词义推测，以上两首《南歌子》或作于卢氏去世之时。

【译文】

春天的暖意呵护着樱桃花蕊，蝴蝶翻飞，翅膀挟着余寒。在春风的吹拂下，草叶逐渐转为深绿。我不愿辜负春色，我不信我这一生都会在憔悴中度过，只有窗外的啼莺相伴。　　天黑了，残月的影子飘过，柳丝拂弄着雕花窗棂，百花都已次第开放，而我还一个人在寂寞中敲打玉钗。看来春意只能向梦里寻觅，只能就这样度过余生。

［又 古戍］

古戍饥乌集，荒城野雉飞。何年劫火[①]剩残灰。试看英雄碧血、满龙堆。　　玉帐[②]空分垒，金笳已罢吹。东风回首尽成非。不道兴亡命也、岂人为。

【译文】

古代遗存的营垒里聚集着饥饿的乌鸦，荒废的城郭里有野鸡飞过，这到底是哪一年的战争留下的遗迹呢？塞外边地上，到处都凝结着战士们的鲜血。　　帅帐早已空无一人，胡笳也不再吹响，迎着春风回首往事，总觉得这些残酷的战争毫无道理。兴亡皆是命中注定，哪是人力所能强求的？

【笺注】

①劫火：兵火。慧皎《高僧传·竺法兰》载，汉武帝挖掘昆明池，在池底挖得黑灰，问东方朔。东方朔不知，请汉武帝去问西域胡人。后来竺法兰来到中原，众人追问武帝旧事，竺法兰答道：“世界终尽，劫火洞烧，此灰是也。”后人以劫火代指兵火。

②玉帐：帅帐。明代焦竑《焦氏笔乘续集·玉帐》载，玉帐是兵家按照奇门遁甲选定的可以克敌制胜的方位，主将若在这个方位上设置军帐，则如玉石一般坚不可犯。

[一络索]

过尽遥山如画。短衣匹马。萧萧落木不胜秋，莫回首、斜阳下。　别是柔肠萦挂。待归才罢。却愁拥髻向灯前，说不尽、离人话。

【译文】

身着短衣，单枪匹马，走过一座座风景如画的山峦。树木不敌秋寒，落叶纷纷飘坠。夕阳下切莫回首望乡，徒增伤感。　离家之后与妻子彼此深深牵挂，只有等回家之后这牵挂才能放下，到那时，我们会在灯前相对，有着说不完的话。

[又]

野火拂云微绿[1]。西风夜哭。苍茫雁翅列秋空，忆写向、屏山曲。　山海几经翻覆。女墙斜矗。看来费尽祖龙心，毕竟为、谁家筑。

【说明】

长城怀古。汪刻本有词题《长城》。

【译文】

鬼火闪着微微的绿光，在空中好像与云相接。夜里西风呼啸，如同哭号。在苍茫的秋空之上，大雁排着队形，飞向远方曲折如屏风的山峦。　　江山几度易主，长城仍然斜斜地矗立在山头。秦始皇当年为修筑长城费尽心机，但如今看来，他这长城到底是替谁修的呢？

【笺注】

①野火拂云微绿：鬼火闪着微微的绿光，好像上连浮云。野火，鬼火，即磷火。《列子·天瑞》载，人血化为野火。

［赤枣子］

惊晓漏，护春眠。格外娇慵只自怜。寄语酿花[①]风日好，绿窗来与上琴弦。

【译文】

她被清晨的漏声惊醒，却不愿起床地赖在床上。那格外娇柔慵懒的样子，竟无人来怜爱。寄语那催促花朵开放的和风丽日，穿过她的窗户，来到她的琴弦上吧。

【笺注】

①酿花：催花开放。

［眼儿媚］

林下闺房世罕俦。偕隐足风流[1]。今来忍见[2]，鹤孤华表[3]，人远罗浮[4]。　　中年定不禁哀乐，其奈忆曾游。浣花微雨，采菱斜日，欲去还留。

【说明】

悼亡之作。从“其奈忆曾游”“欲去还留”诸句推断，性德当时正在与卢氏去过的旧游之地，触景伤情。

【译文】

无论是谢遏之姊的林下之风，还是张玄之妹的闺秀之态，两种皆是无与伦比的风采。能与拥有这两种风采的女子一同隐居，当然是莫大的快事，但是，如今要怎样面对她的离世呢？　　人到中年，心逐渐脆弱，禁不起太多悲哀，尤其是今天旧地重游，想起当初和她到此游玩的种种快乐来。细雨润湿花枝，夕阳下有人采摘菱角，我不忍独自面对这样美好的景色，想要离去，却又恋恋不舍。

【笺注】

①林下闺房世罕俦。偕隐足风流：《世说新语·贤媛》载，谢遏推崇自己的姐姐，张玄常夸自己的妹妹。有一位女尼和谢、张两家都有交往，有人请她品评两位女子的高下，女尼说道：“王夫人（即谢遏的姐姐谢道韫）神态闲适，有林下之风；顾家媳妇（即张玄的妹妹）心清如玉，有大家闺秀之态。”

所谓林下之风，是说魏晋竹林名士的气度。“林下闺房”两句是说，无论是谢遏之姊的林下之风，还是张玄之妹的闺秀之态，都是无与伦比的，若能与这样的女子一同隐居，真是莫大的风流快事。顾贞立（顾贞观之姊）《忆秦娥》有“闺房林下，清神秀色”。

②忍见：即不忍见，怎忍见，古汉语之反训。

③鹤孤华表：字面是说仙鹤孤独地站在华表上，引申为人已去世。典出《搜神后记》：汉朝有个叫丁令威的辽东人上灵虚山学道，学成之后化为仙鹤飞回故里，停在华表之上，用人的声音念了一首诗：“有鸟有鸟丁令威，去家千年今始归。城郭如故人民非，何不学仙冢累累。”

④人远罗浮：罗浮，即罗浮山，广东名山。另据柳宗元《龙城录》，隋朝赵师雄在罗浮的时候，一天黄昏在松林之中休息，见到一名女子，淡妆素服，体香芬芳。两人饮酒对谈，赵师雄不知不觉就醉倒了。醒来之后，那女子已经不见，只有一株梅树盛开在自己身边，不觉惆怅。所以罗浮之典也常被用来咏梅，但在这里是强调一名投契的女子已经从自己的生活中消失了。

[又 咏红姑娘[①]]

骚屑西风弄晚寒。翠袖倚阑干。霞绡裹处，樱唇微绽，靺鞨红殷。
故宫事往凭谁问，无恙是朱颜。玉墀争采，玉钗争插，至正年间[②]。

【说明】

怀古之作。性德与好友严绳孙皆作有《眼儿媚·咏红姑娘》，且同为咏元故宫事。严绳孙词下有自注：“《元故宫遗录》，金殿前有此果。”

【译文】

秋风料峭，给夜晚送来寒意，红姑娘花的绿叶被秋风吹拂得倚靠在栏杆上。在花托的包裹里，花微微绽放了些，颜色像红宝石一般深邃。　　这元代旧宫殿里的往事如今还能向谁询问呢，朝代早已更迭，只有这红姑娘花至今安然无恙。遥想元代末年，宫女们在殿前石阶上争相采摘红姑娘花，把花插满青丝。花依旧，采花人却已不在。

【笺注】

①红姑娘：学名酸浆草，高一二尺，开白花，果实为圆形，大如算珠，黄色或红色，果实笼有薄翅，元代棕搁殿前曾广为种植。

②至正年间：至正是元朝末代皇帝元顺帝的年号，元朝至此而亡。

［又 中元夜①有感］

手写香台金字经。②惟愿结来生。莲花漏转，杨枝露滴③，想鉴微诚。　　欲知奉倩神伤极，凭诉与秋擎。西风不管，一池萍水，几点荷灯。

【说明】

悼亡之作。

【译文】

我亲手用金泥抄写佛经，祈祷能与你再结来生之缘。莲花形的更漏转动着，时间就这样一点点过去，夜已将尽，杨柳枝滴落冰凉的露水，我又抄写了一夜的经文，佛祖应该知晓我的诚意了吧。　　我为你伤心已极，而那些伤心，只能说给自己听。水面上孤单单漂着浮萍与几盏荷花灯，西风却毫不怜惜地吹了过去。

【笺注】

①中元夜：旧历七月十五中元节之夜，民俗有祭祀亲人亡灵的活动。原本是道教节日，后来中土佛教于是日举办盂兰盆会，故后来反而以佛教节日而知名。

②手写香台金字经：香台，佛殿里烧香的台子，代指佛殿。金字经，用金泥抄写的佛经。满洲贵族有为亡人书写金字佛经的风俗。

③杨枝露滴：杨枝，即杨柳枝，杨枝之水是佛教传说中可以起死回生的甘露，观音菩萨的一个常见形象就是手持净瓶，瓶中插着一枝杨柳枝。

［又 咏梅］

莫把琼花比澹妆[①]。谁似白霓裳。别样清幽，自然标格，莫近东墙[②]。　　冰肌玉骨天分付，兼付与凄凉。可怜遥夜，冷烟和月，疏影横窗。

【译文】

不要把琼花与梅花相比，哪有花能及得上梅花的丰采？它与众不同的清幽，天然自在的风度，自会吸引爱美之人的窥探。　　梅花像是上天用冰与玉造就的，同时还赋予了它凄清的气质。雾气氤氲的夜晚，当淡淡月光将梅投影在墙上，那疏朗的影子有一种令人伤心的力量。

【笺注】

①莫把琼花比澹妆：不要把琼花与梅花相比。琼花，扬州名花。澹妆，代指梅花，语出欧阳修《渔家傲》“仙格澹妆天与丽，谁可比”。

②莫近东墙：比喻谨防有人窥探。语出宋玉《登徒子好色赋》，宋玉的东邻女子登墙窥探宋玉达三年，后人有“东墙窥宋”之成语。

［又］

独倚春寒掩夕扉。清露泣铢衣[1]。玉箫吹梦，金钗划影，悔不同携。　刻残红烛[2]曾相待，旧事总依稀。料应遗恨，月中教去，花底催归。

【说明】

这首词是以一名女子的口吻描写失落的恋情。从“悔不同携”来看，有情人未成眷属。

【译文】

在春日微寒的暮色中，独自掩上门扉。露水润透薄衫，用玉箫吹奏一曲，怀念那美丽的梦境。用金钗勾勒出恋人的轮廓，悔不当初，未曾与他携手同归。　曾在深夜等待恋人归来，过去的事情已经依稀难辨。如果当时知道别后的思念会让人痛彻心扉，一定会与他在花前月下长久相聚，永不分离。

【笺注】

①铢衣：极轻的仙衣，代指极薄极轻的衣衫。铢，古代重量单位，

二十四铢为一两，一两约合今天的半两。

②刻残红烛：指夜深。古人在蜡烛上刻度，用以计时，刻度被烧得所剩不多的时候也就是夜深的时候。

［又］

重见星娥碧海楂。[①]忍笑却盘鸦[②]。寻常多少，月明风细，今夜偏佳。　休笼彩笔闲书字，街鼓已三挝。烟丝欲袅，露光微泫，春在桃花。

【译文】

再次与你相见，多么难能可贵。你忍着笑意，只在那里盘梳发髻。平时虽然也有很多月明风柔的好时光，但今夜最美。　不要再拿着笔悠闲地写什么字吧，街头的更鼓已经打过了三更。如此良宵，雾霭中的柳丝袅袅婷婷，露水泛着微光，桃花已漾出春意。

【笺注】

①重见星娥碧海楂：星娥，织女。楂（chá），木筏。

②盘鸦：女子盘梳的发髻。

［荷叶杯］

帘卷落花如雪。烟月。谁在小红亭。玉钗敲竹乍闻声。风影略分

明。　　化作彩云飞去。何处。不隔枕函边。一声将息晓寒天。肠断又今年。

【说明】

悼亡之作，当作于康熙十七年（1678年）。

【译文】

卷帘之时，落花如雪飘坠。月色朦胧，小红亭里那个人影影绰绰看不真切。我仿佛听见她用玉钗敲打竹子，而她模糊的身影若隐若现。　　她化作彩云远走高飞，不知道飞向了哪里，只知道她从此再也不在我枕边。在寒冷的清晨徒劳地道一声珍重，失去了你，今年又将在哀伤里苟延残喘。

［又］

知己一人谁是[①]。已矣。赢得误他生。有情终古似无情。别语悔分明。　　莫道芳时易度。朝暮。珍重好花天。为伊指点再来缘，疏雨洗遗钿。

【说明】

悼亡之作，当作于康熙十七年（1678年）。

【译文】

唯一的红颜知己，已经永远离我而去，来生怕也无法再续前缘。从来情到深处似无情，到了如今，才追悔临别时对她说的话不够深情。　别说美好的时光容易流走，且珍重每一个鲜花盛开的日子吧。疏落的雨水冲洗着她遗落在地的首饰，多么希望这旧日的花钿能指引她来与我再续前缘。

【笺注】

①知己一人谁是：叶舒崇《卢氏墓志铭》载卢氏亡后，性德“悼亡之吟不少，知己之恨尤深”。

[梅梢雪 元夜月蚀]

星毬映彻。一痕微褪梅梢雪。紫姑[1]待话经年别。窃药心灰、慵把菱花揭。　踏歌才起清钲歇。扇纨仍似秋期洁。天公毕竟风流绝。教看蛾眉、特放些时缺。

【说明】

作于康熙二十年（1681年）元宵之夜，其时京城月食。词牌本作《一斛珠》。

【译文】

元宵之夜，到处都是花灯和焰火，梅梢的积雪微微融化了些，又是一年一度迎紫姑的活动。紫姑神正想与人诉说多年的离情别绪，嫦娥却在懊悔当初偷了仙药独上月宫，不愿揭开镜面见人（所以月华被深深地掩住了）。　吓走天狗的锣声刚停止，踏歌之声就响了起来，月亮重新露出了浑圆的面孔，如同中秋时候一般。天公毕竟有绝代风流，为了使人们在月圆之夜也能看到蛾眉月的样子，特地安排了这场短暂的月食。

【笺注】

①紫姑：《荆楚岁时记》载，正月十五之夜，民间有迎紫姑的风俗，以此占卜来年的蚕桑情况及其他事情。

［木兰花令 拟古决绝词①］

人生若只如初见。何事秋风悲画扇。②等闲变却故人心，却道故心人易变。　　骊山语罢清宵半。泪雨零铃终不怨。何如薄幸锦衣郎，比翼连枝当日愿。

【说明】

与友人绝交之词。友人为谁，不详。汪刻本词题为《拟古决绝词，柬友》。

【译文】

人与人的交往如果能永远保持初次相见时的美好感觉，就不会有因为对方感情变冷而产生的怨恨了。故人的心轻易发生了变化，他却埋怨我这个从未变心的人变了心。　　骊山华清宫的长生殿里，夜半时分，唐明皇与杨贵妃秘誓相约，愿彼此生生世世不离不弃。但后来发生了马嵬坡之变，杨贵妃缢死。唐明皇夜晚于蜀地栈道雨中闻铃，百感交集，作《雨霖铃》以寄托幽思。杨贵妃若能听到情真意切的《雨霖铃》，应该也不会再怨恨唐明皇了吧。我这位故人却连薄幸的唐明皇都不如，当初的誓言完全被他弃诸脑后。

【笺注】

①拟古决绝词：拟古是诗人常见的写法，一般是模拟古乐府来进行新的创作。

②何事秋风悲画扇：汉成帝时，班倢伃受到冷落，凄凉境下以团扇自喻，写下了一首《怨歌行》，大意是团扇材质精良，曾经与君形影不离，但秋天总要到的，等秋风一起，扇子再好也要被扔在一边。

［长相思］

山一程。水一程。身向榆关那畔行。夜深千帐灯。　　风一更。雪一更。聒碎乡心梦不成。故园无此声。

【说明】

康熙二十一年（1682年）二月十五日，性德随从康熙帝诣永陵、福陵、昭陵告祭，二十三日出山海关，此词当作于此行之中。

【译文】

走过一程山路，又走过一程水路，向着山海关前进。晚间扎营，在夜色最深处，千万个营帐闪烁着千万盏灯。　　风声不断，雪花不住，扰得思乡之人无法入眠。在我可爱的家乡，没有这样凛冽的声音。

[朝中措]

蜀弦秦柱不关情。尽日掩云屏。已惜轻翎退粉[①]，更嫌弱絮为萍[②]。　东风多事，余寒吹散，烘暖微酲。看尽一帘红雨，为谁亲系花铃。

【说明】

《瑶华集》有词题为《暮春》，当为伤春怀人之作。

【译文】

就算借助琴瑟，也无从抒发此时的感情。整日里屏风紧掩，不愿走出门去。蝴蝶已褪去了身上的彩粉，令人怜惜；而柳絮飘落水中化为浮萍，更加惹人伤感。　春风无端吹散余寒，偏用那暖意将我从醉酒中唤醒。看窗外雨水打残花枝，不由得想起，曾为爱花心切的她亲手系过护花铃。

【笺注】

①轻翎退粉：《道藏经》载，蝴蝶在交尾之后，身上的粉会退去。

②弱絮为萍：古人看见杨花柳絮和浮萍有相似的地方，就认为后者就是前者入水之后变来的。《群芳谱》载，浮萍是杨花入水所化。

[寻芳草 萧寺记梦]

客夜怎生过。梦相伴、绮窗吟和。薄嗔佯笑道，若不是恁凄凉，肯

来么。　　来去苦匆匆，准拟待、晓钟敲破。乍偎人、一闪灯花堕，却对着琉璃火[①]。

【说明】

悼亡之作。其时依照风俗，卢氏的灵柩暂时安置在双林禅院，即词题所谓之萧寺。

【译文】

客居在外的夜晚该怎么挨过？梦中有她相伴，在雕窗底下和我一起吟诗作对。她在梦里略带嗔怪，强作笑颜道：“你若不是因为心绪凄凉，会来这寺院与我相聚吗？”　　怎奈你一来一去都太匆忙，原本该陪我到破晓吧，但你才刚刚依偎着我，忽然间灯花坠落，惊醒了我的梦。你温柔的面庞消失不见，眼前只有寺院里寂寥的灯火。

【笺注】

①琉璃火：寺院里供佛所用的琉璃灯盏。琉璃，巴利语veluriya或梵文俗语verulia的音译，是用铝和钠的硅酸化合物烧制成的釉料，常见的有绿色和金黄色两种。

［**遐方怨**］

欹角枕，掩红窗。梦到江南，伊家博山沉水香。浣裙归晚坐思量。轻烟笼浅黛[①]，月茫茫。

【译文】

掩住窗子，斜靠枕头，梦到江南。梦到她手持博山炉，燃着沉水香。到水滨洗衣，归来时天色已晚，她默然而坐，心事满腹。此时外面，淡淡的雾气笼罩着远山，月色浩荡而来。

【笺注】

①浅黛：用螺黛淡画的眉毛，此处代指远山之色。

[秋千索 渌水亭[①]春望]

垆边唤酒双鬟亚。春已到、卖花帘下。一道香尘碎绿苹，看白袷、亲调马。　　烟丝宛宛愁萦挂。剩几笔、晚晴图画。半枕芙蕖压浪眠，教费尽、莺儿话。

【译文】

卖酒的少女为客人斟酒时低垂着双鬟。卖花人的帘子底下，已透露出春的消息。看一名白衣女子亲自训练马匹，马儿奔腾时踏起一道尘土，满地芳草萋萋，仿佛被扬起的浮萍。　　柳枝萦绕着雾气的样子，宛若人萦绕着愁绪。这真是一幅旖旎的晚晴图，荷花枕在浪花上睡去，黄莺仍不住娇声啼鸣。

【笺注】

①渌水亭：建在明珠府的西花园里，是性德与友人吟诗作赋的雅集之所，今为宋庆龄纪念馆，紧邻后海。

［又］

药阑携手销魂侣。争不记、看承人处。除向东风诉此情，奈竟日、春无语。　　悠扬扑尽风前絮。又百五[①]、韶光难住。满地梨花似去年，却多了、廉纤雨。

【译文】

曾经在花栏旁边，一对情侣携手赏春，情深脉脉。而今形单影只，空自怀念当初彼此依偎的地点。这伤感无人可诉，唯有向春风诉说，奈何这一整天里，连一丝春风都不曾吹过。　　待风起的时候，柳絮被一扫而空，又到清明时节了，大好春光很快就要流逝殆尽。梨花飘满地，和去年是一般光景，但比起去年来，多了些许细雨。

【笺注】

①百五：清明。从冬至到清明共一百零五日，故称清明为百五。

［又］

游丝断续东风弱。浑无语、半垂帘幙。茜袖谁招曲槛边，弄一缕、秋千索。　　惜花人共残春薄。春欲尽、纤腰如削。新月才堪照独愁，却又照、梨花落。

【译文】

春风渐弱，飘荡在空中的蛛丝断断续续。一个人寂寞无言，枯守在半垂帘幕的房间。是哪位女子在曲栏边荡着秋千，向我召唤？　　春日将尽，惜花之人也消瘦下去，仿佛和春天同命运似的。天际一弯新月，才照亮寂寞中的哀愁，又照亮梨花簌簌飘落。

［茶瓶儿］

杨花糁径樱桃落。绿阴下、晴波燕掠。好景成担阁。秋千背倚，风态宛如昨。　　可惜春来总萧索。人瘦损、纸鸢风恶。多少芳笺约。青鸾[①]去也，谁与劝孤酌。

【译文】

杨花轻洒小路，熟透的樱桃从枝头掉落，绿荫下燕子掠过波光粼粼的水面，可惜这美丽的风光终被错过。我独自倚靠秋千，神情仿佛和昨天一样。　　可惜春光正好的时候总是兴味索然，人渐憔悴，如同单薄的风筝在强风里勉强支撑。多少书信里彼此订约，她却一去不返，我唯有在寂寞中独酌。

【笺注】

①青鸾：代指女子。柳永《木兰花》：“坐中年少暗消魂，争问青鸾家远近。”《饮水词笺校》注为：“青鸾，李白《凤凰曲》诗：‘青鸾不独去，更有携手人。’”按，李白诗中的青鸾是指凤凰，神仙的坐骑，本词中的青鸾则是女子的代称。

［好事近］

帘外五更风，消受晓寒时节。刚剩秋衾一半，拥透帘残月。　　争教清泪不成冰，好处便轻别。拟把伤离情绪，待晓寒重说。

【译文】

已经五更天破晓时分，窗外寒风阵阵，正是一天中最冷的时刻，教人难以承受。坐起身来，拥着被子，看残月的冷光冉冉透进窗帘。　　为何在感情最浓时你却轻易离开了我，把我一个人留在原地，眼泪在寒冷天气里凝结成冰。每个冷冽的早晨，我都会如此这般沉浸在与你分别的伤感里。

［又］

何路向家园，历历残山剩水。都把一春冷淡，到麦秋天气①。　　料应重发隔年花，莫问花前事。纵使东风依旧，怕红颜不似。②

【译文】

哪条才是回家的路呢，眼见处处都是残破的山水。这个春天冷清寡味，毫无春意，一转眼，就到了麦子成熟的四五月份。　　想去年的花枝在这些天里又将开放，但我全无赏花的意绪，因为就算春风还与去年一样，但红颜已更改，不似去年。

【笺注】

①麦秋天气：农历四五月的麦熟时节。

②“料应重发”四句：马令《南唐书·昭惠周后传》载，李后主曾经与周后在瑶光殿之西移栽梅花，到了花开时节，周后却已故去，李后主因此作诗：“失却烟花主，东风自不知。清香更何用，犹发去年枝。”隔年花：去年的花。

［又］

马首望青山，零落繁华如此。再向断烟衰草，认藓碑题字。　　休寻折戟话当年，只洒悲秋泪。斜日十三陵下，过新丰猎骑。①

【说明】

记十三陵围场行猎之作。

【译文】

骑马遥望青山，往昔的繁华如今已凋零。我在一派衰败的风物里细细辨认，那长满苔藓的石碑上到底镌刻着怎样的文字。　　不必费心寻找当年战争的遗存，只消洒下悲秋的眼泪。落日西斜时分，八旗围猎的队伍经过了明代十三陵旁。

【笺注】

①斜日十三陵下，过新丰猎骑：十三陵在北京昌平天寿山一带，为明代皇陵，清代在那里建有围场。新丰猎骑，语出王维《观猎》“忽过新

丰市，还归细柳营”。汉高帝把故乡丰邑居民迁徙至长安附近，称新丰。

[太常引 自题小照]

西风乍起峭寒生。惊雁避移营。千里暮云平。休回首、长亭短亭。　　无穷山色，无边往事，一例冷清清。试倩玉箫声。唤千古、英雄梦醒。

【说明】

词题《自题小照》，所题之小照当为《楞伽出塞图》，绘性德出塞图景，作者不详。

【译文】

突然吹起了秋风，料峭寒意袭来，大雁因为人类转移营地而惊飞相避。已经到了北方边塞，离家很远了，不要回望这一路上的长亭短亭，免得勾起对家的向往。　　山峦连绵，往事悠悠，一切都笼罩在冷清清的秋意里。这种时候，最适宜请女子吹起玉箫，用温软的箫声将男人建功立业的英雄大梦吹醒。

[又]

晚来风起撼花铃[1]。人在碧山亭。愁里不堪听。那更杂、泉声雨

声。　　无凭踪迹，无聊心绪，谁说与多情。梦也不分明。又何必、催教梦醒。

【译文】

晚间风来，吹响了护花铃，碧山亭里正满怀愁绪的人听不得这般铃声，而泉声、雨声也交织而来，更让人无法承受。　　不由自主的行迹，百无聊赖的心绪，无法向关心自己的人诉说。连梦也总是模糊不清，又何必把梦催醒呢。

【笺注】

①花铃：即护花铃。典出《开元天宝遗事》，唐代天宝年间，每到春天，宁王就派人在花园里系上红丝，密密地缀上铃铛，系在花梢上，以惊吓鸟雀。

［转应曲］

明月。明月。曾照个人离别。玉壶红泪相偎。还似当年夜来。来夜。来夜。肯把清辉重借。

【译文】

明月呀，明月，曾经照见有情人伤心离别。她哭红了双眼，好似当年那个名叫夜来的女子远嫁时的样子。明晚呀，明晚，能否再有月光照见这一对有情人彼此依偎？

[山花子]

林下荒苔道韫家。生怜玉骨委尘沙。愁向风前无处说，数归鸦。　半世浮萍随逝水，一宵冷雨葬名花[1]。魂似柳绵吹欲碎，绕天涯。

【译文】

她就像才女谢道韫那般拥有竹林名士的气度，只可惜过早离开了人世。独立风中，我满怀惆怅却无处诉说，只是默默地数着晚归的乌鸦。　她的青春如浮萍一般随水流逝，在一夜冷雨中我安葬了她。而我的魂魄被风吹碎，像柳絮般飘向天涯。

【笺注】

①一宵冷雨葬名花：葬花之意象，王国维认为始出于性德，实则五代词即有无名氏《伤春曲》："一旦碎花魄，葬花骨，蜂兮蝶兮何不知，空使雕阑对明月。"自五代之后，葬花之语亦屡见于诗词。

[又]

昨夜浓香分外宜。天将妍暖护双栖。桦烛影微红玉软，燕钗[1]垂。几为愁多翻自笑，那逢欢极却含啼。央及莲花清漏滴，莫相催。

【说明】

似为回忆新婚情景之作。

【译文】

浓烈的香气与昨夜欢乐的氛围格外相宜。上天特地用好天气来呵护一对新人，烛光渐暗，美丽的新娘羞涩地低下了头。　　曾经多少次因为忧愁太多反而笑了起来，如今在极度欢乐中却噙着泪水。只希望这欢乐的时间再长一些，更漏能够敲得再慢一些。

【笺注】

①燕钗：有燕形装饰的发钗，古代女子新婚有簪燕钗以求生育的风俗。

［又］

风絮飘残已化萍。泥莲刚倩藕丝萦。珍重别拈香一瓣，记前生。　　人到情多情转薄，而今真个悔多情。又到断肠回首处，泪偷零。

【说明】

悼亡之作。

【译文】

被风吹残的柳絮已坠入水中化为浮萍，池中荷花刚刚被藕丝绊住。我特地拈起一片花瓣同你约定，希望来世还能够记住今生彼此的感情。　　本以为心中情愫太多的时候，感情便会走向另一个极端，变得淡薄；而今我却真真懊悔自己为何如此多情，这才知道，情多非但不会转薄，反而在伤情时越发不能承受。我不由得再一次来到勾起美好回忆的地方，偷偷落泪。

[又]

欲话心情梦已阑。镜中依约见春山[1]。方悔从前真草草，等闲看。　　环佩只应归月下，钿钗何意寄人间。多少滴残红蜡泪，几时干。

【说明】

悼亡之作。

【译文】

刚要向你诉说思念之情，梦却突然醒来，恍惚间在镜中隐约看到你的容颜，这时才懊悔当初没有好好珍惜你。　　你的魂魄可会乘着月光飞回，你又为何把首饰遗留在人间，令我睹之而神伤？我的眼泪带着血痕，如同红蜡烛烧残时一般，只是不知道这泪水何时才能流尽。

【笺注】

①春山：形容美人的眉毛，代指美人。《西京杂记》称卓文君“眉色如望远山”。

[又]

小立红桥柳半垂。越罗裙飏缕金衣。采得石榴双叶子，欲贻谁。　　便是有情当落日，只应无伴送斜晖。寄语东风休着力，不禁吹。

【译文】

伊人伫立在红桥之上，身旁柳丝垂落，华美的衣衫被风轻轻扬起。她采得一个带着成双叶片的石榴，不知道是要送给谁呢。　　纵然如此满怀柔情地在落日中等待，也终于没有等来她思念的那个人。请春风来得轻一些再轻一些吧，恐怕她禁受不起。

[菩萨蛮]

窗前桃蕊娇如倦。东风泪洗胭脂面。人在小红楼。离情唱《石州》。　　夜来双燕宿。灯背屏腰绿。香尽雨阑珊。薄衾寒不寒。

【译文】

窗前桃花绽放，花蕊娇滴滴的姿态带着几分倦意。春风徐来，雨丝沁湿桃花，仿佛是美人卸妆梳洗时楚楚可怜的模样。女子独自在小红楼里，唱起哀怨的《石州》曲，将远方的人思念。　　入夜后，燕子双双来到梁上栖宿，而她却一个人，看着灯影映照屏风，熏香逐渐烧尽，春雨也快要停歇，四周幽暗。她只盖着一床薄薄的被子，是不是已感到寒意来袭?

[又]

朔风吹散三更雪。倩魂犹恋桃花月。梦好莫催醒。由他好处

行。　　无端听画角。枕畔红冰[1]薄。塞马一声嘶。残星拂大旗。

【译文】

三更时的北风吹散雪花，人在梦中仍念念不忘南方温存的桃花与月色。让好梦迟些醒来吧，也只有梦中的景象才值得眷恋。　　好梦却无端被号角声惊破，才发觉枕边已被泪水打湿。边塞上马儿忽然一声嘶鸣，天刚破晓，营帐的旗帜上还隐约悬挂着几颗寒星。

【笺注】

①红冰：代指泪水，典出《开元天宝遗事》，杨贵妃初入宫时，与父母相别，涕泣登车，当时正值天寒，眼泪凝结为红冰。

［又］

问君何事轻离别。一年能几团圆月。杨柳乍如丝。故园春尽时。　　春归归不得。两桨松花隔。旧事[1]逐寒潮。啼鹃恨未消。

【说明】

此词《瑶华集》有词题《大兀剌》，当作于康熙二十一年（1682年）春性德扈从东巡时。性德途经祖先叶赫部故地，有感而作。

【译文】

我为何又轻易地与家人分别，算来一年之中就没有几个团圆的日子。这里的杨柳才刚抽出嫩芽，家乡此时却已是暮春了吧。　　本在春天就应回家，却无法回家，松花江隔断了我的归路。随着冰凉的浪花，此地的兴亡往事也一并涌上心头。杜鹃叫声凄厉，仿佛家国旧恨仍在，从来不曾消解。

【笺注】

①旧事：明万历四十七年（1619年），叶赫部贝勒金台石败于清太祖努尔哈赤，被努尔哈赤缢死，叶赫部遂亡。六十年后，金台石的曾孙性德扈从康熙帝东巡，祭祀满洲龙兴之地长白山，途经祖先故地，思量旧事。

［又 为陈其年题照①］

乌丝曲倩红儿谱。萧然半壁惊秋雨。曲罢髻鬟偏。风姿真可怜。　　须髯浑似戟。时作簪花剧。背立讶卿卿，知卿无那情。

【说明】

作于康熙十七年（1678年），此词另有缪荃孙抄本，题为《陈其年填词图卷》，词云："乌丝词付红儿谱。洞箫按出霓裳舞。舞罢髻鬟偏。风姿最可怜。　　倾城与名士。千古风流事。低语属卿卿，知卿无那情。"

【译文】

歌女轻吟乌丝词，词义萧然，仿佛秋雨突然洒落。一曲唱罢，歌女的发髻有些歪斜，那风姿尤其惹人怜爱。　　陈其年的胡须如戟般直立，这样一位硬汉，却喜欢在帽子上簪花为戏，更与歌女自由戏谑，一派柔情蜜意。

【笺注】

①为陈其年题照：陈其年，即陈维崧，字其年，号迦陵，阳羡（宜兴）人，江南名士，词坛阳羡派宗主，康熙十七年（1678年）入京，结识性德。陈维崧是顺康年间影响力最大的词人，只有朱彝尊差堪与之颉颃，这两人所代表的正是清初词坛最盛的阳羡与浙西二派。

［又 宿滦河］

玉绳[①]斜转疑清晓。凄凄月白渔阳道。星影漾寒沙。微茫织浪花。　　金笳鸣故垒。唤起人难睡。无数紫鸳鸯。共嫌今夜凉。

【说明】

当为康熙十七年（1678年）十月，性德扈从康熙帝祭遵化孝陵经过滦河时所作。

【译文】

银河斜挂在天际，看天就要破晓，渔阳道铺满凄清月色。沙尘飞扬，如同星影荡漾，迷蒙的河面上有浪花跃动。　　多年前修建的堡垒此刻传来胡笳声，让人无法再入睡。河面上无数紫鸳鸯成双栖宿，它们也同我一般感受到今夜的凉意了吧。

【笺注】

①玉绳：原指北斗第五星玉衡之北的天乙、太乙二星，代指北斗星。

［又］

荒鸡[1]再咽天难晓。星榆落尽秋将老。毡幕绕牛羊。敲冰饮酪浆。　　山程兼水宿。漏点清钲续。正是梦回时。拥衾无限思。

【译文】

荒鸡再次发出滞涩的啼鸣声，天色仿佛难以破晓。白榆落尽树叶，时令将要由秋转入冬了。毡幕之外牛羊环绕，在这里人们饮用的是敲碎冰块化作的水与牛羊的奶汁。　　一路走过山山水水，漏壶声与钲声相连续。梦里回乡，梦醒时拥着被子，对家的思念永无穷尽。

【笺注】

①荒鸡：三更以前就开始啼鸣的鸡被称为荒鸡，古人认为荒鸡啼鸣是战乱或不祥的预兆。

［又］

新寒中酒敲窗雨。残香细袅秋情绪。才道莫伤神。青衫湿一痕。　　无聊成独卧。弹指韶光过。记得别伊时。桃花柳万丝。

【译文】

天气刚刚凉了下来，我喝醉了酒，聆听雨水敲窗的声音。屋子里熏香快要烧尽，那袅袅烟气正像是我今秋的情绪。才说过不要伤心，眼泪便又沾上了衣襟。　　一个人躺着，百无聊赖，弹指之间便错过了好春光。却记得与她分别之时，桃花正艳，柳丝正长。

［又］

白日惊飙[①]冬已半。解鞍正值昏鸦乱。冰合大河流。茫茫一片愁。　　烧痕空极望。鼓角高城上。明日近长安。客心愁未阑。

【说明】

当作于康熙二十一年（1682年）冬扈从康熙帝南巡返程时即将抵达京城的途中。

【译文】

冬天已过去了一半，太阳发出苍白的光芒，四下狂风一片。大河尽被冰封，天地苍茫，教人忧伤。　　野火烧过的痕迹一望无边，高城上有鼓角声传来。虽然很快就要返回京城，就要回家，但思乡的情绪仍浓烈不减。

【笺注】

①惊飙（biāo）：狂风。

［又］

萧萧几叶风兼雨。离人偏识长更苦。欹枕数秋天。蟾蜍早下弦。　　夜寒惊被薄。泪与灯花落。无处不伤心。轻尘在玉琴。

【译文】

残枝败叶在风雨中发出凄凉的声音，远别之人最晓得长夜的难挨。秋夜里斜倚枕头，默默数着日子，月亮才圆满却又早早地变得残缺。　　夜寒难耐，怕是被子太薄了些。灯花闪落，泪水也跟着一起掉落。离人没有一刻不伤痛，玉琴无心弹奏，早已被尘封。

［又 回文[①]］

雾窗寒对遥天暮。暮天遥对寒窗雾。花落正啼鸦。鸦啼正落花。　　袖罗垂影瘦。瘦影垂罗袖。风翦一丝红。红丝一翦风。

【译文】

凝结雾气的窗户映出远空寒冷的暮色，远空寒冷的暮色映照着寒窗凝结的雾气。花落时乌鸦啼叫，乌啼正在花落时候。　　衣袖低垂的人影显得纤弱，纤弱的人影低垂着衣袖。一阵疾风吹过花枝，花枝上吹过一阵疾风。

【笺注】

①回文：一种游戏性质的修辞手法，正亦成诵，倒亦成诵。此词为逐句倒读的回文体，每两句都是反复回文。“雾窗寒对遥天暮”，从最后一个字“暮”倒着往前读，就是下一句“暮天遥对寒窗雾”；“花落正啼鸦”，倒过来也就是下一句“鸦啼正落花”。

［又］

催花未歇花奴鼓。酒醒已见残红舞。不忍覆余觞。临风泪数行。　　粉香[①]看又别。空剩当时月。月也异当时。凄清照鬓丝。

【译文】

花奴鼓仍未停歇，催促着百花开放。而到了酒醒之时，却已有落花飘飞。不忍饮尽杯中残酒，风吹来，不禁流下了几行泪水。　　心爱的女子眼看着又要别我而去，待她离去，就只剩下当时的月亮陪伴孤独的我。但只怕这月亮也与当时不同了，光线凄清惨淡，照着我渐染风霜的鬓角。

【笺注】

①“粉香”四句：性德另有《菩萨蛮·梦回酒醒三通鼓》，下片为：“相思何处说。空有当时月。月也异当时。团圞照鬓丝。”粉香，代指所钟爱的女子。

［又］

惜春春去惊新燠。粉融轻汗红绵扑。妆罢只思眠。江南四月天。　　绿阴帘半揭。此景清幽绝。行度竹林风。单衫杏子红。

【译文】

忽然发觉天气变热，才知道春天即将过去。伊人用红绵粉扑轻拭微微沁出的汗，在江南的四月天里，她才梳妆完毕却又慵懒得只想睡去。　　绿荫掩映下，窗帘掀开一半，这真是无比清幽的风景。看她身着杏子红的单衣，在暖风中打竹林穿过。

［又］

榛荆满眼山城路。征鸿不为愁人住。何处是长安。湿云吹雨寒。　　丝丝心欲碎。应是悲秋泪。泪向客中多。归时又奈何。

【译文】

山城的道路上荆棘满布，迁徙中的雁不会为愁人停驻。何处才是京城家园？这一路上只有浓云、寒雨与凉风。　　丝丝雨水中，越发因思家而心碎，那雨仿佛是悲秋的眼泪。异乡的征途从来最容易催人泪下，不知道踏上归途时还会像这般落泪吗？

［又］

春云吹散湘帘雨。絮粘蝴蝶飞还住。人在玉楼中。楼高四面风。　柳烟丝一把。暝色笼鸳瓦。休近小阑干。夕阳无限山。

【译文】

春云与竹帘前的雨，都被风吹散。蝴蝶的翅膀沾上柳絮，时飞时停。玉楼高矗，四面都有风吹过，那人就独自在这高楼中。　柳枝在雾霭中柔若轻丝，暮色将鸳鸯瓦铺满。莫要靠近栏杆眺望远方，远方的连绵山峦静静沐浴着夕阳，这多么令人惆怅。

［又］

晓寒瘦着西南月。丁丁漏箭余香咽。春已十分宜。东风无是非。　蜀魂[①]羞顾影。玉照[②]斜红冷。谁唱《后庭花》。新年忆旧家。

【说明】

此词浑不似性德的口吻，倒像是遗老遗少缅怀前朝。《饮水词笺校》称："此阙甚为可疑。置胜明遗老集中，恐不能辨识。"其他注本，如《纳兰词笺注》，则错解词中掌故以弥合文意。

【译文】

清晨天寒，西南天边月牙高悬。屋里传来叮咚的滴漏之声，熏香已经快要燃尽。这正是最宜人的春夜，东风不管怎么吹都是好的。　　杜鹃鸟羞于打量自己的影子，梅花孤高而清冷地开放。此刻是谁唱起了《玉树后庭花》，让人在这新年里思念旧时的家园。

【笺注】

①蜀魂：传说古蜀国灭亡之后，蜀主杜宇死而化为杜鹃鸟，声声啼血。

②玉照：张镃《玉照堂品梅记》载，淳熙一乙巳年（1185年），在南湖之滨得到一处苑圃，圃中有古梅数十株，便从西湖北山移栽来红梅三百多株，又在这里盖了几间房子，梅花开放的时节就住在这里，只见满地都是梅花的清辉，夜晚如同对月一般，故此名之为玉照。

［又］

为春憔悴留春住。那禁半霎催归雨。深巷卖樱桃。雨余红更娇。　　黄昏清泪阁。忍便花飘泊。消得一声莺。东风三月情。

【说明】

此词今存性德手迹，是写给高士奇的。高士奇，字澹人，号瓶庐，又号江村，江南才子，工书擅画，落魄时曾被明珠聘为性德的书法教师，后来供奉内廷，仕途显达。

【译文】

真挚地想要将春天挽留，无奈突然之间下起骤雨，仿佛在催促春天赶紧离开。深深的巷子里有人在叫卖樱桃，樱桃在雨水的沁润下更显红艳。　　已是黄昏了，我含着眼泪，怎忍心落花就这样飘零而去？一声莺啼，让人愈加留恋春风吹拂的三月。

［又］

隔花才歇廉纤雨。一声弹指浑无语。梁燕自双归。长条脉脉垂。　　小屏山色远。妆薄铅华浅。独自立瑶阶。透寒金缕鞋。

【说明】

闺怨主题。

【译文】

花丛那边的细雨刚刚停歇，刹那间她似有所感，沉默无言。梁上燕子双双归来，柳条长长低垂，一切都显得含情脉脉。　　屏风上描绘的山峦看起来如此遥远。她妆容淡淡，脚踩金缕鞋，在台阶上独自伫立，浑然不觉此刻的寒冷。

［又］

黄云紫塞[①]三千里。女墙西畔啼乌起。落日万山寒。萧萧猎马还。　　笳声听不得。入夜空城黑。秋梦不归家。残灯落碎花。

【译文】

北方边塞一眼望去，只见沙尘连成黄云，绵延数千里。城墙垛口的西边忽然有乌鸦飞起，伴随着凄厉的啼鸣。夕阳西下，千万座山峦一时间变得寒冷。马嘶声响起，猎马在黄昏归来。　　心怀乡愁，不忍听胡笳的声音。入夜之后，空城里漆黑一片。在这秋夜里，梦中竟也不曾回到家乡，醒来后只看到灯火将尽，灯花碎落了一地。

【笺注】

①黄云紫塞：代指北方边塞。黄云，北方天空多有沙尘飞扬，故称黄云。紫塞，秦长城与汉代北部边塞土色多紫，故称紫塞。

［又］

飘蓬只逐惊飙转。行人过尽烟光远。立马认河流。茂陵风雨秋。　　寂寥行殿锁。梵呗琉璃火。塞雁与宫鸦。山深日易斜。

【说明】

当作于明十三陵附近。

【译文】

飘蓬在狂风中乱飞，行人已经过尽，只剩远山在雾霭中绵延。停下马来，从河流的走向来辨别方位，这可是明十三陵一带，在秋风秋雨中更显萧瑟。　　无人的行宫紧紧锁闭，只透出些许琉璃灯的光亮与僧人们的唱经声。在这群山深处，太阳似乎更快地西沉，只有北方的雁和栖息在宫殿里的乌鸦守候着这份寂寞。

［又］

晶帘一片伤心白。云鬟香雾成遥隔。无语问添衣。桐阴月已西。　　西风鸣络纬。不许愁人睡。只是去年秋。如何泪欲流。

【说明】

悼亡之作，当作于康熙十六年（1677年）秋，其时卢氏方逝。

【译文】

水帘泛着一片白色，没有了你，看什么都令人伤心。再无人像你一样关怀我的冷暖起居，我呆立梧桐树荫下，不知不觉间月已西沉。　　蟋蟀在秋风中鸣叫，不让愁人安睡。这秋天明明还是同去年一样，但为何我偏偏在今秋落泪？

［又　寄梁汾苕中[1]］

知君此际情萧索。黄芦苦竹孤舟泊。烟白酒旗青。水村鱼市晴。　　柁楼[2]今夕梦。脉脉春寒送。直过画眉桥。钱塘江上潮。

【译文】

我了解你此刻心情抑郁，将孤舟停泊在黄芦苦竹丛中发呆。但你面对着江南好风景，乳白烟霭中冉冉升起青色酒旗，水村鱼市沐浴在一片晴光里。　　你今夜在船上入睡，春天柔和的寒气慢慢侵扰你的睡梦。你的船一直从画眉桥下穿过，此时钱塘江上正涌起澎湃的春潮。

【笺注】

①苕中：苕中，浙江湖州一带，因有苕溪，故名。

②柁楼：船上的操舵室，代指船上居住。柁，同“舵”。

［又　回文］

客中愁损催寒夕。夕寒催损愁中客。门掩月黄昏。昏黄月掩门。　　翠衾孤拥醉。醉拥孤衾翠。醒莫更多情。情多更莫醒。

【译文】

行旅之中在寒夜尤其感到愁绪难平，夜寒摧折着愁绪中的旅人。黄昏时分掩上门扉挡住月色，在昏黄的月光里掩上门扉。　　独醉之后拥着翠色被子，孤独的醉意中拥着翠色被子。醒来后别再陷入伤感，伤感的人索性不要从醉中醒来。

［又 回文］

研笺银粉残煤画[①]。画煤残粉银笺研。清夜一灯明。明灯一夜清。　片花惊宿燕。燕宿惊花片。亲自梦归人。人归梦自亲。

【译文】

压印着图案纹饰的字笺有银粉装饰，上面有残余墨迹。清冷的夜晚里一盏灯孤零零地亮着，明灯在这个夜晚里显得清清冷冷。　一片落花惊起了栖宿的燕子，栖宿的燕子被一片落花惊起。梦中等到了那人的归来，那人归来后，连梦也变得可亲。

【笺注】

①研笺银粉残煤画：研笺，压印有图案纹饰的字笺。研（yà），用卵形或弧形的石块碾压或摩擦皮革、布帛等，使紧实而光亮。煤，墨的别称。

［又］

乌丝画作回纹纸。香煤暗蚀藏头字。[①]筝雁十三双。输他作一行。[②]　相看仍似客。但道休相忆。索性不还家。落残红杏花。

【说明】

似为沈宛作。康熙二十三年（1684年），性德纳沈宛为妾，翌年沈宛欲回江南老家，性德挽留之。是年五月性德即病逝。

【译文】

乌丝阑纸上写有回文诗句，用芳香的眉笔涂掉了诗句每一行的第一个字，留给收信人去猜想。信上字迹工整排列，最要紧的句子却是藏头诗里的藏头一句。　　彼此相看时仍觉陌生，她一味要走，让我别再想她。索性就不要回去了吧，在这个红杏纷纷从枝头飘落的季节。

【笺注】

①香煤暗蚀藏头字：香煤，一指女子的眉笔，一指点燃的香火，皆可通。藏头，一种诗体，每句的第一个字可以连读表意。此句指以眉笔或香火蚀去信笺上所书之藏头诗每行的第一个字，让收信人去猜。

②筝雁十三双。输他作一行：筝十三弦，每根弦下边都有一个筝柱，筝柱斜向排列，好像大雁的队列，故称雁柱。此处似指女子写来的书信上字迹工整排列，最要紧的句子却是藏头诗里的藏头一句。

［又］

阑风伏雨催寒食。樱桃一夜花狼藉。刚与病相宜。锁窗薰绣衣。　　画眉烦女伴。央及流莺唤。半晌试开奁。娇多直自嫌。

【译文】

风吹不停，浓云阴沉而未雨，寒食节马上要来临。昨夜风将樱桃的花吹得凌乱不堪。天阴潮湿，于是用炉子烘烤衣物，恰恰病体也适合待在温暖干燥的环境里。　请黄莺去唤女伴，麻烦她来替自己画眉。迟疑半晌才打开梳妆盒，容貌虽然娇艳，但还是嫌自己不够美丽。

［醉桃源］

斜风细雨正霏霏。画帘拖地垂。屏山几曲篆香微。闲亭柳絮飞。　新绿密，乱红稀。乳莺残日啼。余寒欲透缕金衣。落花郎未归。

【译文】

微风阵阵，细雨霏霏。画帘低垂在地，屏风上绘制的远山被熏香缭绕，柳絮飘进无人的亭子里。　新抽的枝叶密密匝匝，花朵却开始凋零，初生的黄莺在落日余晖里啼叫。些微寒气堪堪穿透她的衣衫，花已落，情郎仍旧未回。

［昭君怨］

深禁好春谁惜。薄暮瑶阶伫立。别院管弦声。不分明。　又是梨花欲谢。绣被春寒今夜。寂寞锁朱门。梦承恩。

【说明】

宫怨主题。

【译文】

深宫中的大好春光有谁怜惜，薄暮中，她在台阶上久久伫立。别院传来管弦的欢声，隐隐约约，不甚分明。　　梨花又将迎来凋谢，她又将独自拥着绣被挨过寒冷的今夜。朱门紧锁，寂寞难耐，唯有在梦里，才能被君王宠爱。

卷三

[琵琶仙 中秋]

碧海年年，试问取、冰轮为谁圆缺。吹到一片秋香[①]，清辉了如雪。愁中看、好天良夜，争知道、尽成悲咽。只影而今，那堪重对，旧时明月。 花径里、戏捉迷藏，曾惹下萧萧井梧叶。记否轻纨小扇，又几番凉热。只落得，填膺百感，总茫茫、不关离别。一任紫玉[②]无情，夜寒吹裂。

【说明】

中秋悼亡之作。

【译文】

月亮年年都从大海中升起，那月轮究竟为谁而圆，又为谁而缺？秋风裹挟着一片桂花的芬芳，遍地月光茫茫如雪。带着惆怅看这中秋之夜的良辰美景，而所有的美景都只触发了悲咽。我如今形单影只，怎忍心一个人欣赏这旧时的明月？　　在这轮明月下，曾经有你陪我一起。彼时我们在开满鲜花的小径里捉着迷藏，碰掉了片片梧桐叶。还记得你轻纨小扇的模样，到如今又有几番寒暑匆匆逝去。此时我独立月下，百感茫茫，纠结于心的已不仅仅是与你的生离死别之痛。任凭那无情的玉笛不停地吹奏，直至在夜寒中吹裂。

【笺注】

①秋香：秋花，多指桂花。

②紫玉：紫竹可以制作笛、箫，故紫玉代指笛、箫一类乐器。

［清平乐］

凄凄切切。惨淡黄花节。梦里砧声浑未歇。那更乱蛩悲咽。　　尘生燕子空楼[1]。抛残弦索床头。一样晓风残月，而今触绪添愁。

【说明】

悼亡之作。

【译文】

重阳节到，一派凄凉惨淡的气氛。梦里捣衣之声仍未停歇，徒教人伤怀，而蟋蟀杂乱的鸣声更惹人悲咽。 她的小楼早已空无一人，落满尘土。琴弦像当初那样，胡乱地抛在床头。窗外的晓风残月虽然同从前一般，而今看来却倍添伤感。

【笺注】

①尘生燕子空楼：用关盼盼燕子楼典故。唐玄宗天宝年间，张建封管辖徐州，纳名伎关盼盼，深爱之。一日白居易来访，张建封使关盼盼歌舞相陪。待白居易离开徐州之后，张建封很快去世，关盼盼也不知下落。直到十年之后，张仲素告知白居易关盼盼的近况，白居易这才知道，在张建封死后，张家人扶着灵柩归葬北邙山，关盼盼从此便把自己封闭在燕子楼里，过着足不出户的日子，一转眼就是十年。这十年间，慕盼盼之才名、艳名而来的人很多，但关盼盼始终惦记着张建封的情义，再不肯与人一见，偶有作答，也只是以诗明志而已。性德用燕子楼的典故，有悼亡之意。

［又 上元月蚀］

瑶华映阙。烘散蓂墀雪。[1]比似寻常清景别。第一团圆时节。 影娥忽泛初弦。分辉借与宫莲。七宝修成合璧[2]，重轮[3]岁岁中天。

【说明】

与《梅梢雪·元夜月蚀》同作于康熙二十年（1681年）。

【译文】

明月照耀着宫阙，烘散了台阶上的积雪，积雪之下露出蓂荚瑞草。这一天的月光又与平时不同，月亮迎来了一年当中的第一次月圆。　圆月在水面的倒影忽然变成初弦月的模样，想来定是荷花借走了月亮的光辉。七种宝物修成了完整的月轮，月轮之外的光圈年年都会在中天出现。

【笺注】

①蓂墀雪：生有蓂荚的宫殿台阶。蓂（míng），蓂荚，一种传说中的瑞草，如果君主圣明，蓂荚就会应运而生。

②七宝修成合璧：合璧，完璧。七宝修成合璧，段成式《酉阳杂俎·天咫》载，大和年间，郑仁本的表弟曾经与一位姓王的秀才游玩嵩山，在山上迷了路，向一个白衣人问路，又问白衣人从哪里来。这人笑道："你们知道月亮乃是由七种宝物合成的吗？月亮是弹丸的形状，其阴影就是太阳照在它的凸起处形成的。常有八万二千户修补月亮，我就是其中之一。"这人又打开了包袱，里边有凿子和玉屑饭等物。他将玉屑饭分与二人道："吃了这些虽然不足以长生，但可以一生无病。"之后，他为二人指明路径，便突然不见了。

③重轮：日月轮廓之外的光圈，古代以为祥瑞。

［又］

烟轻雨小。望里青难了。一缕断虹垂树杪。又是乱山残照。　凭高目断征途。暮云千里平芜。日夜河流东下，锦书应托双鱼。

【译文】

空中弥漫轻盈的雾气，小雨淅沥，举目望去，远处青山连绵不尽。树梢截断了彩虹，夕阳余晖笼罩着高高低低的山峰。　　登高远眺，只见征途无尽，暮云下是广阔的平原。河水昼夜不停地向东流去，满载相思的家书应该托付双鱼带回家里。

［又］

孤花片叶。断送清秋节。寂寂绣屏香篆灭。暗里朱颜消歇。　　谁怜散髻吹笙。天涯芳草关情。懊恼隔帘幽梦，半床花月纵横。

【译文】

枝头残存几片花与叶，眼见秋天就要过去。锦绣屏风里熏香已经烧尽，一片冷寂里，红颜似也将在秋光里老去。　　她披散着头发独自吹笙，有谁怜惜她寂寞的心情？天涯芳草承载着她的心事，远方爱人还没有归来。一帘幽梦突添伤感，床上的落花在月光下显得凌乱不堪。

［又］

麝烟深漾。人拥缑笙氅。新恨暗随新月长。不辨眉尖心上[①]。　　六花[②]斜扑疏帘。地衣红锦轻沾。记取暖香如梦，耐他一晌寒严。

【译文】

身披大氅，看熏香浓郁的烟气在屋里荡漾。新月一天天长成满月，愁绪也随之不断增长，锁住眉间，也锁在心上。　　雪花斜扑上门帘，轻轻附着于红色地毯。心思还沉浸在那如梦的缱绻，所以身体禁得起严寒。

【笺注】

①不辨眉尖心上：范仲淹《御街行》有“都来此事，眉间心上，无计相回避”，李清照《一剪梅》有“此情无计可消除，才下眉头，却上心头”。

②六花：雪花。雪花六瓣，故称六花。

［又］

将愁不去。秋色行难住。六曲屏山深院宇。日日风风雨雨。　　雨晴篱菊初香。人言此日重阳。回首凉云暮叶，黄昏无限思量。

【译文】

秋意愈浓，心内惆怅愈挥之不去。在深院里，在曲折的屏风后面，心情天天经受着风雨的摧残。　　雨晴之后，篱笆那边的菊花发出缕缕清香，人们说今天就是重阳节。回首看那凋残的秋云秋叶，在黄昏时分不由得百感交集。

［又］

青陵蝶梦。倒挂怜幺凤。退粉收香情一种。[①]栖傍玉钗偷共。 愔愔镜阁飞蛾。谁传锦字秋河。[②]莲子依然隐雾[③]，菱花暗惜横波。

【译文】

蝴蝶挟着爱情的传说在花丛中飞舞，幺凤鸟倒挂着惹人怜爱。蝴蝶交尾之后，身上的粉已经退去；幺凤鸟喜欢落在美人的发钗上，白天闻到好的香气便收藏在尾翼之间，夜间则张开尾翼散发香气，它们在这退粉收香的时刻种下深深情根，悄然落在美人的玉钗旁边双栖双宿。 闺房里飞蛾悠闲地飞舞，是谁在传递着相思的书信呢？情人的心意始终让人猜不透，镜子里只见她目光流盼、令人怜惜。

【笺注】

①退粉收香情一种：或暗示着有情人已有过鱼水之欢。退粉，《道藏经》说蝴蝶交尾之后，身上的粉会褪去。收香，据《名物通》，倒挂即绿毛幺凤，性情温驯，喜欢聚集在美人的发钗上，白天闻到好的香气便收藏在尾翼之间，夜间则张开尾翼散发香气。

②谁传锦字秋河：锦字，即锦书，代指书信，典出《晋书·窦滔妻苏氏传》，前秦秦州刺史窦滔被徙流沙，其妻苏氏织锦为回文旋图诗以寄窦滔，诗共八百四十字，循环往复皆可读，诗意凄婉。后称书信为锦字或锦书。秋河，银河。

③莲子依然隐雾：语出《乐府·子夜歌》“雾露隐芙蓉，见莲不分明”。“莲子”谐音“怜子”，字面是说莲子依然隐在雾里看不清，含义是恋人依然隐在雾里看不清。

［又］

风鬟雨鬓。偏是来无准。倦倚玉阑看月晕。容易语低香近。　　软风吹过窗纱。心期便隔天涯。从此伤春伤别，黄昏只对梨花[1]。

【译文】

她发鬓凌乱，无意间走到这里，慵懒地倚着栏杆，张望那昏黄的月影。在这温柔的气氛中，让人禁不住想要压低声音说话，从近处还可以嗅到她身上的香气。　　柔软的风吹过窗纱，想到她此刻已远在天涯，从此以后便多了伤春伤别的愁绪。黄昏时分，总是对着梨花，想到已离去的她。

【笺注】

①黄昏只对梨花：梨，谐音为“离”。

［又　弹琴峡题壁］

泠泠彻夜。谁是知音者。如梦前朝何处也。一曲边愁难写。　　极天关塞云中。人随落雁西风。唤取红巾翠袖，莫教泪洒英雄。

【译文】

流水彻夜发出泠泠清响，但谁是这水声的知音呢？前朝往事如梦似幻，遗迹如今该向何处找寻？边塞凝结了多少历史的仇怨，兴亡难以写尽，是非无法说清。　　在边塞空旷的天地，人随着落雁的方向在西风中前行。唤温柔女子来擦拭英雄的泪水吧，不要让英雄如此伤心。

[又　忆梁汾]

才听夜雨。便觉秋如许。绕砌蛩螀人不语。有梦转愁无据。　　乱山千叠横江。忆君游倦何方。知否小窗红烛，照人此夜凄凉。

【译文】

才听闻夜晚凄清的雨声，便觉秋色已深。蟋蟀和蝉在窗外不住鸣叫，人在沉默中回味方才的梦境，被无端的愁绪萦绕。　　大江前方有无数山峦阻隔，不知道你寂寞的行程抵达了何方？你是否知道我正在小窗里，在红烛下，长久地思念着你，在这个秋雨飘落的夜晚独自体味凄凉。

[又]

塞鸿去矣。锦字何时寄。记得灯前佯忍泪。却问明朝行未。　　别来几度如珪[1]。飘零落叶成堆。一种晓寒残梦，凄凉毕竟因谁。

【译文】

北方的雁已经飞走，家书何时才能寄出呢？记得我们分别前夕，你在灯前强忍着泪水，只是问我是否明天就要出发。　　自从分别之后，月亮几度圆缺，如今已是深秋时节，落叶飘零，在地上堆积得很厚很厚。破晓时分，在同样的寒意里，我们在不同的地方做着同样的梦，有着同样的思念，同样因为分别而倍感凄凉。

【笺注】

①珪（guī）：古代帝王或诸侯在举行典礼时拿的一种玉器，上部为圆形或剑头形，下部为方形，这里比喻缺月，语出江淹《别赋》“秋露如珠，秋月如珪”。

［一丛花　咏并蒂莲］

阑珊玉佩罢霓裳。相对绾红妆。藕丝风送凌波去，又低头、软语商量。一种情深，十分心苦，脉脉背斜阳。　　色香空尽转生香。明月小银塘。桃根桃叶终相守[①]，伴殷勤、双宿鸳鸯。菰米漂残，沈云乍黑，同梦寄潇湘[②]。

【说明】

顾贞观、严绳孙、秦松龄皆有《一丛花·咏并蒂莲》，当为同时唱和之作。三人同在京城过夏，只有康熙十九年和康熙二十年（1680年、1681年）。

【译文】

那并蒂莲宛如一对戴着玉佩的美女刚刚跳完霓裳羽衣舞，四目相对，各自梳妆。一阵清风凌波吹过，这一对美女又低下头来，彼此柔声商量着什么。她们有着相同的深情与忧伤，背对斜阳，亭亭玉立。　　当娇艳的色泽褪去，香气却更加馥郁。在银色月光的照耀下，池塘里这一对并蒂莲宛如桃根、桃叶姐妹终生相守，陪伴着双栖双宿的鸳鸯。当残余的菰米漂在水中时，当雨云刚刚转浓时，她们把同样的爱，寄托在远方的爱人身上。

【笺注】

①桃根桃叶终相守：《六朝事迹类编》载，晋代王献之有爱妾名桃叶，其妹名桃根。

②潇湘：相传娥皇、女英姊妹同嫁大舜，舜帝南巡，死在苍梧之野，娥皇、女英南下寻夫，在悲恸之下投湘水而死，化为湘水女神，是为湘灵。这里以舜之二妃代指并蒂莲。

[菊花新　用韵送张见阳令江华[1]]

愁绝行人天易暮。行向鹧鸪声里住。渺渺洞庭波，木叶下、楚天何处。　　折残杨柳应无数。趁离亭笛声吹度。有几个征鸿，相伴也、送君南去。

【译文】

对于惆怅的旅人来说，天空总是太快染上昏沉的暮色。歇脚投宿之时，又听闻鹧鸪“行不得也哥哥”的啼声。秋色茫茫，秋叶飘坠在洞庭湖面，你在楚地，还有太多的路要走。　　折柳与你送别，折断了无数柳枝。长亭与你饯别，你在笛声里上路。你此番远行是如此的孤寂，只有天边的几只孤雁，陪伴你向着南方前进。

【笺注】

①用韵送张见阳令江华：康熙十八年（1679年）秋，性德的好友张纯修（号见阳）离京赴任湖南江华县，性德作此词以送别。用韵，当为“用……之韵”，今已不详何指。汪刻本及《草堂嗣响》词题均无“用韵”二字。

［淡黄柳 咏柳］

三眠[①]未歇。乍到秋时节。一树斜阳蝉更咽。曾绾灞陵离别。絮已为萍风卷叶。空凄切。　　长条莫轻折。苏小恨[②]、倩他说。尽飘零、游冶章台客。红板桥空，湔裙人去，依旧晓风残月。

【译文】

三眠柳还在起伏摇摆，突然就到了秋天。树梢上披挂余晖，树上传来凄咽的蝉声。柳枝曾经在灞陵送别过远行的人，柳絮已经入水化作了浮萍，浮萍的叶子被风吹卷，徒然地幽怨着。　　不要轻易攀折那长长的柳枝，因为柳枝要替有情人诉说离别之恨。那些流连于歌楼舞巷的人来来往往，如同飘零的柳枝一般，惹多少女子心伤。天色已晚，小桥上空空荡荡，游春浣裙的女子也已离去，只留下清晓的风继续吹拂柳枝，残月依然洒下清辉将柳树笼罩。

【笺注】

①三眠：三眠柳，即柽（chēng）柳、人柳。《三辅故事》载，汉代宫苑中有柳树状如人形，叫作人柳，一日三眠三起（即三次伏倒，三次挺直）。

②苏小恨：与所眷恋之人的离别之恨。苏小，即苏小小，据《乐府广题》，苏小小大约是南齐时人，钱塘名伎，相传家门前有柳树成荫。性德《卜算子·咏柳》有“苏小门前长短条”。

［满宫花］

盼天涯，芳讯绝。莫是故情全歇。朦胧寒月影微黄，情更薄于寒月。　　麝烟销，兰烬[1]灭，多少怨眉愁睫。芙蓉莲子待分明，莫向暗中磨折。

【译文】

期盼着恋人来自远方的音信，却始终盼望不到，难道他全然忘记旧日情愫了吗？夜色清寒，月亮在朦胧中泛着微黄，而他的情意，比寒月还要淡薄。　　熏香已经烧尽，蜡烛也熄灭了，而我仍在愁苦的纠结中无法入睡。你究竟对我还有没有情意，希望你能够对我说明，不要让我在猜测与纠结中受折磨下去。

【笺注】

①兰烬：蜡烛的余烬形似兰花的花蕊。

[洞仙歌 咏黄葵[①]]

铅华不御，看道家妆[②]就。问取旁人入时否。为孤情淡韵，判不宜春，矜标格、开向晚秋时候。　　无端轻薄雨，滴损檀心，小叠宫罗镇长皱。何必诉凄清，为爱秋光，被几日、西风吹瘦。便零落、蜂黄也休嫌，且对倚斜阳，倦偎红袖。

【译文】

梳妆起来，着一身道家黄袍，问旁人这样的打扮是否入时。为了保持这孤高淡雅的格调，判着不合春时，偏偏选择在晚秋时节开放。　　雨水仿佛略带轻薄，损伤了黄葵那紫褐色的花蕊，而那花瓣就像宫中的绮罗一般生出许多褶皱。但黄葵并不觉得这秋光凄清难耐，反而偏爱这朗朗秋光。这几天被秋风吹得消瘦了，不过就算花瓣零落又有什么关系呢？且自自在在地在夕阳里，慵懒地依偎美人身旁。

【笺注】

①黄葵：即秋葵，一年生草本植物，每年七至十月开花，花多为淡黄色。

②道家妆：黄色道袍，这里形容黄葵的颜色。

[唐多令 雨夜]

丝雨织红茵。苔阶压绣纹。是年年、肠断黄昏。到眼芳菲都惹恨，

那更说，塞垣春。　　萧飒不堪闻。残妆拥夜分。为梨花、深掩重门。梦向金微山下去，才识路，又移军。

【说明】

闺怨主题。

【译文】

雨打下一地落花，好似红色地毯压在苔藓覆盖的台阶上。年复一年，每个黄昏都伤心欲绝，满眼花草都会勾起幽怨，若说起边塞的春光，那更加令人断肠。　　夜半时分，伊人妆容已残，迟迟不肯睡去，亦不敢听萧瑟的风声，一丁点响动都会惹动愁思。怕梨花被风吹落，深深掩住重门。梦里，她来到良人从军的边塞，谁知才获悉路径，良人所在的军营便转移到别处去了。

［秋水 听雨］

谁道破愁须仗酒，酒醒后，心翻碎。正香销翠被，隔帘惊听，那又是、点点丝丝和泪。忆翦烛、幽窗小憩。娇梦垂成，频唤觉、一眶秋水。　　依旧乱蛩声里，短檠明灭，怎教人睡。想几年踪迹，过头风浪，只消受、一段横波花底。向拥髻、灯前提起。甚日还来，同领略、夜雨空阶滋味。

【译文】

谁说酒可以缓解愁绪？酒醒之后反而愈加心碎。此时熏香燃尽，我独自拥着被子，听帘外淅淅雨声，不由得回忆起当初同她一起在小窗下剪烛和休憩。刚刚梦到又和她一起，却忽然醒了，两眼满是泪水。　　蟋蟀依然在窗外鸣叫，灯火熄灭，这境况愈发令人难以入睡。回想几年来生活动荡不安，只有和她在一起的时候才觉得温暖。如今提起这段往事，话旧生哀，越发令人伤感。听我话旧的人哪，你何时再来和我一起感受，这夜雨滴落在空荡荡的台阶上那种凄凉滋味呢？

［虞美人］

峰高独石当头起。影落双溪水。马嘶人语各西东。行到断崖无路小桥通。　　朔鸿[①]过尽归期杳。人向征鞍老。又将丝泪湿斜阳。回首十三陵树暮云黄。

【说明】

作于明十三陵一带，《草堂嗣响》有词题《昌平道中》。

【译文】

山峰高峻，一块巨石当头矗立，影子落在双溪水里。马儿嘶鸣，人语鼎沸，从这里分作两道前行。已走到断崖边，道路断绝，却有一座小桥通往前方。　　北方的大雁已尽数南归，远行北方的旅人却在旅途中一年年老去，不知何时才能回家。面对夕阳再一次落泪，回头望去，唯有昏黄的暮云笼罩着十三陵的树林。

【笺注】

①朔鸿：从北方向南飞去的大雁。

［又］

黄昏又听城头角。病起心情恶。药炉初沸短檠青。无那残香半缕恼多情。　　多情自古原多病。清镜怜清影。一声弹指泪如丝。央及东风休遣玉人[1]知。

【说明】

或为寄顾贞观之作。

【译文】

黄昏时分又听到城头传来号角声，病中的我勉强坐起，心情不佳。药刚刚煮沸，灯烛发出青色的光焰，快要烧尽的熏香散发半缕青烟，又勾起无限伤感。　　自古以来多情者总是多病，我照着镜子，叹惜自己憔悴不堪的容颜。读一句你的《弹指词》，泪水突然滑落，拜托东风不要把我在病中对你的思念诉与你知道。

【笺注】

①玉人：风姿绰约的人。这个词常被误认为是指美女，事实上它可以男女通称，尤其在唐代很常见。如杜牧《寄扬州韩绰判官》有“二十四桥明月夜，玉人何处教吹箫”，以玉人指称韩绰判官。所以，若上句“弹指”是指顾贞观的《弹指词》，则这句里性德以“玉人”指称顾

贞观，也是合情合理的说法。性德自己多愁多病，又感动于好友的辞章，更不愿好友得知自己的这般境况而忧愁惦念，这也正符合他的至情至性。

［又 为梁汾赋］

凭君料理花间课。[1]莫负当初我。眼看鸡犬上天梯。[2]黄九自招秦七共泥犁。[3]　瘦狂那似痴肥好。[4]判任痴肥笑。笑他多病与长贫。不及诸公衮衮向风尘。

【说明】

词题《为梁汾赋》，梁汾即顾贞观，是性德的挚友与知音，而且，两个人在填词上有着共同的主张、共同的追求，创作水平也不相上下。这首词即表达填词主张及对顾贞观的惺惺相惜之感。

【译文】

交托你编选我的词集，请不要辜负了我填词的初衷。任凭那些热衷功名的人纷纷高就，我们两个却执意倾注全副心思于填词上，纵然被别人讥笑也在所不惜。　我们这样的狂生也许的确比不上那些达官显贵，随他们怎样笑话吧。他们会笑话我的多病与你的长贫，笑我们不如在名利场上穷形尽相的众人。

【笺注】

①凭君料理花间课：性德与顾贞观共同编选《今词初集》，并委托

顾贞观编订自己的词集《饮水词》。

②眼看鸡犬上天梯：葛洪《神仙传·刘安》载，八公取鼎煮药，使淮南王服用，于是淮南王一家将近三百人同一天升天而去。淮南王家里的鸡犬舔了鼎中的仙药残渣，也一同升天而去。

③黄九自招秦七共泥犁：秦七，即秦观；黄九，即黄庭坚。秦七婉约，黄九绮艳，故而并称。泥犁，佛教术语，意为地狱。《苕溪渔隐丛话》引《冷斋夜话》，法云秀和尚斥责黄庭坚，说他写艳情小词撩拨世人淫念，将来要堕拔舌泥犁。填词历来被视为艳科小道，性德则明确表态，反传统而为之，甘愿在这个“艳科小道”上与顾贞观一起执着下去。

④瘦狂那似痴肥好：《南史·沈庆之传》附“沈照略”载，沈昭略为人旷达不羁，好饮酒使气，有一次遇到王约，直视他说：“你就是王约吗，怎么又痴又肥？”王约反唇相讥道：“你就是沈昭略吗，怎么又瘦又狂？”沈昭略大笑道：“瘦比肥好，狂比痴好。”这里性德以“瘦狂”比自己与顾贞观，以“痴肥”比那些“鸡犬上天梯”的人物。

［又］

绿阴帘外梧桐影。玉虎牵金井。怕听啼鴂出帘迟。恰到年年今日两相思。　　凄凉满地红心草[①]。此恨谁知道。待将幽忆寄新词。分付芭蕉风定月斜时。

【说明】

悼亡之作。

【译文】

帘外晃动着梧桐树的影子，辘轳静静悬在井口。害怕听到伯劳鸟的叫声惹动忧伤，所以迟迟不愿走出户外。每年的今天，都是我们彼此最相思的时候。　　满地红心草凄凉无限，你我天人永隔，这样的遗憾有谁能够懂得。我要把对你的回忆寄托在新填的词里，在风停月斜之时，将思念写在芭蕉叶上。

【笺注】

①红心草：沈亚之《异梦录》载，王炎梦游吴国，随侍吴王，听闻宫中出辇，说是在安葬西施。吴王悲痛不止，诏词臣来写挽歌，王炎便作了一首："西望吴王国，云书凤字牌。连江起珠帐，择水葬金钗。满地红心草，三层碧玉阶。春风无处所，凄恨不胜怀。"性德用此典，当为悼亡而作。

［又］

风灭炉烟残灺冷。相伴惟孤影。判教狼藉醉清尊。为问世间醒眼是何人。　　难逢易散花间酒。饮罢空搔首。闲愁总付醉来眠。只恐醒时依旧到尊前。

【译文】

风吹走最后一缕熏香，烧残的香灰已经冷却，一个人形影相吊，没有谁的陪伴。索性尽情酣饮吧，但求一醉，这世间哪有什么清醒的人？　　花间对酌最是难逢，欢腾酒宴最易结束，酣饮结束之后也只能徒劳地搔搔头，留不住好时光，这无可奈何。多少闲愁全靠醉酒来排遣，就怕醒来之后愁绪依然不散，还得继续靠饮酒来麻痹。

［又］

春情只到梨花薄[1]。片片催零落。夕阳何事近黄昏。不道人间犹有未招魂。　　银笺别记当时句。密绾同心苣。为伊判作梦中人。长向画图清夜唤真真[2]。

【说明】

悼亡之作。

【译文】

春天百花盛开，我却偏偏只在梨花旁边，由梨花想到离别，伤悼着你的离去。梨花迅速凋零，天色不知为何也这么快到了黄昏，难道它们都不明白，人间尚有未曾招回的魂魄？难道就不肯为伤心人多停驻一刻吗？　　精美的书笺上仍然留有当时的诗句，当时结成的同心结至今也没有解开。为了和你在一起，我宁愿长久生活在梦里。每个夜晚，我都会对着你的画像，切切呼唤你的姓名。

【笺注】

①梨花薄：梨花丛生的地方。薄，《广雅》训“草丛生为薄”。

②长向画图清夜唤真真：杜荀鹤《松窗杂记》载，唐代进士赵颜在画工那里得到了一幅图，其上画着一位清丽绰约的女子。赵颜惊叹

道："世间不可能有这样的女子呀！若可令她获得生命，我愿意娶她为妻。"画工答道："这幅画大为神异，画中的女子名叫真真，听说只要有人愿意连呼其名百日，昼夜不歇，她就会为精诚所感，应声作答。这个时候，只要再以百家彩灰酒灌之，真真就会走下画幅，获得生命。"赵颜依言而行，果然精诚所至，金石为开。但是，美满的婚姻生活过不多久，赵颜开始疑心妻子是妖，妻子便回到了画中。赵颜怅惘不已，而数月之后，软幛上突然起了变化：真真依然明艳，只是手里牵着一个男孩。

［又］

曲阑深处重相见。匀泪偎人颤。凄凉别后两应同。最是不胜清怨月明中。　　半生已分孤眠过。山枕檀痕涴。忆来何事最销魂。第一折枝花样①画罗裙。

【译文】

记得那次在曲折栏杆的深处见到你，你抹掉泪水，颤抖着依偎在我的怀里。分别之后，你我各自承受同样的凄凉。每逢月圆，便因不能团圆而倍感伤心。　　我们长久别离，忍受孤眠的痛苦，我知道你的枕头上一定总是泪痕密布。回忆起你最让我心动的一刻，那时你穿着绣有花枝的罗裙，分外清丽。

【笺注】

①折枝花样：一种花卉画法，不画全株，只画连枝折下的部分。

［又］

彩云易向秋空散。燕子怜长叹。几番离合总无因。赢得一回僝僽一回亲。　　归鸿旧约霜前至。可寄香笺字。不如前事不思量。且枕红蕤欹侧看斜阳。

【译文】

彩云容易在秋空飘散，燕子听闻多情之人的长叹也会心生怜惜。几番离合总是偶然，让人时而烦恼，时而温暖。　　霜信来临之前，看到守时的大雁飞过，可以托大雁把书信带给远方的人吗？不如索性不要想那些爱恨纠缠的往事吧，且倚在绣枕上看那夕阳西下。

［又］

银床淅沥青梧老[1]。屧粉秋蛩扫。采香行处蹙连钱。拾得翠翘何恨不能言。　　回廊一寸相思地。落月成孤倚。背灯和月就花阴。已是十年踪迹十年心。

【译文】

淅淅沥沥的雨打在井栏上，梧桐树在秋雨中老去，不知这里是否还残留着她鞋子里的香粉，只听到蟋蟀在不停地鸣唱。连钱草长满她曾经采花的小径，我拾起她当年遗失在此的首饰，心头升起难以言喻的幽怨。那一段回廊曾是我们的流连之地，如今我只能在这里徒劳地思念你。月亮就要落下，我还是一个人倚靠在这里，背着灯光，面朝月色，在花阴里暗自神伤：不过是转眼之间，十年已成过往。

【笺注】

①银床淅沥青梧老：银床，《晋书》载淮南王于后园凿井，打水的瓶子为金质，井栏为银质。银床即井栏。

[潇湘雨 送西溟归慈溪]

长安一夜雨，便添了、几分秋色。奈此际萧条，无端又听，渭城风笛。咫尺层城留不住，久相忘、到此偏相忆。依依白露丹枫，渐行渐远，天涯南北。　凄寂。黔娄[①]当日事，总名士、如何消得。只皂帽蹇驴[②]，西风残照，倦游踪迹。廿载江南犹落拓，叹一人、知己终难觅。君须爱酒能诗，鉴湖无恙，一蓑一笠。

【说明】

康熙十八年（1679年），姜宸英奔母丧南归，性德劝说他放弃对功名的追求，以风流名士的姿态终此一生。

【译文】

京城下了一夜的雨，平添几分秋意。奈何在这萧条的秋天里，又听到笛子吹出离别之音。你终于回乡，我长久刻意地不把你想起，但这一刻，对你的思念之情蔓延开去。在一片白露丹枫里，你越走越远，我们从此南北悬隔，相去万里。　有多少凄凉，多少孤寂。你如同古代名士一般，在贫困里坚守高洁的志向，难以适应这个尘世的势利与算计。你头戴一顶黑帽，骑一头跛脚驴，在西风残照里远去，厌倦了在京城追名逐利。你在江南成名已二十年，如今却仍落拓，可叹知音总是虽一人而难寻觅。且去归隐吧，鉴湖风光依旧好，可终日消磨在酒与诗里。

【笺注】

①黔娄：代指贫穷而高洁的隐士。皇甫谧《高士传》载，齐人黔娄家贫而不仕，终生隐居不出，死时衾不蔽体。

②皂帽蹇驴：皂帽，黑色的帽子。《三国志·魏志·管宁传》载，高士管宁常戴皂帽。在诗歌套语里，皂帽隐喻了如管宁一般的高士气节。蹇（jiǎn）驴，跛脚的驴。

[雨中花 送徐艺初[1]归昆山]

天外孤帆云外树。看又是春随人去。水驿灯昏，关城月落，不算凄凉处。　计程应惜天涯暮。打叠起伤心无数。中坐波涛，眼前冷暖，多少人难语。

【译文】

孤帆向着天涯前进，树林仿佛远在白云之外，你走了，春天也随你而去。你这一路上，会在水路的驿站里守着昏黄的灯光，会在偏僻的关隘观看西沉的月亮，而这些凄凉的景象对于你来说还远远算不上凄凉。计算行程，你有太多的路要走，而天色总是那么快就又到黄昏。收拾起无数伤心往事，那名利场上的波谲云诡与人情冷暖所带给你的种种伤害，你终是无法对人讲起。

【笺注】

①徐艺初：徐树谷，字艺初，性德座师徐乾学长子，江苏昆山人，康熙二十四年（1685年）进士。徐艺初回昆山老家不详何事，从词义仅能推断他是带着满腔心事凄凉而去的，似是受了什么难言的委屈。

［临江仙］

丝雨如尘云着水，嫣香碎拾吴宫[①]。百花冷暖避东风。酷怜娇易散，燕子学偎红。　　人说病宜随月减，恹恹却与春同。可能留蝶抱花丛。不成双梦影，翻笑杏梁空。

【说明】

此词写病中之人的伤春情态。

【译文】

丝丝细雨如同微尘一般，云彩晕染着水汽，吴王宫殿里，美人在溪流中采集香草。百花感到冷意，在东风中摇曳，仿佛在将寒气闪避。花朵凋谢最是令人怜惜，燕子也学人偎红倚翠，轻轻依偎着花朵。　　人们都说疾病会像满月减损成残月一般慢慢减弱，无奈这倦怠的感觉，正如春天浓郁的慵懒气息。可否将蝴蝶留在花丛里呢？这成双飞舞的蝴蝶仿佛在嘲笑梁上燕巢空荡，笑燕子没有像它们一样双宿双栖。

【笺注】

①嫣香碎拾吴宫：嫣香碎拾，即采香。范成大《吴郡志·古迹》载，香山旁边有小溪，名为采香径。吴王种香于香山，使美人在溪中泛舟采香。

［又］

长记碧纱窗外语，秋风吹送归鸦。片帆从此寄天涯。一灯新睡觉，思梦月初斜。　　便是欲归归未得，不如燕子还家。春云春水带轻霞。画船人似月，细雨落杨花。

【说明】

《饮水词笺校》以为，“此词见于《今词初集》，作期当不晚于康熙十七年（1678年）。词为送人南还之作，所送何人，难以确考”，但从词义推断，“片帆从此寄天涯”当为斯人别去，“一灯新睡觉，思梦月初斜”当为词作者的思念，“画船人似月，细雨落杨花”是想象斯人（如燕子还家一般）还家后的景象，而“便是欲归归未得，不如燕子还家”表明斯人欲归乡而不得。此词当写别后相思，所谓“送人南还”之说或恐不确。

【译文】

永远记得我们在碧纱窗外那番谈话，彼时秋风吹拂，乌鸦正飞回它们的家。你从此以后离我远去，独自漂泊在天涯。如今当我一觉醒来，空对房中的灯花，犹记得方才在梦中出现的你，而此时月亮刚走过中天，就要西下。　　即便是想回家也回不去，人反而不如燕子，能在春的良辰美景里来去自由。想你的家乡风景如画，云与水都染上霞光，画船上美人如月一般妩媚，柳絮飞散，细雨飘洒。

［又 塞上得家报云秋海棠开矣，赋此］

六曲阑干三夜雨，倩谁护取娇慵。可怜寂寞粉墙东。已分裙衩绿，犹裹泪绡红。　　曾记鬓边斜落下，半床凉月惺忪。旧欢如在梦魂中。自然肠欲断，何必更秋风[①]。

【译文】

家里一连下了三夜的雨，谁来保护六曲栏杆边娇弱的秋海棠？粉墙东畔寂静无人，秋海棠花经雨初开，绿萼已分，红花乍放，娇红带雨仿如美人哭泣的模样。　　想当年这海棠花曾在心爱女子的鬓边落下，那时她睡眼惺忪，静静感受半床月光的清凉。如今这花丛里若隐若现她的身影，不等秋风吹起，我已痛断肝肠。睹花思人本就伤怀，哪还禁得起秋风更添凄凉？

【笺注】

①自然肠欲断，何必更秋风：秋海棠本来就是相思断肠之花，令人睹而伤怀，哪堪秋风更添凄凉。这两句暗用典故，《琅嬛记》引《采兰杂志》，曾经有一女子因为恋人的离去而伤悲，常在北墙之下哭泣，后来在泪水抛洒的地方生出了花儿，花色甚媚，犹如那女子娇艳的脸庞，叶子正面绿色，背面红色，秋天开花，名为断肠花，又名八月春，也就是今天所谓的秋海棠。

［又 谢饷樱桃］

绿叶成阴春尽也[①]，守宫[②]偏护星星。留将颜色慰多情。分明千点泪，贮作玉壶冰。　　独卧文园方病渴[③]，强拈红豆酬卿。感卿珍重报流莺[④]。惜花须自爱，休只为花疼。

【说明】

康熙十一年（1672年）壬子，性德中顺天乡试举人；康熙十二年（1673年）癸丑二月，通过礼部会试，三月忽然患病，以致误了廷试之期，大为抱憾。座师徐乾学赠樱桃以示宽慰，性德作此词以答。

【译文】

绿叶成荫，春天已匆匆过去，星星点点的樱桃被浓密的枝叶护住。樱桃娇美的色泽可以将多愁之人的心伤抚平。一盘樱桃，仿佛千点红色的泪水在玉壶中凝结成冰。　　我独自卧病在床，勉强以红豆来回报您。感谢您特地送樱桃来宽慰我的心情，您这般关照于我，但也不要把心思都用在我身上，您自己也要多多保重才行。

【笺注】

①绿叶成阴春尽也：典出杜牧《叹花》诗“自恨寻芳到已迟，往年曾见未开时。如今风摆花狼藉，绿叶成阴子满枝”。诗有本事，据计有功《唐诗纪事》载，杜牧在湖州为僚属时遇到一个垂髫少女，十四年后，杜牧做了湖州刺史，见当年少女已经嫁人生子了，便怅然为诗。性德用此典，取意“误期”，叹息自己因病而错过了廷试。“绿叶成阴”另有表层意义，启下句“守宫偏护星星”，指守宫槐浓密的枝叶护住了

星星点点的樱桃。

②守宫，指守宫槐。

③独卧文园方病渴：用司马相如之典。文园，司马相如曾任孝文园令，后人便以文园称之；病渴，司马相如患有消渴症，即今之糖尿病。所以，“文园多病”“文园独卧”这些意象便常被用来形容文士落魄、病里闲居。

④流莺：切樱桃之典，樱桃因为常被黄莺含在嘴里，故亦称含桃，李商隐《百果嘲樱桃》有“珠实虽先熟，琼莩纵早开。流莺犹故在，争得讳含来。”诗有本事，讥讽裴思谦巴结当权宦官仇士良强行索要状元之称，诗以“流莺”喻仇士良，以“含来”暗示裴思谦中状元完全是靠着仇士良的关照。性德这里反用其意，以仇士良对裴思谦的关照比拟老师徐乾学对自己的关照，是为“感卿珍重报流莺”，也表明了老师虽然饷樱桃以进士待己，但自己这个进士实在名不副实。

［又 卢龙[1]大树］

雨打风吹都似此，将军一去谁怜[2]。画图曾见绿阴圆。旧时遗镞地，今日种瓜田。　　系马南枝[3]犹在否，萧萧欲下长川。九秋黄叶五更烟。只应摇落尽，不必问当年。

【译文】

多少年的雨打风吹造就了大树如今的模样，自从将军离去之后，还有谁怜惜它呢？曾在画图里见过它浓密的绿荫，当年的战场如今已变成瓜田。　　曾系过战马的树枝如今可还在吗？落叶已然飘坠，被秋风卷向长河。五更时分，烟霭里到处飘飞深秋的黄叶，这棵大树的叶子恐怕就要落尽，不必再问当年它是什么模样。

【笺注】

①卢龙：清直隶有卢龙县，今为河北卢龙县，在山海关西南。但诗中之卢龙未必为实指，自唐代以来，卢龙多为诗歌套语，代指北部边塞。

②将军一去谁怜：暗用“大树将军”之典，据《后汉书·冯异传》，冯异将军为人谦退，每逢诸将并坐论功，自己总是独坐于大树之下，故而军中称之为大树将军。

③南枝：《古诗十九首·行行重行行》有“胡马依北风，越鸟巢南枝”。南枝作为诗歌套语，有怀乡之意。

［又 寒柳］

飞絮飞花何处是，层冰积雪摧残。疏疏一树五更寒。爱他明月好，憔悴也相关。　　最是繁丝摇落后，转教人忆春山。[1]湔裙[2]梦断续应难。西风多少恨，吹不散眉弯。

【说明】

当为悼亡之作。

【译文】

柳絮漫天飞舞，不知飞到何处，只是在这冰天雪地里被不断摧残着。柳树只余下枯枝，在五更时分艰难抵抗着寒冷萧索。唯有月亮怜惜寒柳，看寒柳如此憔悴，自己也由圆满瘦损成残缺。最是在柳树凋残净尽之后，容易令我回想起她柳叶一般的蛾眉。但她永远地离我而去，从此以后，再强劲的西风也无法把我紧蹙的眉头抚平。

【笺注】

①最是繁丝摇落后，转教人忆春山：春山，作为诗词中一个常见的意象，既可以实指春色中的山峦，也可以比喻为女子的眉毛，或用作女子的代称。此句是词人由柳叶的形态联想到蛾眉的曼妙，进而联想到心爱的女子和曾经的故事。

②湔（jiān）裙：洗裙。据《北齐书·窦泰传》，窦泰的母亲怀窦泰的时候，到产期而不生产，大惧。有巫师讲“渡河湔裙，产子必易”，窦母依言而行，果然顺利地生下了窦泰。词用“渡河湔裙”的典故，当是指发妻卢氏的难产。

［又］

夜来带得些儿雪，冻云一树垂垂。东风回首不胜悲。叶干丝未尽，未死只颦眉[①]。　　可忆红泥亭子外，纤腰舞困因谁。如今寂寞待人归。明年依旧绿，知否系斑骓。

【说明】

此词当与上一首《临江仙·寒柳》为同时题作，借咏柳而悼念亡妻卢氏。

【译文】

柳枝挂着些许前夜的落雪，看上去如同片片寒云冻合。在东风中回首往事，悲痛不能承受。柳叶干枯了，柳丝却仍然摇曳，正如我的心虽已干枯，对你的思念却从未断绝。柳树虽然未死，但枝叶蜷曲如同不展的愁眉，正如我虽生犹死，终日眉心紧锁。　　可记得驿站红亭外的柳树，柳枝为谁而飞舞至疲惫，如今那柳枝只是寂寞地等待当初远行之人的归来。明年柳枝依然会挂满新绿，只是不知道还能否系住马儿，不放远行的人离去？

【笺注】

①叶干丝未尽，未死只颦眉："丝未尽"谐音"思未尽"，柳叶"未死只颦眉"之状比拟词人悲伤而心死，终日颦眉不展。

［又 寄严荪友[①]］

别后闲情何所寄，初莺早雁[②]相思。如今憔悴异当时。飘零心事，残月落花知。　　生小不知江上路，分明却到梁溪。匆匆刚欲话分携。香消梦冷，窗白一声鸡。

【译文】

你离去之后，在春去秋来的岁月流转里，你的闲情雅趣寄托在何处呢？如今因为思念你，我早已形容憔悴、异于当初，那飘零的心事只有残月和落花懂得。　　我从来不晓得去江南的道路，在梦中却分明来到了你的家乡，刚要与你诉说离别后的诸般情形，却被一声鸡叫惊醒。才发觉天已蒙蒙亮，熏香也已烧完，暖意散尽。

【笺注】

①严荪友：即严绳孙（1623—1703），字荪友，号藕荡渔人，江苏无锡人，工书善画。严绳孙与性德相识于康熙十二年（1673年），结为忘年之交，在严绳孙的《秋水集》里，也收录着同样向性德表达情谊的作品。

②初莺早雁：形容春去秋来，岁月流转。语出《南史·萧子显传》，萧子显曾作《自序》，有“若乃登高目极，临水送归，风动春朝，月明秋夜，早雁初莺，花开叶落，有来斯应，每不能已”。

［又 永平道中］

独客单衾谁念我，晓来凉雨飕飕。缄书欲寄又还休。个侬憔悴，禁得更添愁。　　曾记年年三月病，而今病向深秋。卢龙风景白人头。药炉烟里，支枕听河流。

【说明】

康熙二十一年（1682年），“三藩之乱”甫定，康熙帝东巡，祭告永陵、福陵、昭陵，祀长白山，性德时为一等侍卫，扈从随行，于道中作此词。

【译文】

清早下起了雨，传来几许凉意，不知道远方有谁惦记着独自远行在外的我？封好书信，待要寄出去，却又收了回来，只因那个人已经很憔悴了，收到我的信也只会增添烦愁吧。　　记得每年三月暮春都会生出春愁来，如今却在深秋里强撑着病体。北方边塞的苍凉风景会让人更快老去，我烹煮药草，药炉烟气袅袅。竖起枕头倚靠着，倾听那河水流动的声音。

［又］

点滴芭蕉心欲碎，声声催忆当初。欲眠还展旧时书。鸳鸯小字，犹记手生疏。　　倦眼乍低缃帙[①]乱，重看一半模糊。幽窗冷雨一灯孤。料应情尽，还道有情无。

【说明】

悼亡主题。上片由雨打芭蕉而追忆当初的闺房之乐，下片以重笔渲染思念的刻骨与绝望。

【译文】

雨打芭蕉，滴答作响，叶声清冷，多么令人心碎，每一声都让我想起当初和你在一起的美好时光。入睡之前，我还是展开了你当初写过的书笺，柔美的字体写着柔情的字句，还清晰记得你初练书法时用笔生疏的样子。　　我双眼已疲倦，低下头来，看书籍散乱。重新翻阅这些旧时书籍，眼里又充满了泪水。独自守着幽窗，听窗外寒雨泠泠，看孤灯晦暗不明。时过境迁，这悲伤算来也应淡去了吧？然而它还是那么浓烈地纠缠于心。

【笺注】

①缃帙（zhì）：浅黄色的书套，代指书籍。

［鬓云松令］

枕函香，花径漏。依约相逢，絮语黄昏后。时节薄寒人病酒。刬地[1]东风，彻夜梨花瘦。　　掩银屏，垂翠袖。何处吹箫，脉脉情微逗。肠断月明红豆蔻[2]。月似当初，人似当初否。

【译文】

枕头上留有脂粉的芬芳，鲜花盛开的小径泄露着春光，两人就在小径上相逢，低声诉说着情意直至过了黄昏。天气微寒，人也带着醉意，忽然刮起东风，这一夜吹落了多少梨花。　　掩上屏风，衣袖低垂，聆听不知何处传来的箫声，那旋律逗引着她的相思之情。在满月之夜，看见象征连理的红豆蔻，一个人不免肝肠寸断。月亮还和当初相恋时一样，只是不知道他的心意也还和当初相恋时一样吗？

【笺注】

①刬地：无端，平白地。

②红豆蔻：宋代范成大《桂海虞衡志》载，红豆蔻的花朵当中，每蕊心有两瓣相并，词人视之如比目鱼、连理枝，寄寓相思之情。

［又 咏浴］

鬟云松，红玉莹。早月多情，送过梨花影。半晌斜钗慵未整。晕入轻潮，刚爱微风醒。　　露华清，人语静。怕被郎窥，移却青鸾镜。罗袜凌波波不定。小扇单衣，可耐星前冷。

【译文】

她发髻松散，肌肤莹润，一副慵懒模样。月亮多情，将梨花秀美的影子投送过来。头上发钗歪斜，半晌她也没有整理一下。她爱这微风的天气，脸颊泛着红晕。　　月光孤清，人声全无，她怕被他窥见，特地移走了镜子。她踏出沐浴的水，水波仍在缓缓荡漾。披上单衣，手持小扇，不知道可否挡得住这微薄的夜寒？

［于中好］

独背斜阳上小楼。谁家玉笛韵偏幽。一行白雁遥天暮，几点黄花满地秋。　　惊节序，叹沉浮。秾华如梦水东流。人间所事[①]堪惆怅，莫向横塘问旧游。

【说明】

此词或为秋日登高怀念南方友人之作。

【译文】

背对夕阳，独自登上小楼。聆听不知从谁家传来的笛声，旋律清幽。暮色中，一行白雁在高空飞翔，菊花盛开，遍地秋意温柔。　季节变化的速度令人惊叹，同样让人惊叹的是难以逆料的人生沉浮。盛夏繁花如梦一般随水东流，繁华易散、好景不长，这最是让人烦忧。就不要向江南探问旧日好友的近况了吧，只怕那消息更让人忧愁。

【笺注】

①所事：有两义，一为“此事”，二为“事事”。《饮水词笺校》取“事事”解，恐以“此事”之解为佳，“此事”即指“惊节序，叹沉浮，秾华如梦水东流”，所谓的时光荏苒、青春易去之事。“人间”两句化自曹唐《张硕重寄杜兰香》“人间何事堪惆怅，海色西风十二楼”。

［又］

雁帖寒云次第飞。向南犹自怨归迟。谁能瘦马关山道，又到西风扑鬓时。　人杳杳，思依依。更无芳树有乌啼。凭将扫黛窗前月，持向今宵照别离。

【译文】

大雁紧贴着寒云依次向南方飞去，我也向南方踏上回家的路，只恨回家回得太迟。骑一匹瘦马，行遍关山险阻，这样的日子谁能挨得久呢？更何况秋风再一次吹起，倍添伤情。　　我耽搁在离家很远的地方，但对家的思念从不曾有一刻停歇。这里没有家园的芳树，只有凄清的乌啼。此刻，就让照在家中妻子窗前的那一轮明月，也照在我这个离家之人的身上吧。

［又］

别绪如丝睡不成。那堪孤枕梦边城。因听紫塞三更雨，却忆红楼半夜灯。　　书郑重，恨分明。①天将愁味酿多情。起来呵手封题处，偏到鸳鸯两字冰。

【说明】

塞上思家之作。

【译文】

别离的伤感如丝般纷乱，将我缠绕，难以入眠。更何况好容易在这边城入睡后，我竟然还梦见了家园，愈发感伤。边地的三更雨惊醒我的梦，却回想起在家中小楼上我们挑灯夜话的温暖情景。　　认认真真写下家书，对你的思念表达得格外分明，或许是我天生就多愁善感吧。寒夜起身，向手上呵气，想把手暖起来，将家书封好，偏偏当目光触到“鸳鸯”二字时不由得停止了所有动作，手又僵了起来。

【笺注】

①书郑重，恨分明：化用李商隐《无题》“锦长书郑重，眉细恨分明”。恨，即爱，如李白《怨情》所谓“美人卷珠帘，深坐颦蛾眉。但见泪痕湿，不知心恨谁”。

［又］

谁道阴山行路难。风毛雨血万人谨[①]。松梢露点霑鹰绁，芦叶溪深没马鞍。　　依树歇，映林看。黄羊高宴簇金盘。萧萧一夕霜风紧，却拥貂裘怨早寒。

【说明】

从词义推测，此词当为性德扈从康熙帝塞上行猎之作。

【译文】

谁说边塞的路途艰险难行呢？君王巡行边塞，围猎的场面盛况空前，万众欢腾。牵鹰所用的绳索上沾着松树梢头落下的露水，漂着芦叶的溪流深深没过了马鞍。　　倚靠树干稍事休息，看阳光映照树林。盛大的宴席上有珍贵的黄羊，大家围着金盘欢饮。一夜秋风吹来，带来萧萧寒意，拥着貂裘却不觉得这寒意有什么打紧。只可惜天冷得太早，围猎尚未尽兴。

【笺注】

①谁道阴山行路难。风毛雨血万人谨：化自李白《上皇西巡南京歌》十

首之四“谁道君王行路难，六龙西幸万人谨”，谓君王巡行边塞荒蛮之地仍不觉行路之难，万众为之欢腾。风毛雨血，语出班固《两都赋》“风毛雨血，洒野蔽天”，描写打猎时毛羽杂下如雨的场面。谨（huān），喧哗。

［又］

小构园林寂不哗。疏篱曲径仿山家。昼长吟罢风流子[①]，忽听楸枰响碧纱。　添竹石，伴烟霞。拟凭尊酒慰年华。休嗟髀里今生肉，努力春来自种花[②]。

【说明】

性德曾于自家宅邸中构筑茅屋以待好友顾贞观归来，茅屋之名取意于《花间集》和《草堂诗余》，称草堂或花间草堂，落成于康熙十七年（1678年）之前。

【译文】

小小的园林一片寂静，稀疏的竹篱和曲折的小径都仿照着山野人家的样式。白天可以在此吟诗作对，到了晚上，可以听到碧纱窗透出的棋子落于棋盘的响声。　添一些竹子和奇石来衬托烟霭与霞光，准备就在这里用酒来度过年华。不必嗟叹会在悠闲的生活里长出赘肉来，等春天到来时且亲自在这里努力劳作，种植花草。

【笺注】

①风流子：词牌名。这里特地用《风流子》这个词牌，一是取其字

面之意，显示“小构园林”生活的风流快乐；二是以词牌名代指诗词，指于此处和朋友们联诗填词的生活。

②休嗟髀里今生肉，努力春来自种花：《三国志·蜀志·先主传》裴松之注引《九州春秋》载，刘备于荆州依附刘表的时候，一次如厕，见到髀肉复生，慨然流涕。回到座位之后，刘表怪而相询，刘备道：“我常常身不离鞍，所以髀肉尽消，如今很久没再骑马，髀肉便长了出来。由此想到岁月飞驰，老年将至，而功业尚未建立，故而悲从中来。”髀（bì），大腿。

［又 十月初四夜风雨，其明日是亡妇生辰］

尘满疏帘素带飘。真成暗度可怜宵。几回偷拭青衫泪，忽傍犀奁见翠翘。　　惟有恨，转无聊。五更依旧落花朝。衰杨叶尽丝难尽[①]，冷雨凄风打画桥。

【说明】

悼亡之作。

【译文】

窗帘上落满尘土，素带飘飞，我在凄凉的心境里度过这个凄凉的夜晚。好几次偷偷擦拭泪水，忽然又看见梳妆盒旁还散落着你曾经戴过的首饰。　　心怀幽怨，对一切都兴味索然。天已五更，这又是一个风雨摧残落花的早晨，小桥笼罩在一派凄风苦雨里。岸边颓败的杨柳已落尽树叶，只余下柳丝飘荡，我对你的思念也像这柳丝一般绵绵不绝。

【笺注】

①衰杨叶尽丝难尽：杨，即杨柳。丝难尽：柳叶落尽之后柳丝仍在，谐音“思难尽”。

［又］

冷露无声夜欲阑。栖鸦不定朔风寒。生憎画鼓楼头急，不放征人梦里还。　　秋澹澹，月弯弯。无人起向月中看。明朝匹马相思处，如隔千山与万山。

【说明】

塞上思家之作。

【译文】

清冷的露水无声无息浸润了大地，夜晚即将跨入清晨。在寒冷的北方，乌鸦无法安宁地栖息。最恨楼头响起画鼓声，打断我的梦，让人在睡梦中也回不到家园。　　秋光淡淡，月儿弯弯，再没有别人在这个时候起身眺望月亮。明天清早我又要骑上马继续我的旅程，而令我魂牵梦萦的家园，仿佛隔着千山万水，遥不可及。

[又 送梁汾南还，为题小影①]

握手西风泪不干。年来多在别离间。遥知独听灯前雨，转忆同看雪后山。　　凭寄语，劝加餐。桂花时节约重还。分明小像沉香缕，一片伤心欲画难。

【说明】

康熙十七年（1678年）正月十七日，顾贞观离京南还无锡，临行前性德以“小影”（即性德画像）相赠，此词即为题画之作。

【译文】

你即将离去，我们紧握双手，泪流不止，西风亦吹不干。这一年来我们总是聚少离多。我在京城，遥想你独对孤灯，凄凉听雨，忽然回忆起当初我们一同雪后看山的快乐。　　你对我多有寄语，我劝你保重身体。我们约定好，在下一个桂花开放的时节你再回来和我相聚。在熏香的烟气里，我把自己的画像赠送给你。而我与你分别时的伤痛，却是画笔无法传达的。

【笺注】

①小影：即性德画像。这幅小影后来被顾贞观收藏在了无锡惠山贯华阁，在道光年间毁于火灾。

［南乡子 捣衣①］

鸳瓦已新霜。欲寄寒衣转自伤。见说征夫容易瘦，端相。梦里回时仔细量。　　支枕怯空房。且拭清砧就月光。已是深秋兼独夜，凄凉。月到西南更断肠。

【说明】

此词写征人思妇的诗歌古题。据“月到西南更断肠”一句，此词当为“三藩之乱”时而作。

【译文】

鸳鸯瓦上凝结一层新霜，正要把冬天的厚衣裳寄给远方的丈夫，突然间心头涌起一阵哀伤。都说行役之人容易消瘦，做梦梦见他回家来的时候，她都把他仔细端详。　　她竖起枕头倚靠，害怕房间里空空荡荡。应该去捣衣了，趁着今晚的月光。转眼已是深秋，独自在夜晚倍感凄凉，当月亮走到他行役的方向，愈发令人痛断肝肠。

【笺注】

①捣衣：捣衣是古代诗歌的常见主题，秦汉以来，士兵的武器装备和粮食一般由政府统一供应，衣服则多属自备，所以每当秋风起时，家人就要准备好换季的衣服寄到前线，所以每年秋季都是女子捣衣的时节。

［又 为亡妇题照］

泪咽却无声。只向从前悔薄情。凭仗丹青重省识，盈盈。一片伤心画不成。　　别语忒分明。午夜鹣鹣[1]梦早醒。卿自早醒侬自梦，更更。泣尽风檐夜雨铃。

【说明】

悼亡之作，题写于卢氏画像之上。

【译文】

流泪哽咽着，却发不出声音，只是后悔从前没有对你更好些。在画像前重新端详你美丽的容颜，而我的伤心却是画笔无法表现出来的。　　临别时你说的话清晰地响在我的耳边，午夜梦见我们仍在一起，然而这美梦却过早地醒来。人生也是一场大梦，你已经醒了，我却仍然困在这大梦里。一更又一更，夜晚就在无眠中度过，听屋檐上的铃铛在风雨里不停作响，宛如悲伤的哭泣。

【笺注】

①鹣鹣（jiān）：即比翼鸟。

［又］

飞絮晚悠飏。斜日波纹映画梁。刺绣女儿楼上立，柔肠。爱看晴

丝[1]百尺长。　　风定却闻香。吹落残红在绣床。休堕玉钗惊比翼，双双。共唼[2]苹花绿满塘。

【译文】

柳絮在暮色中飘扬，水波中倒映着夕阳，光影投射到画梁之上。刺绣的女子伫立楼上，柔肠百转，最爱看那晴丝（柳丝）绵长，一如自己情思浩荡。　　风住了，忽然闻到芬芳，原来是方才的风把落花吹到了绣床。小心不要把玉钗掉进池水里惊起鸳鸯，鸳鸯多么恩爱，在开满苹花的水面上成双。

【笺注】

①晴丝：柳丝，谐音“情思”。

②唼（shà）：水鸟或鱼吃食。《楚辞·九辩》有“凫雁皆唼夫粱藻兮”。

［又 柳沟[1]晓发］

灯影伴鸣梭。织女依然怨隔河。曙色远连山色起，青螺。回首微茫忆翠蛾。　　凄切客中过。料抵秋闺一半多。一世疏狂应为着，横波。作个鸳鸯消得么。

【译文】

她一边在灯影下织布，一边思念远方的丈夫，心情如同天上的织女。丈夫正在山路上行进，破晓之后，看山色如青螺一般，亦如女子乌黑的发髻，不由得勾起思绪万千。回首远望，在微茫曙色里思念家中的妻子。　　想长久以来多在客旅之中度过，与妻子聚少离多。多么想要摆脱世俗羁绊，一生一世陪伴在妻子身边，像鸳鸯那样双栖双宿地生活。

【笺注】

①柳沟：在今北京延庆八达岭北，清代为宣化府延庆州四座关口之一。

［又］

何处淬吴钩[①]。一片城荒枕碧流。曾是当年龙战[②]地，飕飕。塞草霜风满地秋。　　霸业等闲休。跃马横戈总白头。莫把韶华轻换了，封侯。多少英雄只废丘。

【说明】

塞上古战场怀古之作。

【译文】

到哪里打造精良的刀剑呢？如今只剩下荒城枕着河水，这里曾经群雄逐鹿，多少铁马金戈，现在一切都被秋风与荒草掩埋。　　霸业总不会永久，将军总是不经意间便把青丝熬成了白头。切莫为了功名就轻易把青年的时光耗费在战场，有多少英雄人物真的为自己搏来了幸福？

【笺注】

①吴钩：古吴地以铸剑知名，后人以吴钩泛指精良的刀剑。

②龙战：语出《周易·坤》上六爻辞“龙战于野，其血玄黄”，后用以比喻群雄逐鹿。

［又］

烟暖雨初收。落尽繁花小院幽。摘得一双红豆子，低头。说着分携泪暗流。　　人去似春休。卮酒曾将酹石尤。别自有人桃叶渡[①]，扁舟。一种烟波各自愁。

【说明】

《瑶华集》于此词有副题《孤舟》，颇合词义。《饮水词笺校》以此为送友人南还之词，但琢磨词义及典故、意象，主题似应为情人分别。

【译文】

烟霭暖融融，雨刚停歇，小院里繁花落尽，一片清幽。摘得一双象征相思的红豆，微微低头。说起分离时候的情景，止不住暗自泪流。　　恋人离去，那感受如同春天结束了。也曾对天祈祷恋人一路顺风，向地洒酒。看别的爱侣欢快地渡河相聚，而茫茫烟波却将我们悬隔两地，任我们各自感伤哀愁。

【笺注】

①桃叶渡：王献之曾在南京秦淮河渡口迎接爱妾桃叶，以歌声相

赠，后人便把这里称作桃叶渡。

[鹊桥仙]

月华如水，波纹似练，几簇淡烟衰柳。塞鸿一夜尽南飞，谁与问、倚楼人瘦。　　韵拈风絮，录成金石[1]，不是舞裙歌袖。从前负尽扫眉才[2]，又担阁、镜囊重绣[3]。

【说明】

相思之词，疑为沈宛而作。

【译文】

月光如水流淌，光华的波纹如同白练，在淡淡烟霭里，几株残柳矗立。仿佛就在一夜之间，北方的大雁已尽数南飞。那倚楼远眺的女子，你为何憔悴？　　你并非寻常歌女舞姬，而是有着谢道韫和李清照那般高绝的文才。从前你因才华横溢而享尽盛名，风光无限；如今的你，却在切切期盼良人归来。而到底是什么事情，耽搁了他的归期？

【笺注】

①录成金石：赵明诚、李清照夫妇各擅文采，爱好金石古玩，赵明诚撰有《金石录》，李清照为之作序。

②从前负尽扫眉才：唐代才女薛涛居于成都浣花溪，诗人王建为之赋诗有“万里桥边女校书，枇杷花里闭门居。扫眉才子知多少，管领春风总不如”。

③镜囊重绣：王建《镜听词》记一女子以镜子占卜丈夫的归期，许愿说若丈夫能在三天之内归来，必定重磨镜面，重绣镜囊。镜囊，古时女子携带贴身梳妆镜的袋子。

[踏莎行]

春水鸭头，春山鹦觜。烟丝无力风斜倚。百花时节好逢迎，可怜人掩屏山睡。　　密语移灯，闲情枕臂。从教酝酿孤眠味。春鸿不解讳相思，映窗书破人人字[①]。

【说明】

闺怨主题。

【译文】

春水碧绿，如鸭头上的翠色。春山花开，如鹦嘴般红艳。柳丝在烟霭中无力地随风飘摇。正是百花开放的时节，正该出去踏青游春，但她只是掩着屏风，不肯起床。　　想当初两人在灯下温柔低语，她轻轻枕着他的臂弯。如今她只能在孤枕上反复咀嚼那些美好回忆，越发觉得孤寂。可恨大雁不知避忌，偏偏从窗前飞过，排成人字形，故意撩拨她那颗相思难挨的心。

【笺注】

①春鸿不解讳相思，映窗书破人人字：谓女子正自相思难耐，大雁却不知避讳，偏偏从窗前飞过，排成人字之形，仿佛提醒着对远人的思

念。人人，对亲爱之人的昵称。

［又 寄见阳］

倚柳题笺，当花侧帽[①]。赏心应比驱驰好。错教双鬓受东风，看吹绿影成丝早。　　金殿寒鸦，玉阶春草。就中冷暖和谁道。小楼明月镇长闲，人生何事缁尘老。

【说明】

此词寄给好友张纯修，抱怨公职生活的烦闷无聊，向往着吟诗作赋、自由自在的日子。

【译文】

倚着柳树信笔题写诗笺，在花前将帽子歪戴，自由自在的嬉游总比受人驱遣要来得称心如意。在受人驱遣的日子里，青丝很快消磨成白发。　　在金銮殿值夜，看皇宫的台阶上生出春草，这其中的辛酸甘苦又能向谁倾诉。不如在小楼中赏着明月闲度时光，人为什么非要把大好年华浪费在名利场上?

【笺注】

①倚柳题笺，当花侧帽：写风流俊赏之态。侧帽，据《周书·独孤信传》，独孤信在秦州时，一次外出打猎，日暮时分方才驰马入城，不经意间帽子略略歪斜，至第二天，吏员凡戴帽之人皆因钦慕独孤信而把帽子微侧。性德甚爱此典，以独孤信自比，刊刻的第一部词集便题为《侧帽词》。

[翦湘云 送友]

险韵慵拈，新声醉倚。尽历遍情场，懊恼曾记。不道当时肠断事，还较而今得意。向西风、约略数年华，旧心情灰矣。　　正是冷雨秋槐，鬓丝憔悴。又领略、愁中送客滋味。密约重逢知甚日，看取青衫和泪。梦天涯、绕遍尽由人，只尊前迢递。

【说明】

《翦湘云》为顾贞观自创词牌。词题《送友》，所送之友或即顾贞观。

【译文】

慵懒地拣选韵字生僻难押的诗韵，醉中创制新的词牌。历遍了情场，还记得当初那些懊恼，没想到当时伤心断肠的事，也比今天的遭际更好。在秋风里大略计算着逝去的年华，疏狂不羁的心忽然黯淡。　　此时冷雨打着秋槐，人已憔悴，而在愁绪中为好友送别更加令人神伤。想要约定重逢的日子，却不知道何时才能重逢，只是不住地流泪。在梦中行遍天涯是如此容易，而在这持酒伤怀的别离时刻，我们面对面却已觉遥远。

[鹊桥仙 七夕]

乞巧楼[①]空，影娥池[②]冷，佳节只供愁叹。丁宁休曝旧罗衣，忆素手、为予缝绽。　　莲粉飘红，菱丝翳碧，仰见明星空烂。亲持钿合梦中来，信天上、人间非幻。

【说明】

悼亡之作，作于康熙十七年（1678年）或十八年（1679年）七夕。

【译文】

乞巧楼里已不见你的身影，池塘的水也生出寒意，七夕佳节没有欢娱，只有我满怀愁绪的叹息。叮嘱婢女不要把旧罗衣拿出来暴晒，因为我想起你生前亲手为我缝补过这件罗衣。　　莲花香粉飘散，菱蔓深碧，仰望天空，只见繁星璀璨。梦里你亲自拿着首饰盒向我款款走来，让我相信天上的仙界并非幻境，你没有消失，而是生活在另一个世界里。

【笺注】

①乞巧楼：孟元老《东京梦华录》载，每到七月初六、初七的晚上，豪贵之家多会在庭院中搭建彩楼，谓之乞巧楼。

②影娥池：《三辅黄图·未央宫》载，汉武帝开凿影娥池以赏月。

［御带花 重九夜］

晚秋却胜春天好，情在冷香深处。朱楼六扇小屏山，寂寞几分尘土。虬尾烟销，人梦觉、碎虫零杵。便强说欢娱，总是无憀心绪。　　转忆当年，消受尽皓腕红萸，嫣然一顾。如今何事，向禅榻

茶烟，怕歌愁舞。玉粟寒生[1]，且领略、月明清露。叹此际凄凉，何必更满城风雨。

【译文】

晚秋风物胜过春光，菊香与梅香深浓处，格外惹动柔情。朱楼上六折屏风里却落了尘土，一派寂寞光景。熏香已烧尽，我从梦中醒来，只听闻捣衣的杵声与稀疏的虫鸣。于是强作欢颜，心中却始终感到无趣。　　转忆当年重阳节，她手持红色茱萸对我嫣然一顾。如今我却为何喜欢倒在禅榻上，在烹茶的烟气里消磨时光，再也不愿听歌看舞。打着寒战，感受清冷的明月与风露。不禁自伤自怜，这凄凉的境况哪里还能挨得住满城风和雨？

【笺注】

①玉粟寒生：王夫之《捣练子·咏霜》有“忍得寒生玉粟肥”。玉粟，皮肤因受寒而泛起的粟米状颗粒，俗称鸡皮疙瘩。

［疏影 芭蕉］

湘帘[1]卷处。甚离披翠影，绕檐遮住。小立吹裙，曾伴春慵，掩映绣床金缕。芳心一束浑难展，清泪裹、隔年愁聚。更夜深、细听空阶雨滴，梦回无据。　　正是秋来寂寞，偏声声点点，助人离绪。缬被初寒，宿酒全醒，搅碎乱蛩双杵。西风落尽庭梧叶，还剩得、绿阴如许。想玉人、和露折来，曾写断肠诗句。

【说明】

此词为步韵和朱彝尊《疏影·芭蕉》之作，见于《今词初集》，为性德早期作品。

【译文】

卷起竹帘，看轻轻摇扬的翠影围绕屋檐，遮出一片阴凉。那芭蕉一如亭亭玉立的少女，碧叶就是被风吹起的裙带，带着春的慵懒，掩映着绣床上有金线刺绣的帷幔。芭蕉叶重重卷束，在雨水点滴之下，仿佛包裹了太多愁绪。夜深之时，细听雨打芭蕉，无端打碎了恍惚的梦境。　　正是秋天寂寞时分，偏偏那雨打芭蕉之声越发牵动人的离愁别绪。染有花纹的丝被挡不住秋夜的寒意，隔夜仍使人醉而不醒的浓厚酒力，也在这凄恻的声音里全然散去，而这叶声还搅乱了蛩鸣和捣衣声。梧桐叶已尽数被秋风吹尽，只剩下芭蕉还遮出一点绿荫。想起美人曾在某个清晨折断带着露水的蕉叶，在叶片上题写伤心的诗句。

【笺注】

①湘帘：用湘妃竹（即斑竹）做的帘子。

[添字采桑子]

闲愁似与斜阳约，红点苍苔。蛱蝶飞回。又是梧桐新绿影，上阶来。　　天涯望处音尘断，花谢花开。懊恼离怀。空压钿筐金缕绣，合欢鞋。

【译文】

闲愁似乎与夕阳约定，每到夕阳西下时分便从心底生出几许。墨绿色的苔藓里偶尔生长着星星点点的红花，惹得蝴蝶飞去又飞来。梧桐长出了新叶，斜阳把一片树荫洒上了台阶。　　望尽天涯，却得不到他的消息，任年复一年花谢花开，她的心事永远不能释怀。那一双合欢鞋徒劳地搁置在针线笸箩里，她始终不曾等到他的归来。

［望江南 宿双林禅院[1]有感］

挑灯坐，坐久忆年时。薄雾笼花娇欲泣，夜深微月下杨枝。催道太眠迟。　　憔悴去，此恨有谁知。天上人间俱怅望，经声佛火两凄迷。未梦已先疑。

【说明】

悼亡之作。性德之妻卢氏亡于康熙十六年（1677年）五月三十日，据叶舒崇《皇清纳腊室卢氏墓志铭》，卢氏下葬之期为康熙十七年（1678年）七月二十八日。

【译文】

挑亮灯芯，在夜中独坐，久久地回忆去年光景。还记得那个时候，薄薄的雾气笼罩花枝，花朵那娇滴滴的模样就像快要哭泣。夜深时一轮淡月挂在杨柳梢头，景色迷蒙而美丽，让人不忍睡去，是你关怀地催我早些就寝。　　如今你离我而去，我满腔幽怨谁能明白？你我天人悬隔，在两个世界里各自怅望对方却无缘再聚，而这寺院里，诵经的声音和佛前的烛火无不令人感到凄迷。明明人还清醒，却分不清眼前的影像与声音究竟是梦是真。

【笺注】

①康熙十六年（1677年）五月三十日，性德之妻卢氏去世，灵柩暂停于双林禅院。双林禅院位于北京阜成门外二里沟，今紫竹院公园一带，建于明万历四年，毁于清末。

［木兰花慢 立秋夜雨，送梁汾南行］

盼银河迢递，惊入夜、转清商[1]。乍西园蝴蝶，轻翻麝粉，暗惹蜂黄。炎凉。等闲瞥眼，甚丝丝、点点搅柔肠。应是登临送客，别离滋味重尝。 疑将。水墨画疏窗。孤影淡潇湘。倩一叶高梧，半条残烛，做尽商量。荷裳。被风暗翦，问今宵、谁与盖鸳鸯。从此羁愁万叠，梦回分付啼螿。

【说明】

性德曾应顾贞观之请托，营救因蒙冤流放于宁古塔的江南才子吴兆骞，时至康熙二十年（1681年），吴兆骞即将南归，年内将至北京（吴兆骞七月获赦，十月到京）。顾贞观本拟与吴兆骞在北京相会，却因母丧而南返无锡老家，性德作此词相送。

【译文】

秋夜眺望银河，忽然起了风雨，令人心惊。刹那间，花园里的蜜蜂和蝴蝶匆匆闪避。是暖是寒，看那丝丝点点的雨水搅动人的心绪。登山临水送别友人，再一次体味那别离的感伤。雨水打在竹帘上，仿佛正在点染一幅水墨画，点染出潇湘水畔独行的身影。　　倚靠在高高的梧桐树下，在残烛的光影里，心绪不宁。看池塘里，不经意间荷叶已被秋风吹残，那今夜谁来代替荷叶为鸳鸯们遮风挡雨呢？你这番远去，从此要忍受羁旅的愁苦，梦醒之时，只有寒蝉与你为伴。

【笺注】

①清商：原指中国古典音乐之商调，古人以音调与季节相配，认为商调属秋，所以清商亦被作为秋风秋雨的声音，如刘禹锡《聚蚊谣》“清商一来秋日晓”。

卷四

［百字令 废园有感］

片红飞减，甚东风不语、只催漂泊。石上胭脂花上露，谁与画眉商略。碧甃瓶沉，紫钱钗掩，雀踏金铃索。韶华如梦，为寻好梦担阁。　又是金粉空梁，定巢燕子，一口香泥落。欲写华笺凭寄与，多少心情难托。梅豆圆时，柳绵飘处，失记当初约。斜阳冉冉，断魂分付残角。

【译文】

花瓣纷纷坠落，为何那无言的东风只是催使花瓣四散漂泊？石头上的落花，花瓣上的露水，可还听得懂画眉婉转的啼声？园子里荒芜一片，任那银瓶沉在井底，苔藓掩盖了金钗，鸟雀落在护花铃所系的绳索上。美好时光如梦境消散，为了追寻好梦，又耽搁了时光几许。　又到春日，空房梁上如今又有燕子前来筑巢，而我也想把心事写进书信寄给你，却终于觉得这纠结复杂的心情实在难以表述。在梅子又圆的时节，在柳絮飘飞的地方，你可还记得我们当初的约定？冉冉余晖里，听着远处不甚清晰的号角声，我的愁绪无处可排解。

［又 宿汉儿村］

无情野火，趁西风烧遍、天涯芳草。榆塞重来冰雪里，冷入鬓丝吹老。牧马长嘶，征笳乱动，并入愁怀抱。定知今夕，庾郎瘦损多少。　便是脑满肠肥，尚难消受，此荒烟落照。何况文园憔悴后，非复酒垆风调[①]。回乐峰寒，受降城远，梦向家山绕。茫茫百感，凭高惟有清啸。

【说明】

扈从塞上之作。汉儿村地近遵化孝陵（清顺治帝陵墓），性德扈从康熙帝多次经过此地。

【译文】

无情的野火趁着秋风烧遍了一望无际的草原，我在冰天雪地的时节又一次来到北方边塞，任冷风吹白了鬓发。牧马嘶鸣，胡笳杂乱响起，种种边地之声一并涌入我的愁怀，我能确切地知道今夜我又将消瘦多少。　纵然是脑满肠肥的人也难以消受这边地的荒烟落照，更何况书生憔悴，早已不复旧时的活力与风流。在苦寒之中，在遥远边城，做梦总是会回到家园。登高时面对茫茫天地，不由得百感交集，将所有心绪化作一声清啸。

【笺注】

①酒垆风调，指司马相如与卓文君当垆卖酒之事。

［又］

绿杨飞絮，叹沉沉院落，春归何许。尽日缁尘吹绮陌[①]，迷却梦游归路。世事悠悠，生涯未是，醉眼斜阳暮。伤心怕问，断魂何处金鼓。　　夜来月色如银，和衣独拥，花影疏窗度。脉脉此情谁得识，又道故人别去。细数落花，更阑未睡，别是闲情绪。闻余长叹，西廊惟有鹦鹉。

【译文】

柳絮漫天飞舞，令人不禁叹息这深深院落里，春光到底归向了何处。绮丽的街道上整日弥漫着尘土，让梦中的人看不清归路。世事悠悠，怎能总是醉醺醺地迎来日暮？最怕听到金鼓的声音，无法摆脱烦冗的扈从生涯，令我忧心与痛楚。　　夜晚月光清亮如银，独自披起衣服，看月光推着花影在窗帘上缓缓移动。故人也已离去，谁人能懂我此时的心绪？直到天色将明我也没有入睡，只是仔细数着落花，这是一种怎样的闲情逸致。四下无人，听闻我长叹之声的，只有西廊里的鹦鹉。

【笺注】

①缁尘：黑色尘土，比喻世俗的污垢，语出谢朓《酬王晋安》“谁能久京洛，缁尘染素衣”。绮陌，绮丽的街道。

［又］

人生能几，总不如休惹、情条恨叶。刚是尊前同一笑，又到别离时节。灯灺挑残，炉烟爇尽，无语空凝咽。一天凉露，芳魂此夜偷接。　　怕见人去楼空，柳枝无恙，犹扫窗间月。无分暗香深处住，悔把兰襟亲结。尚暖檀痕，犹寒翠影，触绪添悲切。愁多成病，此愁知向谁说。

【译文】

人生苦短，不如避开种种的感情纠葛，莫要徒添烦恼。刚刚还一起饮酒，一起欢笑，转眼却又分别。蜡烛烧残，熏香燃尽，在无眠中默默不语，空自哽咽。露水降下，我们分别之后，彼此的灵魂在今夜偷偷地会合。　　怕见到人去楼空的场面，只有楼外柳枝依然如故，犹自遮蔽窗前的月光。既然我无缘和你终生相守，当初便不该与你结合。带血的眼泪此刻似乎仍留有你的体温，而你的身影那般单薄，怎能禁得住这样寒冷的夜晚？到处都是你的痕迹，这一切让我触景生情，徒添悲切。太多的愁绪让我病弱下去，而这愁绪，又能够向谁倾诉呢？

［沁园春 代悼亡[①]］

梦冷蘅芜，却望姗姗，是耶非耶[②]。怅兰膏渍粉，尚留犀合；金泥蹙绣，空掩蝉纱。影弱难持，缘深暂隔，只当离愁滞海涯。归来也，趁星前月底，魂在梨花。　　鸾胶纵续琵琶[③]。问可及、当年萼绿华[④]。但无端摧折，恶经风浪；不如零落，判委尘沙。最忆相看，娇讹道字，手翦银灯自泼茶。今已矣，便帐中重见，那似伊家。

【译文】

蘅芜香渐渐消散的烟气里，隐约看到你的身影，亦真亦幻。梳妆盒里仍有你未用尽的胭脂，你的首饰与衣衫美丽依旧，看着这些我不禁怅惘良久。留不住你的身影，我们只能分别在两个世界。不，还是把我们的永诀当作远隔天涯海角的思念吧。梨花在星月清辉之下的秀美模样，仿如你魂魄归来。　　即便我还可以续弦，但谁又及得上你？可恨命运无端将你从我身边夺去。我最常想起你陪我读书的时候，你为我亲剪灯花，和我赌赛书中的掌故，那是何等的欢乐。幸福一去不返，纵然我隔着纱帐看到你缥缈魂魄的影子，但那毕竟不是真实的！

【笺注】

①代悼亡：是清代词坛的一种风气，代别人写悼亡诗，为别人家的丧事抒发哀痛之情。如此写法，自然很难情真意切，但性德之词素来情真意切，格调高标，纵在那个代人悼亡已成玩笑的时代亦终于不曾流俗。

②梦冷蘅芜：王嘉《拾遗记》载，李夫人死后，汉武帝思念不已，一次梦到李夫人赠给自己蘅芜之香，惊醒之后，香气犹在衣枕之间，几

个月过去也不见消散。

却望姗姗，是耶非耶：《汉书·外戚传》载，方士少翁称自己能通鬼神，可以把李夫人的魂魄招来以慰汉武帝的相思。一天夜里，少翁布置好灯烛、帷帐、酒肉，请汉武帝坐在另一座帐子里，遥遥看着李夫人的身影翩然而来。汉武帝看得模糊，既不能接近，也不能搭话，愈发相思悲苦，便作诗道："是耶非耶？立而望之，偏何姗姗其来迟！"

③鸾胶纵续琵琶：《海内十洲记》载，凤麟洲仙人用凤凰的喙和麒麟的角熬煮成胶，可以黏合断掉的弓弦，名为鸾胶，也叫续弦胶。后来鸾胶被用作丧妻再娶之典。

④绿华：仙女名，这里代指亡妻。

［又］

试望阴山，黯然销魂，无言徘徊。见青峰几簇，去天才尺；黄沙一片，匝地无埃。碎叶城荒，拂云堆远，雕外寒烟惨不开。踟蹰久，忽冰崖转石，万壑惊雷。　　穷边自足秋怀。又何必、平生多恨哉。只凄凉绝塞，蛾眉遗冢；销沉腐草，骏骨空台[①]。北转河流，南横斗柄，略点微霜鬓早衰。君不信，向西风回首，百事堪哀。

【说明】

康熙二十一年（1682年）八月，性德随副都统郎坦、公彭春等人"觇梭龙"，即侦察东北雅克萨一带罗刹（俄罗斯）势力的入侵情况，于途中作此词。

【译文】

眺望塞外风光，总让人无限伤怀，徘徊无语。几座青峰巍峨耸立，仿佛离天幕仅有数尺之遥，而地上不见尘埃，只有无尽的黄沙。荒芜的碎叶城，遥远的拂云堆，堡垒之外凝聚着寒冷的雾气。我在这里踯躅不去，忽然听到冰峰上巨石撞击的声音，那阵仗好似惊雷，各个山谷不断发出回响。　　边地风光本就会牵动人的愁绪，更何况我平生的惆怅已经够多。看这凄凉边塞，有埋葬如花红颜王昭君的青冢，也有燕昭王为迎接天下贤达而筑的黄金台的遗迹；河流转向北行，天空上北斗的斗柄指向南方。我不愿随着河流向北，只愿顺着北斗斗柄的方向南归。现在还无法南归，两鬓已生出星星白发。在西风中蓦然回首，百感交集。

【笺注】

①骏骨空台：即燕昭王所筑之黄金台。《战国策·燕策》载，燕昭王为了洗雪国耻，决意广求贤才，郭隗以寓言劝说燕昭王，说有人想得千里马，以五百金的高价购得一匹死掉的千里马的骨骼，一年之内便得到了三匹千里马。燕昭王便以郭隗为师，并高筑楼台，置千金于其上，各国贤才云集而至。这座楼台被称为黄金台或燕台，遗址在今河北易县。

［又］

丁巳重阳前三日[①]，梦亡妇淡妆素服，执手哽咽。语多不能复记，但临别有云：“衔恨愿为天上月，年年犹得向郎圆。”妇素未工诗，不知何以得此也。觉后感赋。

瞬息浮生，薄命如斯，低徊怎忘。记绣榻闲时，并吹红雨[2]；雕阑曲处，同倚斜阳。梦好难留，诗残莫续，赢得更深哭一场。遗容在，只灵飙一转，未许端详。　　重寻碧落茫茫。料短发、朝来定有霜。便人间天上、尘缘未断；春花秋叶，触绪还伤。欲结绸缪，翻惊摇落，两处鸳鸯各自凉。真无奈，把声声檐雨，谱出回肠。

【说明】

悼亡记梦之作，作于康熙十六年（1677年），性德之妻卢氏卒于是年五月三十日。

【译文】

生命本已短暂，而薄命的你还过早地离世，给我留下无尽遗憾与惆怅。回想从前，我们一同在绣榻上赏花，一同在曲栏边看夕阳。生活如梦般美丽，却终归挽留不住。尚未写完的诗不必再续写下去，诗也无法纾解失去你的伤心，只能在夜深时分大哭一场。哭的时候恍惚看见你的身影，但只是匆匆一瞥，容不得我慢慢端详。　　已经和你分别在两个世界，而这样的伤心，明早又会将我稀疏的头发再染白几许。纵然生死隔开了你我，但我们的缘分应该并未断绝？无论是看到春花盛开，还是看到秋叶凋零，我都会想起你，哀伤不尽。多想和你在一起，却转眼便成永诀，天那边的你和地这边的我同样在伤悼我们的命运。无可奈何呀，听屋檐上雨声淅沥，我就借用雨声的旋律谱成这首词，倾诉我百转千回的心曲。

【笺注】

①丁巳重阳前三日：即康熙十六年（1677年）九月初六，在重阳节前三天。

②并吹红雨：这里的“红雨”存在两种可能的解释，一是指落花如雨，二是特指桃花。重阳节也叫吹花节，源自杨万里《贺皇太子九月四日生辰》有“重九吹花节，千龄梦锡时”，杨诗的原意是“九月九日风吹菊花的时节”，后来演变为重阳之典。

［东风齐着力］

电急流光，天生薄命，有泪如潮。勉为欢谑，到底总无聊。欲谱频年离恨，言已尽、恨未曾消。凭谁把、一天愁绪，按出琼箫。　往事水迢迢。窗前月、几番空照魂销。旧欢新梦，雁齿小红桥[①]。最是烧灯时候，宜春髻[②]、酒暖蒲萄。凄凉煞、五枝青玉，风雨飘飘。

【说明】

悼亡之作。

【译文】

时光快如闪电，而你又天生薄命，早早离开了我，让我泪如潮水。任我如何勉强寻欢，排遣忧伤，到头来却总是百无聊赖。想要在词中将这些年来对你的思念写尽，词写尽了，遗憾与惆怅却一点未少。谁在用箫声吹奏我为你填写的新词，替我将这一天里的愁绪倾泻而出？　往事如水流逝。看这窗前明月，几番照见我的愁怀。又想起曾经与你一起在那座有台阶的小红桥上，那是元宵佳节，花灯怒放，你梳着宜春髻，为我暖上葡萄酒。而今风雨飘摇，那盏在元宵夜盛放过的青玉五枝灯，只让我觉得凄凉。

【笺注】

①雁齿小红桥：白居易《题小桥前新竹招客》有“雁齿小红桥，垂檐低白屋”，《新春江次》有“鸭头新绿水，雁齿小红桥”。雁齿，台阶。

②宜春髻：女子春天的一种发式。唐宋风俗，每逢立春，剪彩纸或绸子，戴在头上或系在花下。《荆楚岁时记》载，立春之日，将彩纸剪成燕子的形状，戴在头上，贴有“宜春”二字。

[摸鱼儿 送座主德清蔡先生[①]]

问人生、头白京国，算来何事消得。不如罨画清溪上，蓑笠扁舟一只。人不识。且笑煮、鲈鱼趁着莼丝碧[②]。无端酸鼻。向歧路消魂，征轮驿骑，断雁西风急。　英雄辈。事业东西南北。临风因甚成泣。酬知有愿频挥手，零雨凄其此日。休太息。须信道、诸公衮衮皆虚掷。年来踪迹。有多少雄心，几番恶梦，泪点霜华织。

【说明】

康熙十一年（1672年），徐乾学、蔡启僔主持顺天府乡试，性德是此榜举人。随即有人弹劾这次科举副榜不取汉军，致使徐乾学、蔡启僔于康熙十二年（1673年）降职还乡。性德为之不平，作《秋日送徐健庵座主归江南》组诗及《即日又赋》送徐乾学，作此词送别蔡启僔。

【译文】

一辈子的时间、精力都耗费在朝廷里，究竟值不值得呢？还不如远遁到风景如画的水乡，着一身蓑笠，驾一叶扁舟，做一名普通百姓，过一番自由自在的生活。就像晋朝辞官归乡的张季鹰一样，趁着莼菰成熟的季节，煮美味的鲈鱼来吃。毫无来由地鼻子发酸，这送别的时刻，在分手的路上黯然神伤。你就要踏上远行的征程，此刻西风凛冽，孤雁南飞。　　英雄人物从来志在四方，却为什么在风中流泪？频频挥手与知己道别，在这竟日的凄凉雨里。请不要叹息自己的贬谪遭遇，那些仍在朝廷上占据高位的人有哪个及得上你的才华？这一年来的人生旅途，多少雄心，又多少挫败，想起来不禁泪水飘零。

【笺注】

①座主德清蔡先生：蔡启僔（zǔn），字石公，号昆旸，浙江德清人，康熙九年（1670年）状元，康熙十一年（1672年）与徐乾学主持顺天府乡试，因副榜不取汉军被劾，康熙十二年（1673年）还乡。性德考中康熙十一年（1672年）顺天府乡试举人，故称蔡启僔为座主。

②且笑煮、鲈鱼趁着莼丝碧：《世说新语·识鉴》载，张季鹰在洛阳做官，秋风起时，思念家乡吴中莼菰、鲈鱼的美味，感慨人生贵在适意，何必奔波数千里以外求名位爵禄，于是辞官回乡而去。

［又 午日[①]雨眺］

涨痕添、半篙柔绿，蒲梢荇叶无数。空濛台榭烟丝暗，白鸟衔鱼欲舞。桥外路。正一派、画船箫鼓中流住。呕哑柔橹。又早拂新荷，沿堤

忽转，冲破翠钱雨。　　蒹葭渚。不减潇湘深处。霏霏漠漠如雾。滴成一片鲛人泪[②]，也似汨罗投赋。愁难谱。只彩线、香菰脉脉成千古。伤心莫语。记那日旗亭[③]，水嬉散尽，中酒阻风去。

【译文】

水面又涨高了一些，无数蒲柳和荇菜沿岸生长。在这一片柔柔的绿色里有人撑篙行舟。亭台水榭一片空蒙，柳丝暗淡，有白鸟在水上捕鱼，那姿态如同起舞。桥那边的路上，有画船停在中流，有人在船上奏响箫鼓。轻轻有摇橹的声音近了，又忽然远去，原来是小舟荡开了新开的荷花，沿着堤岸转向，激得荷叶上的水珠如雨水般洒落。　　那芦苇生长的洲渚，一点不亚于烟水迷离的潇湘。烟水蒙蒙如雾，忽而聚成丝雨，贾谊当年在汨罗江上作赋吊唁屈原的时候，应当也是这种天气吧？屈原的愁绪难以谱出，人们只有以彩色丝线扎粽子的习俗为他祭奠了数千年。伤心事不必再提，记不记得那天在酒楼里观赏龙舟竞渡，待龙舟散尽，我们也带着醉意，在扑面的风中踏上归途？

【笺注】

①午日：五月初五端午节。

②鲛人泪：比喻雨水。《搜神记》载，南海有鲛人，哭出来的眼泪会凝结成珍珠。成彦雄有《露》诗，用鲛人流泪成珠来形容荷叶上的露水："疑是鲛人曾泣处，满池荷叶捧真珠。"

③旗亭：酒肆。酒肆大多悬挂旗子作为招牌，故而称为旗亭。

［相见欢］

微云一抹遥峰。冷溶溶。恰与个人清晓画眉同。　　红蜡泪。青绫被。水沉[1]浓。却向黄茅野店听西风。

【译文】

远方山峰上挂着一抹淡淡的云，透着寒意，这景色恰恰就像你清早画出的眉样。　　红蜡滴着烛泪，照见青色的绸缎被子，熏香分外浓郁，家里总是这样舒适。而我现在远在一家偏僻的旅社里，听窗外西风呼啸。

【笺注】

①水沉：即水沉香，又称沉水香，沉香。

［锦堂春　秋海棠］

帘际一痕轻绿，墙阴几簇低花。夜来微雨西风软，无力任欹斜。　　仿佛个人睡起，晕红不着铅华。[1]天寒翠袖添凄楚，愁近欲栖鸦。

【译文】

帘栊外面一抹轻柔的绿色，墙壁的阴影里开出几簇低矮的花。昨夜有一些轻风与小雨，故而此时秋海棠的花枝无力地歪斜着。　　花枝一如女子刚刚醒来的模样，脸上泛着自然的红晕，不施粉黛。天冷了，绿叶有几分凄楚感觉，让人在这个寒鸦归巢的时刻心生惆怅。

【笺注】

①仿佛个人睡起，晕红不着铅华：惠洪《冷斋夜话》载，苏轼《海棠》诗有“只恐夜深花睡去，更烧银烛照红妆”，其事见于《太真外传》：唐玄宗在沉香亭召见杨玉环，杨玉环酒醉未醒，玄宗便命高力士与侍女将她搀扶过来。杨玉环妆残鬓乱，一副醉态，不能完整地行礼。玄宗笑道：“这不是妃子醉酒，而是海棠花没有睡足。”个人：即那人，多用于情侣间的称呼。

［忆秦娥 龙潭口］

山重叠。悬崖一线天疑裂。天疑裂。断碑题字，古苔横啮。　　风声雷动鸣金铁。阴森潭底蛟龙窟。蛟龙窟。兴亡满眼，旧时明月。

【说明】

康熙二十一年（1682年）春，康熙帝东巡大兀剌，返程时经过龙潭口，当时由性德扈从。

【译文】

山峦重叠掩映，从悬崖底下向上望去，天空只有一线，仿佛一道裂痕。地上有断裂的石碑，布满陈年青苔，勉强能从碑上辨认出一点字迹。　　风声似雷鸣般暴烈，吹在崖壁上发出敲击金属的声音，阴森森的池塘底下应该是蛟龙的洞穴？头顶上这轮明月，照耀过多少人的成功与失败，多少时代的兴旺与终结。

[又]

春深浅。一痕摇漾青如翦。青如翦。鹭鸶立处，烟芜平远。　　吹开吹谢东风倦。缃桃[1]自惜红颜变。红颜变。兔葵燕麦[2]，重来相见。

【译文】

春水荡漾，波光深浅不一，一道波纹就像一段刚刚剪下的青色绸缎。向鹭鸶站立的地方望去，一片平芜，烟霭弥蒙。　　春风吹了花开，又吹了花谢，终于有些疲倦。缃核桃已是成熟的浅红色，仿佛人的容颜在年华流逝中终于改变。兔葵和燕麦又生长出来，还是从前的旧模样，而我，亦像当年的刘禹锡一样故地重回了。

【笺注】

①缃桃：即缃核桃，果实呈浅红色。

②兔葵燕麦：语出刘禹锡《再游玄都观绝句》引：“重游玄都，荡然无复一树。唯兔葵燕麦，动摇于春风耳。”兔葵，草名。

[减字木兰花]

烛花摇影。冷透疏衾刚欲醒。待不思量。不许孤眠不断肠。　　茫

茫碧落。天上人间情一诺。银汉难通。稳耐风波愿始从。

【译文】

烛光摇曳，寒意透进薄被，人从睡梦中醒来。不愿回想往事，但每一个独眠的夜晚我都被往事击溃。　　你已永远离开，但我们相爱的誓言并不会因为生死而有任何改变。虽然银河隔绝了你我，但我会忍耐一切风波，只为与你重逢。

［又］

相逢不语。一朵芙蓉着秋雨。小晕红潮。斜溜鬟心只凤翘。　　待将低唤。直为凝情恐人见。欲诉幽怀。转过回阑叩玉钗。

【译文】

她看到他时只是静默无语，如同秋雨中的一朵莲。红晕飞上她的脸庞，一支凤凰发钗斜斜地插在发鬟中央。　　她想要低声将他呼唤，却唯恐被旁人发现。想要向他倾诉情怀，她便转过曲折的走廊，用玉钗轻叩栏杆，暗示他跟上来。

［又］

从教铁石[①]。每见花开成惜惜。泪点难消。滴损苍烟玉一条。　　怜

伊太冷。添个纸窗疏竹影。记取相思。环佩归来月上时。[2]

【说明】

据“添个纸窗疏竹影”一句，此词当是题画之作，画当为梅花图。

【译文】

纵然再如何铁石心肠，每见花开也总会生出怜惜。画面上，那凝在花瓣上的露珠如同泪滴，永远挥之不去。梅树萧疏，仿佛是在一片伤心中瘦损如斯。　怜惜这花枝盛放在酷寒里，在纸窗上画几行疏竹与它相伴吧。想来是昭君的魂魄，耐不住胡地的寂寞，思念故土，在月夜归来，化作幽独的梅花。

【笺注】

①从教铁石：从教，即纵教，纵使。铁石，即铁石心肠。唐人皮日休《桃花赋序》载：我曾仰慕宋璟宰相坚贞刚毅的气质，疑惑他是铁肠石心，不解温柔，然而读了他的《梅花赋》，清丽美艳，有南朝徐铉、庾信的风格，很不像他平日的为人。

②环佩归来月上时：杜甫《咏怀古迹》五首之三有“画图省识春风面，环珮空归夜月魂”，是过昭君村而吟咏昭君之作。姜夔在他的咏梅名作《疏影》里化用杜诗作“昭君不惯胡沙远，但暗忆、江南江北。想佩环、月夜归来，化作此花幽独”，从此“环月夜归来”便成为咏梅的典故。

［又］

断魂无据。万水千山何处去。没个音书。尽日东风上绿除[①]。　　故园春好。寄语落花须自扫。莫更伤春。同是恹恹多病人。

【译文】

如同孤独的魂魄无所依凭，在这万水千山中，我也不知该归向何处。一直等不到你的音信，我长久守候，一任春风吹绿了台阶上的芳草。　　故园现在正该春色宜人吧，多想告诉你，今春我无法返回，园中落花只能由你一人来打扫了。你切莫再增添伤春的愁绪，我同你有着一样的心事和感情。

【笺注】

①绿除：生有绿草的台阶。除，台阶。宋代李诫《营造法式》："除谓之阶。"

［又　新月］

晚妆欲罢。更把纤眉临镜画。准待分明。和雨和烟两不胜。　　莫教星替。守取团圆终必遂。此夜红楼。天上人间一样愁。

【译文】

这一弯新月，仿佛是女子刚刚化完晚妆，在对镜描画纤眉。我想待到雨散烟消，好好欣赏清澈的新月，而新月却在烟雨迷蒙之中一直让人看不分明。　　别让星星来代替月亮，我也无心让续弦来取代你的地位，因为我坚信，我们一定还会团聚。今夜守在红楼，魂归天上的你和滞留人世的我，在同一片月光里分享同一种忧愁。

[海棠春]

落红片片浑如雾。不教更觅桃源路[①]。香径晚风寒，月在花飞处。　　蔷薇影暗空凝伫。任碧飐、轻衫萦住。惊起早栖鸦，飞过秋千去。

【译文】

片片落花如雾气般迷蒙，遮断人们的目光，让人再也寻不到凡夫与仙子相恋的桃花源。晚风清寒，吹在开满鲜花的小径上。月光笼罩下，落英缤纷。　　我空自凝望那暗淡的蔷薇，任凭摇动的花枝挂住了衣衫，仿佛在将我挽留。早早栖息的乌鸦忽然飞起，掠过秋千，向远方而去。

【笺注】

①桃源路：桃源之典通常有二，诗家多混用之：一是陶渊明《桃花源记》之武陵的桃花源，主题是世外隐居；二是刘义庆《幽明录》之刘晨、阮肇桃源遇仙女的桃源，主题是凡人与仙女的恋爱。

［少年游］

算来好景只如斯。惟许有情知。寻常风月，等闲谈笑，称意即相宜。　　十年青鸟音尘断，往事不胜思。一钩残照，半帘飞絮，总是恼人时。

【译文】

所谓美景，其实也无非就是这般了。只有在多情人的眼里，风景才会格外美丽。哪怕仅是寻常风光、随意谈笑，只要称心，就感觉一切都很好。　　已经十年未收到你的音信，思量往事总令我惆怅无限。一弯残月下，蒙蒙飞絮扑打帘栊，这般光景最让人伤怀。

［大酺　寄梁汾］

只一炉烟，一窗月，断送朱颜如许。韶光犹在眼，怪无端吹上，几分尘土。手撚残枝，沉吟往事，浑似前生无据。鳞鸿[①]凭谁寄，想天涯只影，凄风苦雨。便砑损吴绫，啼沾蜀纸，有谁同赋。　　当时不是错，好花月、合受天公妒。[②]准拟倩、春归燕子，说与从头，争教他、会人言语。万一离魂遇，偏梦被、冷香萦住。刚听得、城头鼓。相思何益，待把来生祝取。慧业[③]相同一处。

【说明】

此词见于《今词初集》，当作于康熙十八年（1679年）之前。康熙十六年（1677年）春，顾贞观（梁汾）南归，则此词当作于康熙十六年（1677年）至十八年（1679年）之间。

【译文】

只不过是一炉烟、一窗月，这般景致便催人衰老了几分。虽然青春未逝，却无端添了些许沧桑。手捻残枝，沉思往事，我们是否前生便已订交？音书如何才能传递，想你此刻孤单单远行天涯，正在凄风苦雨里漂泊。任凭我写坏了吴绫，泪痕沾湿了蜀纸，却无人再与我一同吟诗作赋。　　当初你被排挤失官，并非你做错什么，只是才高招忌罢了。打算拜托春归的燕子向你转达我全部的心意，怎奈燕子不懂得人类的语言。又期待我们的魂魄在梦中相逢，却偏偏连梦也被清冷的花香绊住。刚刚听到城头报时的鼓声，我在对你的牵挂里总也不能入睡。但相思只是徒劳，倒不如祈祷能和你来生续缘。

【笺注】

①鳞鸿：即鱼雁，代指书信。

②当时不是错，好花月、合受天公妒：应指顾贞观于康熙十年（1671年）受人排挤而失官之事。性德谓顾贞观之失官并非因为自身有错，而是才高受妒罢了。

③慧业：佛教术语，指智慧的业缘。“待把来生祝取，慧业相同一处”，是祝愿来生能继续今生的友谊。

[满庭芳 题元人芦洲聚雁图[①]]

似有猿啼，更无渔唱，依稀落尽丹枫。湿云影里，点点宿宾鸿。占断沙洲寂寞，寒潮上、一抹烟笼。全不似，半江瑟瑟，相映半江红。　　楚天秋欲尽，荻花吹处，竟日冥濛。近黄陵祠庙，莫采芙蓉。我欲行吟去也，应难问、骚客遗踪。湘灵杳，一尊遥酹，还欲认青峰。

【说明】

题画之作。《今词初集》录有严绳孙《南浦·题元人芦洲聚雁图》，当是与性德同赏《芦洲聚雁图》而作。严绳孙于康熙十四年（1675年）南归，则性德此词当作于康熙十二年（1673年）至十四年（1675年）之间。

【译文】

芦洲上不见人烟，似乎能听到猿啼，遍地枫叶殷红。云雾掩映里，能看到一点点栖宿的大雁，这景象让人无限寂寞。一抹烟霭笼罩在寂寞的沙洲与寒冷的水面上，全不似白居易诗中“一道残阳铺水中，半江瑟瑟半江红”的温暖景象。　　现已是秋末，荻花飘飞，一片空蒙。在靠近黄陵庙的地方，请不要采摘荷花。我想要走入风景，一路行吟，而这荒凉的路上应该寻不到前辈诗人的遗踪吧？湘水女神更是无从寻觅，待我以酒遥祭一番，然后细细辨认哪几座山峰才是唐代诗人钱起写“曲终人不见，江上数峰青”时所看到的山峰。

【笺注】

①芦洲聚雁图：为元末明初朱芾所绘。朱芾，华亭人，字孟辨，号沧洲生，明洪武初年为中书舍人，工书善画。清康熙年间，《芦洲聚雁图》为性德收藏，钤“容若鉴藏”。性德殁后，明珠将此图呈献大内，现藏于台湾。

［又］

堠雪翻鸦，河冰跃马[①]，惊风吹度龙堆。阴磷夜泣，此景总堪悲。待向中宵起舞，无人处、那有村鸡。只应是，金笳暗拍，一样泪沾衣。　　须知今古事，棋枰胜负，翻覆如斯。叹纷纷蛮触[②]，回首成非。剩得几行青史，斜阳下、断碣残碑。年华共，混同江水，流去几时回。

【说明】

此词当为康熙二十一年（1682年）秋“觇梭龙”途中所填的怀古之作。

【译文】

乌鸦从大雪掩盖的土堡上振翅飞起，凛冽寒风吹过大漠，而我正骑着马踏过结冰的河面。鬼火飘荡在夜空，仿佛冤魂哭泣，这景象最令人伤悲。想要学古人闻鸡起舞，而此地寂寥无人，连鸡鸣都听不到。唯有低沉的胡笳声，让听者伤怀落泪。　　要知道古往今来兴亡成败都只像棋局上的拼斗，胜负无常。可叹人们拼命相争的东西其实又算得了什么呢？纵使获胜，也一样不堪回首，最后只变成史书上的几行文字和夕阳下残破石碑上的铭文罢了。年华和松花江的江水一起飞速流逝，再也不能回头。

【笺注】

①堠雪翻鸦，河冰跃马：化自曹溶《踏莎行》“堠雪翻鸦，城冰浴马”。堠（hòu），古代瞭望敌情的土堡，或记录里程的土堆。

②蛮触：典出《庄子·则阳》，蜗牛的两只角上分别有蛮氏之国和触氏之国，两国为了争夺地盘而打仗，烽火连绵，伏尸数万。

［忆王孙］

暗怜双绁郁金香。欲梦天涯思转长。几夜东风昨夜霜。减容光。莫为繁花又断肠。

【译文】

她的罗袜散发着郁金的香气，令人暗生怜爱。无法亲近她，只愿梦到她，越想她便越是情难自禁。一连吹了几夜东风，昨夜却忽然有了寒霜，我也在相思中憔悴。如果再兴起伤春的情绪，教人如何承受得起！

［又］

西风一夜翦芭蕉。满眼芳菲总寂寥。强把心情付浊醪。读《离

骚》。洗尽秋江日夜潮。

【说明】

《饮水词笺校》谓“三藩乱起，湖湘沦入战火，性德原有投笔立功之志。其《送苏友》诗曾云：‘平生纵有英雄血，无由一溅荆江水。荆江日落阵云低，横戈跃马今何时。’此阕末句汪刻本作‘愁似湘江日夜潮’，亦有请缨无路之意。此词当作于康熙十五年（1676年）前。”按，全词语意，只是泛言愁闷难纾，“读《离骚》”一句喻君子之志，并不特见“请缨无路之意”。

【译文】

吹了一夜的西风，芭蕉凋残了，满眼望去尽是落花败叶，不禁让人陷入寂寥。勉强饮些浊酒，读一段《离骚》，用酒与《离骚》来平复日夜不歇的情感波涛。

[又]

刺桐花底是儿家。已拆秋千未采茶。睡起重寻好梦赊。忆交加。倚着闲窗数落花。

【译文】

她的家就在刺桐花下。已过了清明，秋千拆掉了，茶叶还没有去采摘。她一觉醒来，想要重温方才那甜美的梦境，梦境却已然模糊不清。不禁勾起重重回忆，她倚在窗边，闲数落花有几许。

[卜算子 塞梦]

塞草晚才青，日落箫笳动。戚戚凄凄入夜分，催度星前[1]梦。　　小语绿杨烟，怯踏银河冻。行尽关山到白狼，相见惟珍重。

【译文】

边塞的草要到很晚的时节才会变绿，胡笳常会在日落后吹起。入夜，一片凄清，愈发怀念我们在一起的温馨日子。　　我们曾在烟霭迷蒙的绿杨下喁喁细语，我怎舍得离开你，走向寒冷的塞外？千山万水行尽，我已经走到白狼河了。思念是这样难挨，待我回去，一定倍加珍惜你。

【笺注】

①星前：星前月下的省称，代指良宵。

[又 五日]

村静午鸡啼，绿暗新阴覆。一展轻帘出画墙，道是端阳酒。　　早晚夕阳蝉，又噪长堤柳。青鬓长青自古谁，弹指黄花九。

【译文】

村庄里一片宁静，正午时听闻鸡鸣，花木又生出几许新叶。酒家的幌子伸出了画墙，上面写着正有端午节的雄黄酒出售。　　长堤垂柳笼罩在夕阳余晖里，蝉声聒噪。自古以来有谁能够青春永驻呢，现在是端午节，但一转眼，又是重阳节了。

［又 咏柳］

娇软不胜垂，瘦怯那禁舞。多事年年二月风，翦出鹅黄缕。　一种可怜生，落日和烟雨。苏小门前长短条，即渐迷行处。

【译文】

柳丝袅袅低垂，一副娇羞的模样，怎禁得起迎风起舞呢？每年二月的春风偏偏多事，剪出这鹅黄的柳枝。　无论是在落日余晖里，还是在迷蒙烟雨中，柳树都一样可爱。走在这段柳堤上，感觉就像走在苏小小门前的柳堤上一样，许多故事浮上心头。渐渐沉迷在美景之中，不知道走向了何处。

［金人捧露盘 净业寺观莲，有怀荪友］

藕风轻，莲露冷，断虹收。正红窗、初上帘钩。田田翠盖，趁斜阳、鱼浪香浮。此时画阁垂杨岸，睡起梳头。　旧游踪，招提[1]路，重到处，满离忧。想芙蓉湖上悠悠。红衣狼藉，卧看桃叶送兰舟。午风吹断江南梦，梦里菱讴。

【说明】

此词当作于康熙十五年（1676年）盛夏，荷花盛开之时，怀念刚刚从京城南归的严绳孙。

【译文】

微风扫过莲花盛开的池塘，莲叶上凝结着冰凉的水珠，雨后彩虹刚刚隐去身影。这正是夕阳照进窗口的时候，成群鱼儿在余晖里游过莲叶，游过芬芳。垂杨柳岸的画阁里，有人刚刚睡起，正在梳头。　　我来此故地重游，又经过那座寺院，心里载满离愁。想你此刻正在江南家乡那同样开满莲花的湖水之畔悠然度日吧？画船行过，冲散莲花，留下一片狼藉。午风吹走了我的梦，方才我梦到江南，梦到采菱人那悠扬的歌。

【笺注】

①招提：寺院，这里确指净业寺。招提是梵文Caturdiśa的音译之略，完整的译名叫作“拓斗提舍”，简称“拓斗”，后来讹为“招提”，意译“四方”，是游化四方的意思，中国一般把招提作为寺院的别称。

［青玉案　人日①］

东风七日蚕芽②软。青一缕、休教翦。梦隔湘烟征雁远。那堪又是，鬓丝吹绿，小胜宜春颤。　　绣屏浑不遮愁断。忽忽年华空冷暖。玉骨几随花骨换。三春醉里，三秋别后，寂寞钗头燕。

【说明】

汪刻本词题为“辛酉人日”，据此则此词作于康熙二十年（1681年）。

【译文】

正月初七，桑叶在春风的吹拂下显得这般柔嫩，还是不要剪下那青青的嫩芽吧。我们彼此的思念被湘江烟水隔断，音信难通，在这个人人都忙着迎春的好日子里，反而越发忧伤起来。　　屏风又怎能遮断愁绪呢，一年年匆匆过去，冷暖只有自知。花儿几开几谢，你我也在这花开花谢里老去了容颜。在春天的沉醉里，在秋天的离别后，我总会看着你留下的燕钗寂寞神伤。

【笺注】

①人日：《荆楚岁时记》载，正月初七为人日，当天人们把菜做成羹汤，把彩纸或金箔裁成人形，贴在屏风上或戴在头上，又做一种花形首饰（即花胜或华胜）互相赠送，还要登高赋诗。

②蚕芽：桑叶的嫩芽。

［又 宿乌龙江①］

东风卷地飘榆荚。才过了、连天雪。料得香闺香正彻。那知此夜，乌龙江畔，独对初三月。　　多情不是偏多别。别离只为多情设。蝶梦百花花梦蝶。几时相见，西窗翦烛，细把而今说。

【说明】

康熙二十一年（1682年）春，性德扈从东巡，途经松花江沿岸鸡林（吉林）至大乌拉间，思家而作此词。

【译文】

连天大雪刚刚停止，东风便吹起了满地的榆荚。想来此刻你的闺房里应该正燃着熏香，你可知道我正在乌龙江畔独自忍受三月的寒冷。　　并不是人越多情偏偏会遇到越多的伤心离别，而是离别只能对多情的人造成伤害。蝴蝶梦见百花，百花梦见蝴蝶，我们就像百花与蝴蝶一般，出现在彼此梦中。不知我们何时才能相见，待到相见时候，一定会彻夜长谈，将而今的相思细细诉说。

【笺注】

①乌龙江：今松花江。

［月上海棠　中元塞外］

原头野火烧残碣。叹英魂、才魄暗销歇。终古江山，问东风、几番凉热。惊心事，又到中元时节。　　凄凉况是愁中别。枉沉吟、千里共明月。露冷鸳鸯，最难忘、满池荷叶。青鸾杳，碧天云海音绝。

【说明】

此词当是康熙二十二年（1683年）或二十三年（1684年），其时性德扈从康熙帝往古北口外避暑。

【译文】

野火过后，原野上矗立的残破石碑又添了烧痕，石碑纪念的那位英雄人物不知如今魂归何处。问东风，可知这千古江山究竟有过几番变迁，又发生过多少惊心动魄的事。而今又是中元节，那些魂魄是否已得到安息？　　正是凄凉时节，偏偏我又辞家远行。枉自沉吟，这头顶上的明月呀，此刻应该也照耀着千里之外的你。最难忘的是我们一同欣赏满池荷叶的日子，而今露水凉了，池塘里的鸳鸯怕也禁不住这般寒冷了吧？我们相隔太远，音信难通，相思的况味只有各自消受。

［雨霖铃 种柳］

横塘如练。日迟帘幕，烟丝斜卷。却从何处移得，章台仿佛，乍舒娇眼。恰带一痕残照，锁黄昏庭院。断肠处、又惹相思，碧雾濛濛度双燕。　　回阑恰就轻阴转。背风花、不解春深浅。托根幸自天上[1]，曾试把、霓裳舞遍。百尺垂垂，早是酒醒，莺语如翦。只休隔、梦里红楼，望个人儿见。

【译文】

池塘水面如丝绸般光洁，白日迟迟，照进帘幕，看帘外柳丝被风斜斜卷起。这柳树仿佛是著名的章台柳，不知从何处移栽而来，那柔媚的姿态如女子刚刚睁开惺忪睡眼一般。黄昏时分，庭院紧锁，柳枝上捎带几分余晖。柳条在风中飞舞的模样，总会撩动相思，让人伤感。看那燕子成双成对地打柳枝中飞过，好似穿过了一片蒙蒙绿雾。　　回廊转弯处恰好背阴，那里的花因为受不到暖风吹拂，故而不知道春天的变化，但柳丝会随风轻扬过去，告知它们春的消息。柳树据说来自天上的柳宿，曾经将一整套霓裳羽衣舞舞遍。早晨醒来，宿醉已消，听黄莺在枝头歌唱。这长长的柳丝，只望不要阻隔我的目光，让我可以继续眺望梦里红楼中的那个女子。

【笺注】

①托根幸自天上：二十八宿有柳宿，得名于柳姓氏族。柳、刘、六同音，均为鸟夷远祖皋陶的后裔。《史记·天官书》说“柳主草木”，这虽是望文生义地从柳为柳树这一义项上推演而来的，但后世诗人便由此而以柳宿为柳树之发源。

[满江红 茅屋新成却赋①]

问我何心，却构此、三楹茅屋。可学得、海鸥无事，闲飞闲宿②。百感都随流水去，一身还被浮名束。误东风、迟日杏花天，红牙曲。　尘土梦，蕉中鹿。③翻覆手，看棋局。④且耽闲殢酒，消他薄福。雪后谁遮檐角翠，雨余好种墙阴绿。有些些、欲说向寒宵，西窗烛。

【说明】

康熙十六年（1677年），顾贞观（梁汾）南归。翌年，性德在府邸内建一草堂，取名花间草堂，邀请顾贞观回京居住，在草堂方才建成的时候，赋此《满江红》以赠顾贞观。

【译文】

你问我为何建了这座三楹茅屋，难道是想效法逍遥的海鸥，在此闲居吗？说起来真是百感交集，为何生活总被浮名羁绊，否则的话，大可在春光佳处，杏花开时，叩着红牙板悠然歌唱。　　任凭世事无常、翻云覆雨，我们只需在这里饮酒作歌，追求一点简单的快乐。一场雪遮挡了檐角的翠色，等雨后再在墙阴种些植物。就在这所茅屋里，我们可以长夜畅谈，有一些话，我想要向你倾诉。

【笺注】

①却赋：再赋。却，再，相当于英语的then。如杜甫《闻官军收河南河北》“却看妻子愁何在”，白居易《琵琶行》“却坐促弦弦转急”。

②海鸥无事，闲飞闲宿：《列子·黄帝》载，海边有人喜爱海鸥，每天早晨都会来海边和海鸥一同游玩，他的父亲让他把海鸥抓来，第二天他再到海边，海鸥只在天上飞旋，不再飞落到他的身边了。性德暗用此典，描述海鸥一般的无心而遨游的生活。

③尘土梦，蕉中鹿：典出《列子·周穆王》。

郑国有个人在山里砍柴，遇到一只受惊的鹿。他迎上去杀了这鹿，怕被别人看到，急急忙忙地把鹿藏到了一条土沟里面，还盖上了蕉叶。但很快他就忘记了藏鹿的地方，便以为这只是自己的一个梦，还边走边念叨着这个梦。有人听到了，就依着他讲的情况找到了藏鹿的所在，把鹿取走了。

得了便宜之后，取鹿之人回家对妻子讲述了事情的原委，妻子却说：“你大概是梦见有这么一个砍柴的人打死了鹿吧？你现在真的拿回来一只鹿，是你的梦变成真的了吧？”

那人答道：“反正鹿是真的，管他到底是谁在做梦呢！”

那个砍柴人回到家里，心有不甘，于是日有所思，夜有所梦，当晚便梦到了那个藏鹿的地方，又梦到了取走鹿的那个人。一大早，他便循着梦境给出的线索找到了那人家里。鹿到底应该算谁的，这就争执不清了，官司便打到了士师那里。

士师判决道："你当时真的打死了一只鹿，却稀里糊涂以为做梦；当晚做梦得到了鹿，却稀里糊涂以为是事实。他确实取走了你的鹿，你却同他争这只鹿，他妻子又说他是在梦里认出的人和鹿，这说明并没有谁真正得到了鹿。现在鹿就在眼前，你们就各取一半吧。"

这件事很快便被郑国的国君知道了，国君说："嘻！士师不会又在梦里替别人分鹿吧？"

于是去问国相。国相说："到底是做梦还是现实，这不是我能辨别清楚的。有这个辨别能力的人，天下只有黄帝和孔子两个。但这二人早已不在世上了，还有谁可以分辨得清呢？依我看来，姑且相信士师的裁决好了。"

④翻覆手，看棋局：典出《三国志·王粲传》，王粲看别人下围棋，棋局被搅乱，王粲把棋子恢复成原样。下棋的人不相信王粲有这种记忆力，便用头巾盖住棋局，让他用另一副棋照样再摆一遍，王粲照做，两副棋局相较，没摆错一个棋子。此典引申后比喻世事无常，是非莫辨。

［又］

代北燕南，应不隔、月明千里。谁相念、胭脂山下，悲哉秋气。小立乍惊清露湿，孤眠最惜浓香腻。况夜乌、啼绝四更头，边声起。　　销

不尽，悲歌意。匀不尽，相思泪。想故园今夜，玉阑谁倚。青海不来如意梦，红笺暂写违心字。道别来、浑是不关心，东堂桂[①]。

【说明】

《饮水词笺校》谓“康熙二十二年（1683年）九月十一至十月初九，性德随扈往山西五台山，此词当为是行之作”，然词中多用边塞意象，如胭脂山、边声、青海，似为塞上之作。考之行程，康熙二十二年（1683年）之中，康熙帝两次出行五台山，走的都是过龙泉关、长城岭的南路，并未经过代北之地，故而性德此词之代北燕南之行，秋气边声之叹，或属觇梭龙之旅，或属西使蒙古之行。

【译文】

离开京城到北方边塞，眼见已走了将近千里。你可知道这胭脂山下，秋天的气息何等悲凉。小立片刻，忽然被冰凉的露水惊到，独眠时候最想念家里熏炉的浓郁香气。而今在四更天倾听乌鸦啼叫，混杂了各种边塞的声音，越发想家。　　无法消散的，是歌中的悲伤；不能流尽的，是相思的泪水。遥想故乡今夜，你是否也在倚着栏杆思念我？我远在青海湖边，连好梦都做不来，给你的信里只能妄说自己一切都好。你可知这番远别之后，我越发眷恋你，功名利禄如今已经全不挂心了。

【笺注】

①东堂桂：《饮水词笺校》以“东堂桂”典出李商隐《无题》“昨夜星辰昨夜风，画楼西畔桂堂东。身无彩凤双飞翼，心有灵犀一点通”，认为“全词只言思念家中，无他意。‘东堂桂’另有喻科举及第意，与此词无涉”，然而李商隐诗之“桂堂东”是指桂堂之东，“东堂桂”是指东堂之桂，意思迥然有别。“东堂桂”典出《晋书·郤诜

传》，郤诜（shēn）升任雍州刺史，晋武帝在东堂聚会为他送行，问郤诜："卿自以为如何？"郤诜答道："臣举贤良对策，为天下第一，犹桂林之一枝，昆山之片玉。"武帝发笑，侍中奏请罢免郤诜的官职，武帝道："我和他开玩笑罢了，不能怪他。"后人便以东堂桂、郤诜丹桂、郤桂或郤诜枝比喻科举及第。性德此词用"东堂桂"之典，或是指思家、思所爱之心切，对功名浑不挂心。

［又］

为问封姨[1]，何事却、排空卷地。又不是、江南春好，妒花天气。叶尽归鸦栖未得，带垂惊燕[2]飘还起。甚天公、不肯惜愁人，添憔悴。　　搅一霎，灯前睡。听半晌，心如醉。倩碧纱遮断，画屏深翠。只影凄清残烛下，离魂飘缈秋空里。总随他、泊粉与飘香，真无谓。

【译文】

问风神为何掀起如此狂风，毕竟这不是江南的春天，有似锦的繁花让你心生妒忌。树叶尽被吹落，归巢的乌鸦认不出栖所，画轴上垂下的名为惊燕的纸带也飘摇不定。上天为何不给忧伤的人一些怜悯，反而让这狂风催人憔悴？　　刚刚在灯前昏睡过去，忽然被风声惊醒。听了半晌风声，心内惆怅转凄迷。希望碧纱窗可以将风挡在外面，不要让它接近深翠色的画屏。在这即将熄灭的烛光里，我形单影只。你的魂魄在秋空中渺渺难寻，漫无目的地随着被风卷起的花瓣与花香，将要飘向何方。

【笺注】

①封姨：风神。

②带垂惊燕：倒装句，即惊燕带垂。梁绍壬《两般秋雨庵随笔》载，凡画轴装裱完成之后，会附上两条纸带，好像垂下来的带子一般，风吹则飘舞，名为惊燕，为的是怕燕子飞来，燕泥点污画轴。

［诉衷情］

冷落绣衾谁与伴，倚香篝。春睡起，斜日照梳头。欲写两眉愁。休休。远山残翠收。莫登楼。

【说明】

闺怨主题。

【译文】

她独自一人冷清清地睡在锦被里，倚着熏笼。从春睡中醒来，在落日余晖里梳理秀发。要不要再描一下眉毛呢？还是算了吧，愁绪教人打不起精神。远山上最后一分绿意已经消逝，此时可不要登楼远眺，这只会徒增伤感。

[水调歌头 题西山秋爽图]

空山梵呗静，水月影俱沉。悠然一境人外，都不许尘侵。岁晚忆曾游处，犹记半竿斜照，一抹界疏林。绝顶茅庵里，老衲正孤吟。　　云中锡，溪头钓，涧边琴。此生着几两屐[①]，谁识卧游心。准拟乘风归去，错向槐安[②]回首，何日得投簪[③]。布袜青鞋约，但向画图寻。

【译文】

僧人唱经声停，空山一片寂静，水光与月影亦模糊不清。这里是红尘之外的悠然世界，世俗喧嚣无法将它侵扰。宁静的画面让我油然想起从前也到过类似的地方，还记得那里有斜阳晚照洒在稀疏的林木间，山顶上有一座茅庵，老僧正在庵内诵经。　　或是持着锡杖走在云雾笼罩的山间，或是在溪水旁垂钓，或是在山涧边抚琴，这是何等的逍遥。人一生能穿得了几双木屐呢，有谁能理解南朝宗少文在山水画中卧游的雅趣呢？我希望自己可以乘风归去，过上画里的悠然生活。只可惜我已错踏入名利网中，不知何时才可辞官归隐。避世隐居的誓约，只有在这画图中寻找了。

【笺注】

①此生着几两屐：典出《世说新语·雅量》，祖士少喜欢钱财，阮遥集喜欢木屐，两人对自己的嗜好都是亲自经营打理。同属为外物所累，不知道该如何评判两人的高下。有人到祖士少家，看见他正在查点财物，还剩两个小箱子没有弄完。祖士少便一边接待客人，一边把这两个小箱子挡在背后，一副心神不宁的样子。又有人到阮遥集家，见他正在给木屐打蜡，一边打蜡一边叹息说："不知道人这一辈子能穿几双木

屐呢（未知一生当着几量屐）！”言语间神色闲适畅然，于是人们才得以分出祖士少、阮遥集二人境界的高下。

②槐安：典出唐人李公佐《南柯太守传》，是说一个叫淳于棼的人醉卧古槐树下，梦中来到一处，见城楼上题为大槐安国。淳于棼被槐安国王招为驸马，任南柯太守三十年，享尽荣华富贵。忽而梦醒，只见槐下有一处大蚁穴，南枝又有一处小蚁穴，这便是梦中的槐安国与南柯郡。

③投簪：古代士人以上者皆戴冠，冠要以发簪固定，投簪即去冠，意指去官，弃官。

［又 题岳阳楼图］

落日与湖水，终古岳阳城。登临半是迁客，历历数题名。欲问遗踪何处，但见微波木叶，几簇打鱼罾。多少别离恨，哀雁下前汀。　　忽宜雨，旋宜月，更宜晴。人间无数金碧[①]，未许着空明。淡墨生绡谱就，待俏横拖一笔，带出九疑青。仿佛潇湘夜，鼓瑟旧精灵。

【说明】

今存性德此词手书扇面，词后署：“题画，书为孟公道兄正，松花江渔成德。”

【译文】

落日下，湖水边，岳阳城仿佛终古不变。登临岳阳楼的多是被贬的官员，他们题诗留名在岳阳楼的墙壁上，历历可数。但这些人如今都去向何方了呢？只看到落叶飘坠在洞庭微波上，还有几处支起来的渔网。多少离愁别恨，尽数寄托在那飞下汀州的大雁的哀鸣声里。　　这里无论是雨天、晴天或是月下，风景皆好。人间虽有无数富丽堂皇的山水画，但似这般空明的笔法实在罕见。淡墨画在生绡上，横拖一笔便点染出九嶷山的青翠，而画中的气氛，就仿佛在夜色笼罩的湘江上倾听湘灵鼓瑟。

【笺注】

①金碧：即金碧山水。

[天仙子　渌水亭秋夜]

水浴凉蟾风入袂。鱼鳞蹙损金波碎。好天良夜酒盈尊，心自醉。愁难睡。西南月落城乌起。

【译文】

水波摇晃着月影，轻风吹入衣袖。鱼儿在水面嬉游，冲碎了粼粼波光。我在如此良宵里独酌，不待酒醉，心已沉迷。纷乱的愁绪搅得人无法入睡，看月亮向西南方落下，城头上乌鸦飞起。

［又］

梦里蘼芜[1]青一翦。玉郎经岁音书远。暗钟明月不归来，梁上燕。轻罗扇。好风又落桃花片。

【说明】

闺怨主题。

【译文】

梦见青青蘼芜香草，想到爱人久别不归，音信全无。低沉的钟声里，明月一去不返。梁上燕子栖宿，轻罗小扇陪伴着伊人独眠，看微风又将桃花吹落。

【笺注】

①蘼芜：一种香草，诗人多用作思妇怀人之辞。

［又］

好在软绡红泪积。漏痕斜罥菱丝碧。古钗封寄玉关秋[1]，天咫尺。人南北。不信鸳鸯头不白。

【译文】

她的书信写于一幅碧色软绡，上面积满泪水，一手草书写下对边关爱人的无尽思念。有情人南北悬隔，那痛切的思念让人错觉天与地之间不过是咫尺之遥，爱人才是遥不可及。在这般哀伤里，人怎能不憔悴生白发呢，正如鸳鸯都是白头。

【笺注】

①漏痕斜罥菱丝碧。古钗封寄玉关秋：漏痕即屋漏痕，古钗即古钗脚，皆为草书运笔技法，代指草书。斜罥（juàn）：斜挂。菱丝碧：指作书的绢帛。玉关：玉门关，代指边关。

［浪淘沙］

紫玉拨寒灰。心字全非。疏帘犹是隔年垂。半卷夕阳红雨入，燕子来时。　　回首碧云西。多少心期。短长亭外短长堤。百尺游丝千里梦，无限凄迷。

【说明】

闺怨主题。

【译文】

她用紫玉钗拨弄着心字香烧残之后落下的灰烬，那灰烬形成的心形已被彻底拨乱。帘栊从去年垂下后便再也没有撩起过。夕阳下，落花纷纷随风飘入房间，这正是燕子归来的时节。　　回望西天的碧云，多少心事油然涌起。远处的长亭与短亭将堤坝遮成片断。风中有长长的蛛丝飘动，仿佛她那缭乱的心绪。思念千里之外的情人，在这无限凄迷的春景里。

[又]

野宿近荒城。砧杵无声。月低霜重莫闲行。过尽征鸿书未寄，梦又难凭。　　身世等浮萍。病为愁成。寒宵一片枕前冰。料得绮窗孤睡觉，一倍关情。

【译文】

在荒城近旁露宿，早已听不到女人捣衣的声音。天寒地冻，还是不要再走了吧。南飞的大雁已经去尽，书信却还不曾寄出，就连在梦里也不容易回到家中和你团聚。　　这一生如同浮萍漂泊不定，太多的烦愁积聚成病。在寒夜里，连枕头旁边都冻上了冰。想你此刻在家，是否正从孤眠中惊醒？两地悬隔，我们愈发思念着彼此，用尽深情。

[又 望海]

蜃阙半模糊。踢浪惊呼。任将蠡测[①]笑江湖。沐日光华还浴月，我欲乘桴。　　钓得六鳌无。[②]竿拂珊瑚。桑田清浅问麻姑。[③]水气浮天天接水，那是蓬壶。

【说明】

康熙二十一年（1682年），性德扈从东行，二月出山海关，此词大约作于此时。

【译文】

海市蜃楼虽然看不清楚，却已在风浪中引起人们的惊呼。世人的低浅见识怎能识得天地奥妙？大海无边，日月都从海水中升落，我多么想要乘着筏子驶向大海。　　传说中的巨人有没有钓到那仰首支撑大山的巨鳌呢？他们的钓竿也许拂到了海底的珊瑚吧。问麻姑仙女，世间到底经过了几番沧海桑田的变化。水汽漂浮在天空，天空与海相接，到底哪里才是蓬莱仙境呢？

【笺注】

①蠡测："以蠡测海"的省称，比喻见识短浅。

②钓得六鳌无：典出《列子·汤问》，夏革对商汤说，渤海之东不知几亿万里的地方有岱舆、员峤、方壶、瀛洲、蓬莱五座大山，山与山之间相距七万里，山上所住之人都是仙圣。五座大山并没有根，常常随着潮水上下往还。天帝恐怕大山漂到西极，使仙圣们失去了居所，便命令禺强使十五只巨鳌仰首顶住五山。而龙伯之国有巨人，不消几步路就走到五山之所在，一下就钓走六只巨鳌，一并背回了龙伯之国，致使两座大山漂流到了北极，沉没海底。

③桑田清浅问麻姑：典出葛洪《神仙传》，麻姑自言曾见东海三为桑田。麻姑，女仙之名。

［又］

夜雨做成秋。恰上心头。[1]教他珍重护风流。端的为谁添病也，更为谁羞。　　密意未曾休。密愿难酬。珠帘四卷月当楼。暗忆欢期真似梦，梦也须留。

【译文】

夜雨带来浓浓秋意。秋在心头，岂不恰恰结成一个“愁”！愿他当心秋凉，好好保重身体才是。这样想着的她，究竟是为了谁思念成疾，又为了谁而羞涩？　　隐秘的情意绵绵不绝，隐秘的心愿却总也不能实现。将楼阁四面的珠帘全部卷起，让月光尽情地照进来。暗自怀想曾和他幽会的时刻，欢愉如梦。就算真的只是个梦，也一定要把梦留住。

【笺注】

①夜雨做成秋。恰上心头：“秋”上“心”头为“愁”。

［又］

红影湿幽窗。瘦尽春光。雨余花外却斜阳。谁见薄衫低髻子，抱膝思量。　　莫道不凄凉。早近持觞。暗思何事断人肠。曾是向他春梦里，瞥遇回廊。

【译文】

雨水打下落花，沾湿小窗。春光减损，这好时节就要过尽了。雨后残花映衬着斜阳余晖，有谁见过那个穿薄衫、梳低髻的少女，她抱膝而坐，思量着心事。　　这是何等凄凉的况味，近来只有借酒浇愁，何事令人如此伤怀？原来是一次回廊中的邂逅，令人一见钟情，辗转相思。

［又］

眉谱待全删。别画秋山[①]。朝云渐入有无间。莫笑生涯浑似梦，好梦原难。　　红味啄花残。独自凭阑。月斜风起袷衣单。消受春风都一例，若个偏寒。

【译文】

所有描眉的图样一概抛弃不用，画一种眉谱之外的新样式。新画之眉，如朝云渐入，若有若无。别说什么人生如梦，那么多好梦，在现实人生中上演过吗？　　独自倚栏杆，看鸟儿将花朵啄残。月亮斜挂在天空，夜深，风冷，身上的夹衣渐渐承受不住寒气。春风吹拂所有的人，却只有她在这风里觉得寒冷。

【笺注】

①别画秋山：谓以眉谱之外的新花样画眉。秋山，比喻女子的眉毛，胡铨《玉楼春·赠李都监侍儿，是夕歌六么》有“髻鬟春雾翠微重，眉黛秋山烟雨抹”。

［又］

闷自剔残灯。暗雨空庭。潇潇已是不堪听。那更西风偏着意，做尽秋声。　　城柝已三更。欲睡还醒。薄寒中夜掩银屏。曾染戒香[1]消俗念，莫又多情。

【译文】

心情烦闷，从即将燃尽的灯上拨起灯芯，使灯芯再多燃片刻。夜雨落在无人的庭院，淅淅沥沥的声音勾起人的愁绪，而西风偏偏吹起秋天的声音，让人愈发感伤。　　城垣上传来打更的梆子声，已到三更时分。想要睡去，却总也睡不着。夜寒微微袭来，掩上屏风。自己分明已经决意向佛，可不要再陷入多情的纠结里去。

【笺注】

①曾染戒香：身上曾经沾染过戒香的香气，代指曾经礼佛。佛教“六度”或“六波罗蜜”，有花、涂香、水、烧香、饭食、长明灯，分别有所象征，即布施、持戒、忍辱、精进、禅定、智慧。戒香，佛教仪式所用之香。

［又］

双燕又飞还。好景阑珊。东风那惜小眉弯。芳草绿波吹不尽，只隔遥山。　　花雨忆前番。粉泪偷弹。倚楼谁与话春闲。数到今朝三月

二，梦见犹难。

【说明】

闺怨主题。

【译文】

燕子又成双成对地飞回来，美丽时节很快就要消逝。东风自顾自地吹，哪管你正在愁眉不展。春天将尽，暖风吹过芳草，吹过绿波，吹向了远山的那边。　　她在如雨的落花里回忆从前，偷偷流泪。倚在楼上，无数春愁不知该向谁倾诉。细数日子，数到三月二日，那是上巳节之前的一天。不知能否重逢，如今就连梦中都很难再与他相见。

［又］

清镜上朝云。宿篆犹熏。一春双袂尽啼痕。那更夜来山枕侧，又梦归人。　　花底病中身。懒约湔裙。待寻闲事度佳辰。绣榻重开添几线，旧谱翻新。

【说明】

闺怨主题。

【译文】

天刚破晓，夜间燃烧的熏香气味仍未散尽。整个春天，她的衣袖总是沾满泪痕，哪里还禁得起夜晚梦见情人归来呢。　　她病怏怏立在花前，连上巳节女伴们的约会都懒得参与。随便寻个什么事由来消磨这良辰吧。就在家里缝补绣榻，试一种新的刺绣图样好了。

［南楼令］

金液镇心惊。[1]烟丝似不胜。沁鲛绡、湘竹无声。不为香桃怜瘦骨[2]，怕容易、减红情。　　将息报飞琼。[3]蛮笺署小名。鉴凄凉、片月三星。待寄芙蓉心上露[4]，且道是、解朝酲。

【说明】

康熙十六年（1677年）春，卢氏产后发病，药石不治，性德作此词，写自己求医求仙的诚挚及忐忑而焦灼的心情。

【译文】

总是依靠药物来安抚心绪，你的病体如风中柳丝般孱弱难支，默默用衣袖擦拭泪水。我不惜为你遍寻丹药，只怕你的容颜太快地憔悴下去。　　我将你调养身体的情况写信告诉仙女，请她拦住你升天的魂魄，使之回返人间。天可怜见我凄凉无助的心情。请仙女寄来灵丹妙药吧，让你可以从昏睡中醒来。

【笺注】

①金液镇心惊：化自王彦泓《述妇病怀》“难凭银叶镇心惊，侍女床前不敢行”。金液，道家修仙的药物。

②不为香桃怜瘦骨：谓一切方药都不吝寻觅。化自李商隐《海上

谣》“海底觅仙人，香桃如瘦骨”。典出张华《博物志·史补》，王母乘坐紫云车拜访汉武帝，拿出七个桃子，自己吃了两个，给了汉武帝五个。汉武帝觉得仙桃味道甘美，便起了种桃之念。王母笑道：“这桃树三千年才结一次果子。”其时东方朔在窗边偷窥王母，王母对汉武帝说：“在一旁偷看的这个小儿曾经三次来偷我这桃子。”武帝很是奇怪，世人便从此称东方朔为神仙。瘦骨，谓仙桃之枝干已经无桃可摘。

③将息报飞琼：将息，调养病体。飞琼，女仙之名。

④芙蓉心上露：比喻灵丹妙药，典出王仁裕《开元天宝遗事》，杨贵妃每次宿酒初消，多会苦于肺热，曾于凌晨独游后苑，攀着花树的枝条，饮花上的露水以润肺。

［又 塞外重九］

古木向人秋。惊蓬掠鬓稠。是重阳、何处堪愁。记得当年惆怅事，正风雨、下南楼。　　断梦几能留。香魂一哭休。怪凉蟾、空满衾裯。霜落乌啼浑不睡，偏想出、旧风流。

【说明】

出使塞上时怀念亡妻而作。

【译文】

古树向人显露秋意，被风吹起的飘蓬纷纷掠过我的鬓角。正是重阳时节，到哪里才能纾解我的愁绪？记得当年重阳的往事，那是一个风雨交加的日子，我带着惆怅的心情走下南楼。　　就算在梦中亦无法将你挽留，你就这样离我而去，让我流下多少伤心泪水。这冷凄凄的月光偏偏照在我的被子与床帐上，更叫我伤怀。霜降下，乌鸦啼叫，我始终无法入睡，不由自主地回想起和你在一起的欢愉往事。

[生查子]

短焰剔残花，夜久边声寂。倦舞却闻鸡，暗觉青绫湿。　　天水接冥濛，一角西南白。欲渡浣花溪，远梦轻无力。

【译文】

灯焰弱了，赶紧剔一下灯芯。夜已深，羌笛与胡笳都已沉寂。早已消磨了建功立业的理想，亦没有了祖逖闻鸡起舞的壮志，却偏偏听到了鸡鸣，不由得暗自垂泪、百感交集。　　远处天水相接，空蒙一片。西南一角泛出了白色。思念远方的人啊，想要辞官回去，却无法回去，连梦都软弱无力。

[又]

惆怅彩云飞，碧落知何许。不见合欢花，空倚相思树。　　总是别时情，那待分明语。判得最长宵，数尽厌厌雨。

【说明】

悼亡之作。

【译文】

惆怅地望着彩云远飞，却不知道它会飞向哪里。看不见合欢花，只得徒然倚靠在相思树上。　　离愁别绪总是萦绕心间，即使没有明确说出来，愁绪也不曾中断。思念你的夜晚最是漫长，我在无眠中数着绵绵无尽的雨。

［又］

东风不解愁，偷展湘裙衩。独夜背纱笼，影着纤腰画。　　爇尽水沉烟，露滴鸳鸯瓦。花骨冷宜香，小立樱桃下。

【译文】

东风不懂她的忧愁，偷偷吹开她的裙裾。孤独的夜晚，她背对纱灯，纤弱的身影被灯光投下，如同一幅美人画。　　水沉香已燃尽，露水浸湿了鸳鸯瓦。花朵的香气在这清冷空气中格外馥郁，她静静地在樱桃树下伫立。

［又］

鞭影落春隄，绿锦鄣泥卷。脉脉逗菱丝，嫩水吴姬眼。　　啮膝带

香归，谁整樱桃宴[①]。蜡泪恼东风，旧垒眠新燕。

【说明】

康熙十五年（1676年）三月，性德考中二甲第七名进士，游春而作此词。

【译文】

骑马跑在春天的堤岸上，马鞯沾染着绿色的尘埃。水面上菱丝娇嫩，春水如同吴地美女柔媚的眼波。　　回到家，宝马身上还带着春日野外的气息，该是参加新科进士樱桃宴的时候了。天晚了，蜡泪撩拨着东风，旧巢中睡着新来的燕子，气氛安详美好。

【笺注】

①樱桃宴：从唐朝起，科举发榜的时候也正是樱桃成熟的季节，新科进士们便形成了一种以樱桃宴客的风俗，是为樱桃宴。直到明清，风俗犹存。

［又］

散帙坐凝尘，吹气幽兰并。茶名龙凤团[①]，香字鸳鸯饼。　　玉局类弹棋，颠倒双栖影。花月不曾闲，莫放相思醒。

【译文】

打开书卷，坐在简陋的书房里，有吹气如兰之女子同自己并肩而坐。啜饮着龙凤团茶，点燃那绘有鸳鸯的熏香饼。　　玉石棋盘好似古代的弹棋，棋盘润洁，倒映出双栖鸟的影子，也倒映出你我的身影。花与月都不曾闲着，可不要唤起相思的情绪。

【笺注】

①茶名龙凤团：即龙凤团茶，宋时贡茶。

［忆桃源慢］

斜倚熏笼，隔帘寒彻，彻夜寒于水。离魂何处，一片月明千里。两地凄凉多少恨，分付药炉烟细。近来情绪，非关病酒，如何拥鼻[1]长如醉。转寻思、不如睡也，看道夜深怎睡。　　几年消息浮沉，把朱颜、顿成憔悴。纸窗风裂，寒到个人衾被。篆字香消灯灺冷，忽听塞鸿嘹唳。加餐千万，寄声珍重，而今始会当时意。早催人、一更更漏，残雪月华满地。

【译文】

斜倚熏笼，挨过漫长的寒夜。不知你此刻身在何方，是否也和我仰望着同一轮明月？悬隔两地，思念成疾，我在药炉的烟气里一味忧伤。近来情绪低迷，不因酒醉，只因在吟哦诗句时惆怅不已。索性睡去罢了，但夜已深沉，我却久久没有睡意。　　几次得到你沉沦宦海的消息，在牵挂中我已老去了容颜。急风吹裂窗纸，被褥透进了寒气。熏香已熄，烛火已冷，恍惚中似乎听到嘹唳的雁啼。请你务必保重身体，我到今日才明白你当初的情谊。听更漏声急，看残雪中月光洒满了大地。

【笺注】

①拥鼻：典出《晋书·谢安传》，谢安能作洛下书生咏，因为鼻子有病，故而语音混浊。当时的名流们喜爱谢安的咏读风格，但很难学得像他，有人便用手掩住鼻子来吟咏。

[青衫湿遍 悼亡[1]]

青衫湿遍，凭伊慰我，忍便相忘。半月前头扶病，剪刀声、犹在银釭。忆生来、小胆怯空房。到而今、独伴梨花影，冷冥冥、尽意凄凉。愿指魂兮识路，教寻梦也回廊。　　咫尺玉钩斜路，一般消受，蔓草残阳。判把长眠滴醒，和清泪、搅入椒浆。怕幽泉还为我神伤。道书生、薄命宜将息，再休耽、怨粉愁香。料得重圆密誓[2]，难禁寸裂柔肠。

【译文】

青衫尽被泪水打湿，任凭旁人如何开解我，我也无法割舍下对你的浓情。半月前你正在病中，仍然起身剪烛，那剪刀声而今仍在我耳畔回响。想你生来胆小、不敢独眠，如今你却独自一人去了那个凄凉冰冷的世界，不知你该如何挨过岁月。愿能为你的魂魄指路，让你到人间重寻旧梦时还能够在曲折的回廊中寻找到我。　　埋葬宫人的玉钩斜路近在咫尺，也和其他地方一样在斜阳下蔓草丛生。我的泪水搅入祭奠你的椒酒，洒洒在你的墓地，盼能将你从长眠中唤醒。只怕你在幽深的九泉之下更加为我伤心，反而会劝我这个福薄的书生保重身体，要尽快从思念的愁苦里摆脱出来。而我一想到曾和你厮守一生的誓言，便禁不住肝肠寸断。

【笺注】

①悼亡：《草堂嗣响》此词并无词题，考之词义，或非为悼亡卢氏而作。

②重圆密誓：用“破镜重圆”之典。陈国末代皇帝陈叔宝的妹妹乐昌公主嫁给了徐德言，两人非常恩爱。当时天下动荡，徐德言预料到过不了多久就会国破家亡，彼时难免夫妻被拆散。于是他取来一面圆形铜镜一破为二，和妻子分别保管，作为信物。后来，隋朝灭亡了陈国，徐德言逃亡，乐昌公主则被赏赐给功臣杨素为妾。徐德言赶到隋都长安，打探妻子的下落，终于在正月十五那天在市场上看到一个老人高价出售半面铜镜，细看之下，果然就是妻子的那块。徐德言于是写了一首诗，托那位卖镜子的老人带回去。杨素得知此事后大受感动，把乐昌公主还给了徐德言，让他们夫妻重聚。

[酒泉子]

谢却荼蘼。一片月明如水。篆香消，犹未睡。早鸦啼。　嫩寒无赖罗衣薄。休傍阑干角。最愁人，灯欲落。雁还飞。

【译文】

荼蘼花凋谢了，已是暮春，月光如水。熏香燃尽，人却还未睡去，忽然听到早鸦的啼声，天快亮了吧。　轻寒天气最是宜人，无奈衣衫单薄，抵不住这寒意。不要再倚栏相思了，那灯花欲落、大雁正飞的景象最使人惆怅。

［凤凰台上忆吹箫　守岁］

锦瑟何年，香屏此夕，东风吹送相思。记巡檐笑罢，共撚梅枝。还向烛花影里，催教看、燕蜡鸡丝[①]。如今但、一编消夜，冷暖谁知。　　当时。欢娱见惯，道岁岁琼筵，玉漏如斯。怅难寻旧约，枉费新词。次第朱幡剪彩，冠儿侧、斗转蛾儿[②]。重验取、卢郎青鬓[③]，未觉春迟。

【译文】

岁月匆匆，转眼又是一年。夜间望着屏风，被东风撩起相思。记得当年的这个时候，我们曾一起执着梅枝在屋檐下跑来跑去，点起蜡烛，你催促我赶紧去看那为新年宴而特制的蜡燕和丝鸡。如今我只能拿一卷书来消磨除夕，谁能理解我的心事？　　当年我们见惯了欢娱，总以为年年都会有这样的欢声笑语。但是我们旧的约定已经难寻，你再也读不到我填写的新词了。所有人都在张罗迎春的事物，或在树上扎春幡，或在头上戴闹蛾儿头饰，只有我对一切都提不起兴致，在伤心憔悴里度过了春天。

【笺注】

①燕蜡鸡丝：当为蜡燕、丝鸡，旧俗于新年所制的食品，此处为合乎音律改称燕蜡鸡丝。

②冠儿侧、斗转蛾儿：蛾儿，即闹蛾儿，一种女子的头饰，形如飞蛾，不断旋转颤动，多在年节游玩时戴在头上。

③卢郎青鬓：宋人钱易《南部新书》载，卢家有一子弟，年纪已老仍做校书郎的小官，后来娶了崔氏女子。崔氏很有文采，结婚之后情绪一直不好，卢郎便请妻子以诗抒怀作为玩笑，崔氏当即成诗一首：“不怨卢郎年纪大，不怨卢郎官职卑。自恨妾身生较晚，不见卢郎年少

时。”青鬓之“青”，这里指黑色。

[又 除夕得梁汾闽中信，因赋]

荔粉[1]初装，桃符[2]欲换，怀人拟赋然脂。喜螺江双鲤，忽展新词。稠叠频年离恨，匆匆里、一纸难题。分明见、临缄重发，欲寄迟迟。　　心知。梅花佳句，待粉郎香令，再结相思。记画屏今夕，曾共题诗。独客料应无睡，慈恩梦、那值微之[3]。重来日、梧桐夜雨，却话秋池。

【说明】

《瑶华集》此词词题作“辛酉除夕得顾五闽中消息”，辛酉年为康熙二十年（1681年），与顾贞观行程不合。《饮水词笺校》断此词作年为康熙十七年（1678年）或十八年（1679年）除夕，较可信。

【译文】

粉荔枝刚刚装好，桃符正要换过，此时一派迎新年的景象。而我只是思念着你，点上灯烛，给你回信。很高兴收到你从福建寄来的书信，惊喜地读到你信中的新词。积聚多年的离愁别绪，真不是一封书信可以说尽的。分明可以想见，你在临寄这封信的时候，肯定总觉得有更多的话要说，于是信封才封好又拆开，反复多次才寄出。　　我明白你题写梅花的佳句里蕴含了怎样的深情，我也记得当年的今夕我们在画屏下一同题诗的情景。想你此刻孤身在外，应该也被思念搅得无法入眠吧？我们心意相同，正如白居易和元稹的慈恩之梦一般。等你归来，我们听着夜雨滴梧桐的声音互诉别情吧。

【笺注】

①荔粉：即粉荔枝，旧俗于新年所制的食品。唐人冯贽《云仙杂记·洛阳岁节》载，洛阳人家于元月初一做丝鸡、葛燕、粉荔枝。

②桃符：古代挂在大门上的两块桃木板，上面画有神荼、郁垒二神以辟邪。及至五代，人们开始在桃木板上书写对联，是为春联。

③慈恩梦、那值微之：孟棨《本事诗》载，唐元和四年（809年），元稹奉使去东川，白居易正在长安与李杓直及弟弟白行简同游慈恩寺，随后到李杓直家饮宴。白居易在酒席宴上思念元稹，即席写下《同李十一醉忆元九》：“花时同醉破春愁，醉折花枝当酒筹。忽忆故人天际去，计程今日到梁州。”巧合的是，就在同一时间，元稹真的到了梁州，且梦见与白居易同游慈恩寺，醒来后写下《梦游》（又名《使东川·梁州梦》）一诗，寄予白居易：“梦君兄弟曲江头，也向慈恩院里游。驿吏唤人排马去，忽惊身在古梁州。”元稹自注：“是夜宿汉川驿，梦与杓直、乐天同游曲江，兼入慈恩寺诸院，倏然而寤，则递乘及阶，邮吏已传呼报晓矣。”白居易诗中的真实情况竟与元稹的梦境完全吻合。

[翦梧桐 自度曲[①]]

新睡觉，正漏尽、乌啼欲晓。任百种思量，都来拥枕，薄衾颠倒。土木形骸[②]，分甘抛掷，只平白、占伊怀抱。听萧萧、一翦梧桐，此日秋声重到。　　若不是、忧能伤人，甚青镜、朱颜易老。忆少日清狂，花间马上，软风斜照。端的而今，误因疏起，却懊恼、殢人年少。料应他、此际闲眠，一样积愁难扫。

【说明】

此词主题当是感叹青春易去，事功未立，只在红颜陪伴里枉自消磨。

【译文】

刚刚睡醒，正是计时的滴漏声将尽，乌鸦开始啼鸣之时。天色即将破晓，一时间无数思绪涌上心头。可叹我虽有嵇康一般的姿容气度，青春岁月却未能建功立业，只在红颜的陪伴里枉自消磨。听窗外风吹梧桐，知道秋天又到了。　　如果忧愁不能伤人，为何镜里的容颜会轻易老去？回想年少轻狂时，纵马嬉游，在暖风与夕阳里沉醉。而今才晓得人生皆因疏懒而耽搁，青春毕竟无法挽留。想那人此刻应也同我一样在闲眠，一样有太多愁绪无法排遣。

【笺注】

①自度曲：自己编制的词牌。

②土木形骸：形容人顺其自然，不假修饰。典出《晋书·嵇康传》，嵇康有奇才，卓尔不群，身高七尺八寸，风姿气度极佳，而土木形骸，不假修饰，人们认为他是龙凤之姿，天质自然。

卷五

[浣溪沙 寄严荪友]

藕荡桥边理钓筩。[1]苎萝西去五湖东。笔床茶灶太从容。[2]　　况有短墙银杏雨，更兼高阁玉兰风。画眉闲了画芙蓉。

【译文】

想你正在无锡的藕荡桥边整理钓桶吧？那是苎萝山以西、五湖之东的隐居佳处，你带着笔架和茶炉随意垂钓，逍遥自在。　　更有雨水打在短墙外的银杏树上，楼阁吹进染有玉兰花香的微风，那就是你写的“暗绿扑廉银杏雨，昏黄扶袖玉兰东”词句中的景象吧。你擅长绘画，为妻子画眉之余便去画一画池塘里的荷花，多么潇洒闲适。

【笺注】

①藕荡桥边理钓筩：藕荡桥，据顾贞观《离亭燕·藕荡莲》自注，藕荡桥在无锡杨湖附近，夏季满是花香，旁边是扫荡营，大概是元明之际水战的战场。严绳孙往来于湖上，于是自号藕荡渔人。据朱彝尊《严绳孙墓志铭》，严绳孙入仕之前很喜欢县城西边洋溪的丘壑竹林之美，很想在那里终老。洋溪有桥，叫作藕荡桥，严绳孙便自号藕荡渔人。钓筩，插在水里捕鱼的竹篓。筩，同“筒”。

②笔床茶灶太从容：典出《新唐书·陆龟蒙传》，陆龟蒙不喜欢与世俗之流交往，即便人家登门造访他也不肯相见。他不乘马，只在船上设置篷席，随行总会带着书籍、茶灶、笔床、钓具。当时的人们称他为江湖散人，或号天随子、甫里先生，自比涪翁、渔父、江上丈人。后来朝廷因为知道他是高士而征召他入朝，他没有去。

［渔父］

收却纶竿落照红。秋风宁为翦芙蓉。人澹澹，水濛濛。吹入芦花短笛中。

【说明】

此词是为徐釚《枫江渔父图》题画之作。徐釚（qiú）（1636—1708），吴江松陵人，字电发，号虹亭、菊庄，晚年号枫江渔父。康熙十八年（1679年）召试博学鸿儒，授翰林院检讨之职，入史馆纂修明史，康熙二十五年（1686年），乞归还乡。其后康熙帝南巡，两次诏令徐釚原官起用，徐釚拒不出仕，在故乡悠游终老。徐釚著有《南州草堂集》，词集有《菊庄词》《枫江渔父词》，编著有《词苑丛谈》。

【译文】

夕阳西下，那人收起鱼竿准备回家。连秋风都是温柔的，不肯凋谢了荷花。烟水蒙蒙，那人悠闲自得，听短笛的旋律被秋风吹进芦花荡深处。

［明月棹孤舟 海淀[①]］

一片亭亭空凝伫。趁西风、霓裳遍舞。白鸟惊飞，菰蒲叶乱，断续浣纱人语。 丹碧驳残秋夜雨。风吹去、采菱越女。辘轳声断，昏鸦欲起，多少博山情绪。

【译文】

荷花一片，亭亭玉立，仿佛一群凝视远方的少女。西风吹过，荷叶如舞蹈般摇曳不停。白鸟惊飞，搅乱了菰蒲的叶子，花叶丛中透出浣纱人断续的私语。 秋夜雨凋残了池中花草，风指引采菱女驶向荷花深处。辘轳声停了下来，乌鸦即将在黄昏中归巢，博山炉轻烟袅袅，撩拨起多少忧愁与烦恼。

【笺注】

①海淀：在北京西北郊，今北京海淀区。海淀一地原属北京郊区，风景秀丽，多水泽，故称“淀”。性德在海淀桑榆墅（今双榆树）有别墅，庶妻颜氏就住在那里。

［东风第一枝 桃花］

薄劣东风，凄其夜雨，晓来依旧庭院。多情前度崔郎，应叹去年人面。[1]湘帘乍卷，早迷了、画梁栖燕。最娇人、清晓莺啼，飞去一枝犹颤。　　背山郭、黄昏开遍。想孤影、夕阳一片。是谁移向亭皋，伴取晕眉青眼。五更风雨，莫减却、春光一线。傍荔墙、牵惹游丝，昨夜绛楼难辨。

【译文】

薄情的东风吹过，凄清的夜雨打过，然而拂晓时看庭院里的桃花，仍是昨天的样子。有情人对花惆怅，桃花依旧，却不见旧时人面。帘栊刚刚才卷起，早耽搁了燕子的归来。清晓黄莺的歌声最是娇柔动人，黄莺飞去，一枝桃花仍颤动不已。　　黄昏时分，山阴处桃花已然开遍，而庭院里那一株，正在夕阳余晖里孤独无限。是谁将它移栽过来陪伴水边高地上的柳树呢？希望五更时的风雨莫要吹落一朵桃花。它傍着那薜荔攀缘的墙壁，牵惹着空中飘荡的蛛丝。这一树红晕，昨夜已让人迷惘：到底哪是红楼，哪是桃树？

【笺注】

①多情前度崔郎，应叹去年人面：孟棨《本事诗·情感》载，崔护清明郊游，到一村居求饮，见一女子持水而至，含情倚桃伫立。第二年清明，崔护再去故地游访，见门庭如故，而人去室空，于是在门上题诗云："去年今日此门中，人面桃花相映红。人面不知何处去，桃花依旧笑春风。"

［望海潮 宝珠洞］

汉陵风雨，寒烟衰草，江山满目兴亡。白日空山，夜深清呗[1]，算来别是凄凉。往事最堪伤。想铜驼巷陌，金谷[2]风光。几处离宫，至今童子牧牛羊。　荒沙一片茫茫。有桑干一线，雪冷雕翔。一道炊烟，三分梦雨，忍看林表斜阳。归雁两三行。见乱云低水，铁骑荒冈。僧饭黄昏，松门[3]凉月拂衣裳。

【说明】

此词用语比较模式化，情感也比较空泛，《饮水词笺校》推测为早期习作，模仿严绳孙作于康熙八年（1669年）的名篇《望海潮·钱塘怀古》。

【译文】

看那寒烟衰草、风吹雨打中的汉陵，油然想起许多朝代更迭的往事来。这一片空山，白日里只有阳光高照，夜深时能听到唱经的声音，别有一种凄凉况味。历史最是令人感伤，面对眼前风景，不禁遥想晋代洛阳的铜驼与石崇金谷园的故事。几处前朝离宫，如今全部荒废，变成了儿童放牧牛羊的地方。　茫茫的荒沙中，隐约看到了桑干河，看到大雕在雪中飞翔。又看到细雨中升起炊烟一道，愈发伤感，怎忍再看那斜阳下的丛林呢？那里有两三行大雁向南飞去，云凌乱，水低流，骑兵在荒凉山冈上孤独前行。天已黄昏，到了僧人吃饭的时间，我站在寺院门口，沐浴冰凉的月光。

【笺注】

①清呗：即梵呗，僧人的唱经声。呗（bài），佛教经文中的赞偈，为梵语pāthaka（呗匿）音译之略，在印度的本义是指以短偈形式唱宗教颂歌，后来泛指赞颂佛经或诵经声。

②金谷：即金谷园，晋代首富石崇在洛阳附近的金谷涧所建的别墅，热闹与奢华盛极一时。

③松门：寺院大门。寺门多植松树，故称松门。

［瑞鹤仙　丙辰生日自寿，起用《弹指词》句，并呈见阳］

马齿加长矣。枉碌碌乾坤，问汝何事。浮名总如水。拚尊前杯酒，一生长醉。残阳影里，问归鸿、归来也未。且随缘、去住无心，冷眼华亭鹤唳[1]。　　无寐。宿醒犹在，小玉[2]来言，日高花睡。明月阑干，曾说与，应须记。是蛾眉便自、供人嫉妒，风雨飘残花蕊。叹光阴、老我无能，长歌而已。

【说明】

康熙十五年（1676年）（丙辰年）三月，性德进士及第，但及第之后久久得不到委任，施展才华抱负的雄心就这样被消磨。而在同年十月，朝廷下诏，禁止八旗子弟考生员、举人、进士试。徐乾学在《通议大夫一等侍卫进士纳兰君墓志铭》里记述这段日子，说性德闭门不出，不与旁人往来，有客人来访就躲着不见，只在数千卷书里弹琴咏诗来自娱而已。

【译文】

年纪又长了一岁，问自己庸碌了这么多年，到底做了些什么事情呢？浮名如水，不必在意，干脆尽情饮酒，一生长醉。夕阳西下了，不知道传书大雁是否已归来。不如一切随缘，去留都莫要挂怀，毕竟我们已看透官场上的翻云覆雨。　因为宿醉而无法安然入眠，侍女来说时天已大亮，连花儿都已经像睡去一般地合拢了花瓣。曾在某天明月下、栏杆旁，说过一些值得牢记的话，说才高从来招人嫉恨，如娇艳的花蕊最容易被风雨伤害。可叹我就这样虚掷光阴，如今只能以长歌遣怀。

【笺注】

①华亭鹤唳：典出《世说新语·尤悔》，陆机在河桥兵败之后，遭到卢志的谗言陷害，被处以死刑，临刑时叹息道：“欲闻华亭鹤唳，可复得乎！”按，华亭在今上海松江，为陆机故居，彼处多鹤。

②小玉：原为神话中仙家的侍女，白居易《长恨歌》有“转教小玉报双成”，后被用来泛指侍女。

[菩萨蛮　过张见阳山居，赋赠]

车尘马迹纷如织。羡君筑处真幽僻。柿叶一林红。萧萧四面风。　功名应看镜。明月秋河影。安得此山间。与君高卧闲。

【说明】

张纯修（见阳）于康熙十八年（1679年）赴任湖南江华县令，性德此词当作于张纯修南行之前。

【译文】

到处都是车马如龙，真羡慕你偏能寻到一个如此清幽的住处。在这里，眼见的是满山柿叶殷红，听闻的是四面萧萧清风。　　看镜中容颜渐老，越发感慨功业无成。真想和你一道隐居在此，让明月和银河与我们做伴，何等逍遥自在。

［于中好 咏史］

马上吟成鸭绿江。[①]天将间气付闺房。生憎久闭金铺暗[②]，花笑三韩玉一床[③]。　　添哽咽，足凄凉。谁教生得满身香。[④]至今青海年年月，犹为萧家照断肠。

【说明】

此词吟咏辽懿德皇后萧观音之事，可与《台城路·洗妆台怀古》参看。

【译文】

遥想萧观音即席赋诗，吟出“东去能翻鸭绿江”的佳句，原来上天也会把特殊才华交付给女流。但有这样的才华又如何呢，萧观音最后依然逃不开被辽道宗冷落的结局，任凭她如何苦心等待，他却再也不来。　　如此境况是何等凄凉，她终日心伤哽咽，终于被奸臣以《十香词》陷害致死。这段令人断肠的往事，至今仍能激起人们的无限哀怜。

【笺注】

①马上吟成鸭绿江：据王鼎《焚椒录》，周春《辽诗话》，辽清宁元年（1055年），辽道宗耶律洪基册封萧观音为皇后，翌年，辽道宗出猎伏虎林，让萧皇后赋诗助兴。萧观音即席赋了一首七绝：“威风万里压南邦，东去能翻鸭绿江。灵怪大千俱破胆，那教猛虎不投降。”耶律洪基得诗大喜，向群臣盛赞皇后为女中才子。

②生憎久闭金铺暗：语出萧观音《回心院》：“扫深殿，闲久金铺暗。游丝络网尘作堆，积岁青苔厚阶面。扫深殿，待君宴。”生憎，最恨。所谓“生憎久闭金铺暗”，是说辽道宗很久都没来萧皇后这里了。

③花笑三韩玉一床：语出萧观音《回心院》：“展瑶席，花笑三韩碧。笑妾新铺玉一床，从来妇欢不终夕。展瑶席，待君息。”萧观音明明自苦，却说花儿笑话自己，笑自己虽然把朝鲜美玉装饰的高级床铺准备得好好的，皇帝却很少光顾。

④谁教生得满身香：权臣耶律乙辛陷害萧观音及太子，安排人写出一组淫靡的《十香词》，谎称为萧观音所作，其中有“咳唾千花酿，肌肤百和装。无非噉沉水，生得满身香”。萧观音被诬与乐师赵惟一私通，申辩无门，被赐自尽，时年三十六岁。

[满江红 为曹子清题其先人所构楝亭，亭在金陵署中]

籍甚平阳，羡奕叶[①]、流传芳誉。君不见、山龙补衮，昔时兰署[②]。饮罢石头城下水[③]，移来燕子矶边树。倩一茎、黄楝作三槐[④]，趋庭处。　　延夕月，承晨露。看手泽，深余慕。更凤毛才思，登高能赋。入梦凭将图绘写，留题合遣纱笼护[⑤]。正绿阴、青子盼乌衣，来非暮[⑥]。

【说明】

康熙二十三年（1684年）冬，性德扈从南巡，途经南京，曾到江宁织造府拜访曹寅。曹寅小性德四岁，早年曾经做过康熙帝的侍读，后来又做过御前侍卫，和性德在北京早有惺惺相惜的交往。性德此次拜访曹寅之后，翌年五月，曹寅携《楝亭图》前往北京，请性德及顾贞观等文学名士为之题咏，是为《楝亭图卷》，至今犹存，此词便是性德题画之作，此后不及一个月，性德便染病而亡。

【译文】

如此令人羡慕的高贵家世，一直有美誉流传。你的祖先曾经在中央朝廷担任要职。令尊大人后来被派往江宁，才饮罢石头城下的江水，便将燕子矶边的树木移栽到庭院里来，那一株黄楝就种在中庭，如古代三槐一样寓意子孙将来会位至三公。　　时光荏苒，先人的手泽令人钦慕不已，你的才华气度丝毫也不亚于先人。是先人在梦中有嘱托吗，你绘制下这幅《楝亭图》，而我们这些朋友对此画的题咏，将来也会被珍重地流传下去吧。江宁百姓正盼望着你的治理，你在那里做官可谓恰逢其时。

【笺注】

①奕叶：累世，代代。唐《郊庙歌辞·梁太庙乐舞辞·象功舞》有“雄名不朽，奕叶而光”。

②兰署：即兰台，汉代宫中收藏典籍之处，后来也指御史台，唐代秘书省亦称兰署，这里用以尊崇曹氏的门第。

③饮罢石头城下水：尉迟偓《中朝故事》载，李德裕在朝为官时，有人出使京口（今镇江），李德裕便托付他取一壶金山下扬子江中的水。此人回程时忘了此事，等船到了石头城下才想起，只好立刻从江中汲了一壶水，回来之后献给李德裕。李德裕喝过之后，说水的味道与当年不

同，像是建业石头城下的江水。取水之人这才向李德裕坦白并道歉。

④三槐：比喻位至三公。《周礼·秋官·朝士》载，面向三槐为三公之位。《邵氏闻见录》载王祐曾经在庭院里种了三株槐树，认为自己的子孙一定会有人官至三公，后来他的儿子王旦果然做了宰相，人们便称王家为三槐王氏。

⑤留题合遣纱笼护：王定保《唐摭（zhí）言》卷七载，王播年少时孤贫无依，曾寄宿在扬州惠昭寺木兰院。僧人们很讨厌他，常常提前开饭，等王播来的时候饭已经没了。二十年后，王播身居要职，出镇扬州，于是去惠昭寺木兰院访旧，只见自己当初题在墙上的诗句都已经被僧人们用碧纱小心地保护了起来。

⑥来非暮：据《后汉书·廉范传》，廉范字叔度，调任蜀郡太守，廉范发现，蜀郡以前为了防止火灾，禁止百姓在夜间点灯做工，但禁令没人遵守，百姓还是偷着点火做工，由此引发的火灾依然不断。廉范便撤销了以前的禁令，允许百姓在夜间点火做工，只是严令大家储水以防火灾。百姓深受其惠，作歌来称颂他说："廉叔度，来何暮，不禁火，民安作，平生无襦今五绔。"性德反用其意，说"来非暮"，意思是蜀郡百姓只遗憾廉范来得太晚，而曹氏一家来南京并不算晚，南京百姓将受惠更多。

［南乡子 秋莫[1]村居］

红叶满寒溪。一路空山万木齐。试上小楼极目望，高低。一片烟笼十里陂。　吠犬杂鸣鸡。灯火荧荧归路迷。乍逐横山时近远，东西。家在寒林独掩扉。

【译文】

寒冷的溪流上漂满红叶，这一路行经空山，只见远树齐齐伫立。登上小楼，极目眺望，在高高低低的地势里，一片烟雾笼罩着十里陂塘。　　犬吠声和鸡鸣声交杂在一起，灯火荧荧，骑马而归时寻不清方向。随着山势行去，离村庄时而近了，时而又远，不辨东西。终于到家，独自掩住门扉，隔断门外那一片满是寒意的山林。

【笺注】

①秋莫：即秋暮。

［雨中花 纪梦］

楼上疏烟楼下路。正招余、绿杨深处。奈卷地西风，惊回残梦，几点打窗雨。　　夜深雁掠东檐去。赤憎是、断魂砧杵。算酌酒忘忧，梦阑酒醒，愁思知何许。

【译文】

楼上有轻盈迷蒙的烟霭，楼下有绿杨成荫的道路，仿佛在召唤我出行。怎奈西风乍起，将我从残梦中惊醒，看窗外正有雨点飘坠。　　夜已沉，大雁掠过屋檐，捣衣声催人肠断。纵然借酒可以浇愁，但到了梦残酒醒时分，愁绪却依旧。

[浣溪沙]

一半残阳下小楼。朱帘斜控软金钩。倚阑无绪不能愁。　　有个盈盈骑马过，薄妆浅黛亦风流。见人羞涩却回头。

【译文】

从小楼望去，残阳已半落在地平线下。将帘栊斜挂在帘钩上，倚着栏杆，触景伤情。　　楼下有姿态盈盈的美女骑马经过，佳人虽只是略施淡妆，却已显得风姿绰约。当她发觉我在楼上欣赏她的美丽，便羞涩地别转头去。

[菩萨蛮]

梦回酒醒三通鼓。断肠啼鸩花飞处。新恨隔红窗。罗衫泪几行。　　相思何处说。空有当时月。月也异当时。团圞照鬓丝。

【译文】

梦回酒醒，听更鼓声，已是半夜三更时分。杜鹃在落花天气里哀鸣。有多少愁绪无从化解，多少泪水沾湿了衣衫。　　无处说相思，陪伴我的唯有当初你我共赏的明月。其实月亮也不是当时的月亮了，现在的月比当时更圆，把我憔悴的鬓发照得分明。

［摊破浣溪沙］

一霎灯前醉不醒。恨如春梦畏分明。淡月淡云窗外雨，一声声。　　人道情多情转薄，而今真个不多情。又听鹧鸪啼遍了，短长亭。

【译文】

醉倒在灯前久久不曾醒来。愁绪迷离如同春梦，最好不要变得清晰，否则更教人伤感。窗外云淡淡、月溶溶，淅淅雨声教人伤怀。　　人们说情到浓时就会转淡，我如今真的已不再多情。又听到短亭、长亭外鹧鸪啼叫不停，更添凄凉无奈。

［水龙吟　再送荪友南还］

人生南北真如梦，但卧金山高处。白波东逝，鸟啼花落，任他日暮。别酒盈觞，一声将息，送君归去。便烟波万顷，半帆残月，几回首，相思否。　　可忆柴门深闭。玉绳低、翦灯夜语。浮生如此，别多会少，不如莫遇。愁对西轩，荔墙叶暗，黄昏风雨。更那堪几处，金戈铁马[①]，把凄凉助。

【说明】

康熙十五年（1676年），严绳孙自京城南还故乡无锡，性德以《送荪友》诗及此词相送。

【译文】

你我又将南北悬隔，聚散真如梦幻，你只管回金山归隐好了。归隐之后，你每天看金山下江水东流，鸟啼花落，悠然不计日月，何等逍遥自在。我这番送别，请你务必保重。这一去，你在残月下荡舟江心之时，不知可会屡屡回头，像我思念你一样把我思念？　　可还记得从前我们在灯下长谈？可惜人生聚少离多，令人无奈，倒还不如从不相识的好。我如今只能在西轩中品味孤独，看薜荔爬上墙壁，看黄昏风雨凄迷。更有西南战事的消息传来，而战区离你家乡不远，更叫我悬心。

【笺注】

①更那堪几处，金戈铁马：其时正值“三藩之乱”，严绳孙南还，距离战区愈近。

[相见欢]

落花如梦凄迷。麝烟微。又是夕阳潜下小楼西。　　愁无限。消瘦尽。有谁知。闲教玉笼鹦鹉念郎诗。

【译文】

落花飞舞，如同凄迷的梦境。熏炉里的麝香散发出淡淡烟气，又是夕阳西下的时候了。　　有谁知道独居在那一座小楼里的女子正在相思的愁苦中日渐消瘦？她只能将情郎的诗句教给玉笼里的鹦鹉，以此来排遣烦闷与寂寥。

［昭君怨］

暮雨丝丝吹湿。倦柳愁荷风急。瘦骨不禁秋。总成愁。　　别有心情怎说。未是诉愁时节。谯鼓已三更。梦须成。

【译文】

暮雨如丝，湿润的疾风摇荡起柳条与荷叶。憔悴的人禁不住秋寒，在寒冷的风雨里平添愁绪。　　心事不知该向谁诉说，现在又哪里是倾诉愁怀的时候呢。谯楼的更鼓已经报响了三更，人却迟迟不能入梦。

［霜天晓角］

重来对酒。折尽风前柳。若问看花情绪，似当日、怎能彀[①]。　　休为西风瘦。痛饮频搔首。自古青蝇白璧[②]，天已早、安排就。

【译文】

再饮一杯酒吧，看柳丝在风中飞舞。此刻赏花，心情也不似从前了。　　莫要因为秋风而憔悴，只管尽情饮酒，频频搔首。自古以来君子总是遭小人诽谤，上天就是安排了这样的规则。

【笺注】

①彀：同“够”。

②青蝇白璧：比喻小人诽谤君子。语出刘向《九叹·怨思》：“若

青蝇之伪质兮，晋骊姬之反情。”王逸注：“青蝇变白使黑，变黑成白，以喻谗佞。”青蝇，苍蝇。白璧，白玉。

［减字木兰花］

花丛冷眼。自惜寻春来较晚。知道今生。知道今生那见卿。　天然绝代。不信相思浑不解。若解相思。定与韩凭共一枝。

【译文】

可惜已错过赏花时节，错过和你的缘分，今生怕再也无法与你相见。　你天生绝代风华，难道不懂得我对你的思念？若你懂得，一定甘愿与我结成连理，就像传说中的韩凭夫妇那样，刻骨铭心地相爱。

［忆秦娥］

长飘泊。多愁多病心情恶。心情恶。模糊一片，强分哀乐。　拟将欢笑排离索。镜中无奈颜非昨。颜非昨。才华尚浅，因何福薄。

【译文】

长久漂泊不定，所以多愁多病，情绪不佳。心中百味杂陈，哀乐交错难辨。　想要强作欢颜来排解寂寞，怎奈看到镜中容颜渐老，愈发伤感。人们都说才高则福薄，而我才华尚浅，为何却同样福薄呢？

[青衫湿 悼亡]

近来无限伤心事，谁与话长更。从教分付[1]，绿窗红泪，早雁初莺。　当时领略，而今断送，总负多情。忽疑君到，漆灯风飐[2]，痴数春星。

【译文】

近来伤心到无法自拔的地步，却无人可听我长夜倾诉。春去秋来，岁月流转，伤心却不曾淡去，索性由着泪水在寂寞中流尽吧。　当初你给予我的太多太多，而今我已无法回报。无论当时还是现在，我总是愧对你的情义。忽然间一阵风吹动漆灯的灯焰，仿佛是你的魂灵归来，但终归只是风。痴痴凝望满天星斗，任凭对你的思念蔓延。

【笺注】

①从教分付：一概听任。

②漆灯风飐：漆灯，《述异记》载，阖闾夫人的坟墓方圆八里，漆灯照耀如同日月。飐（zhǎn），风吹，颤动。

[忆江南 宿双林禅院[1]有感]

心灰尽，有发未全僧。风雨消磨生死别，似曾相识只孤檠。情在不能醒。　摇落后，清吹那堪听。淅沥暗飘金井叶，乍闻风定又钟声。薄福荐倾城。

【译文】

彻底心灰意冷，与僧人的差别只是头发尚在罢了。我们共同经历了风风雨雨，而今生死悬隔，无法再彼此依靠。眼前的景物里，只有那盏孤灯似曾相识，勾起我对你绵长的思念。　　草木凋残之后，秋风凄清，越发催人伤怀。落叶扑簌簌飘坠井栏，风刚停歇，寺院的钟声就敲响了，那是我这个福薄之人所请的僧人在超度你的亡魂。

【笺注】

①双林禅院：康熙十六年（1677年）五月三十日，性德之妻卢氏去世，灵柩暂停于双林禅院。

［鹊桥仙］

倦收缃帙，悄垂罗幕，盼煞一灯红小。便容生受博山香[①]，销折得、狂名多少。　　是伊缘薄，是侬情浅，难道多磨更好。不成寒漏也相催，索性尽、荒鸡唱了。

【译文】

慵懒地收起书卷，轻轻垂下床帐，烛火快要熄灭了。纵使我承受得起你的爱意，我那疏狂的名声又怎会因此而减少？　　难道是你缘分太薄，难道是我情分太浅，难道好事注定要多磨？寒夜的滴漏声是在催我入睡吗，我还是不能成眠，索性等到荒鸡啼声停歇的时候吧。

【笺注】

①便容生受博山香：李商隐《柳枝诗序》称，洛阳有个女孩子名叫柳枝，因爱慕李商隐的才华，某日向李商隐发出了邀请，说三日之后，自己会“湔裙水上”，以博山香相待。李商隐接受了柳枝的邀请，可就在这时，共赴京师的同伴搞了个恶作剧，偷偷上路，还把李商隐的行李一并带走了。诗人无奈，没法在当地停留三日，只得爽约而去。到了冬天，李让山来找李商隐，说起柳枝已经被某显贵娶去。这场初恋，还没有开始便已经匆匆结束，只化成了《柳枝》五首，徒然惹人伤怀。

这个典故被性德多次用在自己的诗词里，譬如“断带依然留乞句，斑骓一系无寻处”，当是缅怀一段未果的初恋。

［又］

梦来双倚，醒时独拥，窗外一眉新月。寻思常自悔分明，无奈却、照人清切。　　一宵灯下，连朝镜里，瘦尽十年花骨。前期总约上元时，怕难认、飘零人物。

【译文】

梦中和你相依偎，醒来却只有我自己，此时窗外新月如眉。细细思量，月亮仿佛是故意残缺，怕圆满的形状惹起我的伤心，但无奈呀，清澈的月光还是照人神伤。　　夜晚我总会在灯下辗转难眠，清晨又总是在镜中看到容颜憔悴了几分。曾与你约定在元宵之夜相会，而我已被思念折磨得形销骨立，不知那时你还能否认得我。

[临江仙 孤雁]

霜冷离鸿惊失伴，有人同病相怜。拟凭尺素寄愁边。愁多书屡易，双泪落灯前。　　莫对月明思往事，也知消减年年。无端嘹唳一声传。西风吹只影，刚是早秋天。

【译文】

寒霜中孤雁惊飞，寻不到先前的同伴，而有人正与这孤雁同病相怜。想要写一封信寄到那令人生愁的边塞，但愁绪太多，泪水不停，书信总是写了又改。　　莫要仰望明月追思往事，免得一年年憔悴不支。无端传来一声大雁的啼鸣，不禁向天空望去，只见那孤雁正在西风中独自飞行。这刚刚是早秋时节，天气一天冷似一天，不知它要怎样挨过这孤寂。

[水龙吟 题文姬图[①]]

须知名士倾城，一般易到伤心处。柯亭响绝[②]，四弦才断[③]，恶风吹去。万里他乡，非生非死，此身良苦。对黄沙白草，呜呜卷叶，平生恨、从头谱。　　应是瑶台伴侣。只多了、毡裘夫妇。严寒觱篥，几行乡泪，应声如雨。尺幅重披，玉颜千载，依然无主。怪人间厚福，天公尽付，痴儿騃女。

【说明】

顺治十五年（1658年），著名江南士子吴兆骞（字汉槎）因“丁酉科场案”下刑部狱，被判流放东北宁古塔，好友顾贞观始终为之奔走，终于在十八年后得到性德愿意施救的承诺。康熙二十年（1681年）七月，吴兆骞终于得到了赦书，于九月南还，十月抵达京城，举家暂住在性德座师徐乾学馆中。

翌年，即康熙二十一年（1682年），正月十五，上元之夜，性德邀请了吴兆骞、顾贞观、曹寅、朱彝尊、陈维崧、严绳孙、姜宸英等许多朋友会集于花间草堂，饮宴赋诗。性德这首《水龙吟·题文姬图》，表面是吟咏文姬归汉的故事，暗里句句扣合吴兆骞，古典和今典交织并用，亦真亦幻，难辨古今：以蔡文姬的古典比拟吴兆骞，以吴兆骞的今典比拟蔡文姬，一切若合符节，词艺已臻化境。

【译文】

名士才子与倾城女子常有同样的被嫉妒、陷害的命运。蔡邕已死，人间再也听不到奇绝的笛声；蔡文姬虽然继承了父亲的才学，却无奈突遭灾祸，被掳到万里之外的异乡，忍受非生非死的磨难。望着黄沙白草，听寒风吹卷树叶，将平生幽恨从头诉说。　　她本该在中原佳地缔结良缘，却被迫嫁与匈奴人，过起了艰辛的游牧生活。每每在严寒时节听到边地的乐曲，还是忍不住流下思乡的泪水。如今我们披览这幅《文姬图》，感叹她于千载之下依然没有找到归宿。苍天如此不公，让名士与佳人历尽沉沦坎坷，偏偏是愚人们享尽人间厚福。

【笺注】

①文姬图：当为正月十五的花灯图案，据《后汉书·列女传》，蔡文姬是陈留董祀的妻子，同郡蔡邕的女儿，名琰，字文姬，博学有才

辩，精通音律。兴平年间，天下动荡，文姬被胡人掳去，嫁给南匈奴左贤王，在匈奴生活了十二年，为左贤王生了两个儿子。曹操素来与蔡邕交好，痛惜他没有后嗣，便派出使者以金璧赎回了蔡文姬，把她重新嫁给董祀。

②柯亭响绝：柯亭，伏滔《长笛赋》载，蔡邕避难江南，宿在柯亭，柯亭的建筑结构和北方不同，不是用木头做椽子，而是用竹子。蔡邕仰头观看，赞叹道“好竹子”，便把椽子拆下来做成笛子。笛声奇绝，不是平常笛子可比。响绝，是说蔡邕已死，人间再也听不到那奇绝的笛声了。

③四弦才断：《后汉书·列女传》李贤注引刘昭《幼童传》载，蔡邕有一次夜间鼓琴，琴弦突然断了一根，蔡文姬听在耳中，对父亲说：“断的是第二弦。”蔡邕不以为然道：“碰巧被你说对了。”过不多时，蔡邕故意弹断了一根琴弦考女儿。女儿说：“断的是第四弦”，果然无误。蔡文姬因为这件事而被誉为“四弦才”。

[金缕曲]

未得长无谓。竟须将、银河亲挽，普天一洗。麟阁才教留粉本[1]，大笑拂衣归矣。如斯者、古今能几。有限好春无限恨，没来由、短尽英雄气。暂觅个，柔乡避。[2]　　东君轻薄知何意。尽年年、愁红惨绿，添人憔悴。两鬓飘萧容易白，错把韶华虚费。便决计、疏狂休悔。但有玉人常照眼，向名花、美酒拚沉醉。天下事，公等在。

【译文】

人生怎能长久庸碌下去呢，宁愿力挽天河，洗净乾坤。建功立业，在麒麟阁上留下画图，然后功成身退，深藏身与名，这样的人古往今来也没有几个。青春有限，忧愤无穷，英雄志向无端消磨殆尽，不如暂且寻个温柔乡罢了，不再过问世事。　　司掌春天的神仙难道生性轻薄？到底为何年年弄出惹人忧伤的花草让人平添憔悴呢？不经意间，鬓发已花白，大好年华成虚度，索性疏狂到底。只要眼前常有美人，可以尽情在名花与美酒中沉沦，那么天下事就交给你们来操心吧。

【笺注】

①麟阁才教留粉本：麟阁，即麒麟阁，在汉未央宫中，汉宣帝曾把霍光等十一位功臣的画像藏于阁上，用以表彰功绩。粉本，绘画的底稿，这里代指图画。

②没来由、短尽英雄气。暂觅个，柔乡避：性德致顾贞观书有："从前壮志，都已隳尽。昔人言，身后名不如生前一杯酒，此言大是。弟是以甚慕魏公子之饮醇酒、近妇人也。沦落之余，方欲葬身柔乡，不知得如鄙人之愿否耳。"按，书信中所谓魏公子是指战国"四公子"之中的信陵君魏无忌，信陵君窃符救赵之后，名高遭忌，为求自保，不得不在醇酒美妇之中度过余生。

[望江南　咏弦月]

初八月，半镜上青霄。斜倚画阑娇不语，暗移梅影过红桥。裙带北风飘。

【译文】

初八的月亮仿佛半面圆镜挂在天空，月下伊人倚靠栏杆，娇羞不语。月亮西沉，不经意间月光已将梅花的影子送过了红桥去，她却依旧立在原地，任北风将裙带吹起。

［鹧鸪天 离恨］

背立盈盈故作羞。手挼梅蕊打肩头。欲将离恨寻郎说，待得郎来恨却休。　　云澹澹，水悠悠。一声横笛锁空楼。何时共泛春溪月，断岸垂杨一叶舟。

【译文】

她背过身去，那盈盈的身姿仿佛在故意扮作娇羞。接着她用那揉搓着梅蕊的纤手，嗔打他的肩头。本想要向他倾诉这些日子以来的相思之苦，而待他出现，所有的苦楚瞬间消失无踪。　　云淡淡飘过，水悠悠流淌，当横笛吹响之时，她已离开了她的绣楼。她期待着，期待着能与他一起在垂杨影里泛舟春水，共赏明月。

［临江仙 无题］

昨夜个人曾有约，严城玉漏三更。一钩新月几疏星。夜阑犹未寝，人静鼠窥灯。　　原是瞿塘风间阻，错教人恨无情。小阑干外寂无声。

几回肠断处，风动护花铃。

【译文】

昨夜与情郎约定，在三更时分相会。天际一弯新月，伴着几颗星。夜将尽，她还在等待中未眠。一片静谧，只有老鼠在灯下张望不停。 他定是被什么事情耽搁了吧，刚才真不该暗恨他无情爽约。小栏杆外寂静无声，没有人来，只有几次轻风吹响了护花铃，提醒独自等待的她现在多么寂寞，徒增伤悲。

［忆江南］

江南忆，鸾辂①此经过。一掬胭脂②沉碧甃，四围亭壁幛红罗③。消息④暑风多。

【译文】

回忆江南旧事，帝王的仪仗前不久刚刚经过那里。过往多么令人唏嘘，遥想隋灭南陈时，张丽华、孔贵妃这两名绝色美人随陈后主一同藏进景阳宫井避难，又想起南唐后主李煜在宫中修建红罗亭，四面种植梅花，作艳曲歌咏，在暑热中也觉清凉。

【笺注】

①辂（lù）：天子所乘之车。

②胭脂：即南朝陈景阳宫之景阳井，俗称胭脂井，故址在今南京市。隋兵南下灭陈，陈后主与张丽华、孔贵妃一同藏进此井避难，后被

隋兵牵出，故而此井又名辱井。

③四围亭壁幛红罗：据蒋一夔《尧山堂外纪》卷四，南唐后主李煜在宫中修建红罗亭，四面种植梅花，作艳曲歌之。

[又]

春去也，人在画楼东。芳草绿黏天一角，落花红沁水三弓[①]。好景共谁同。

【译文】

已是暮春，人在画楼东欣赏最后的春光。芳草连天，天空一角似也染上了芳草的青翠。落花铺水，大片水面也成了胭脂色。风光好，可惜没人陪我一同欣赏。

【笺注】

①弓：土地丈量单位，一弓为五尺，三百六十弓为一里。

[赤枣子]

风淅淅，雨纤纤。难怪春愁细细添。记不分明疑是梦，梦来还隔一重帘。

【译文】

风中雨淅淅沥沥，每一丝雨都将心底的春愁加剧。往事已在脑海里渐渐模糊，那些经历究竟是真是梦，我疑惑不已。纵然你在梦里到来，也隔着一重帘幕，让我无法接近。

[玉连环影]

才睡。愁压衾花碎。细数更筹[①]，眼看银虫坠。梦难凭。讯难真。只是赚伊终日两眉颦。

【译文】

刚刚睡下，忧愁简直要把被子上刺绣的花纹压碎。无眠中数着时间，看灯花飘坠。关于他的各种消息，实在无从分辨真伪。她唯有在忐忑中苦挨时光，终日颦眉。

【笺注】

①更筹：夜间报更计时用的竹签。

[如梦令]

万帐穹庐人醉。星影摇摇欲坠。归梦隔狼河，又被河声搅碎。还睡。还睡。解道醒来无味。

【说明】

康熙二十一年（1682年）春，性德扈从东巡，途中作此词。

【译文】

千万座行军毡帐里，众人皆醉，满天星斗摇摇欲坠。归家的路被白狼河水阻隔，河水流淌之声又将归梦搅碎。索性睡吧，醒来实在百无聊赖，不是滋味。

［天仙子］

月落城乌啼未了。起来翻[①]为无眠早。薄霜庭院怯生衣[②]，心悄悄。红阑绕。此情待共谁人晓。

【译文】

月亮落下时，城头上栖息的乌鸦仍啼鸣不已。辗转难眠，索性披衣到庭院里去。院里结着轻霜，寒意透入单薄的夏衣。忧愁中在回廊里徘徊，这心绪能告诉谁人知道?

【笺注】

①翻：表示转折，相当于“反而”“却”。

②生衣：夏衣。

[浣溪沙]

锦样年华水样流。鲛珠迸落更难收。病余常是怯梳头。　一径绿云修竹怨，半窗红日落花愁。愔愔只是下帘钩。

【译文】

美好年华像流水一般匆匆逝去，一旦落泪，心情便再也无从收拾。病后更觉虚弱，最怕梳头时看到头发掉落。　一条小径、一片竹林、半窗落日、点点落花，件件风景都只是添愁供恨。于是幽幽地放下帘栊，将一切风景锁在窗外。

[又]

肯把离情容易看。要从容易见艰难。难抛往事一般般。　今夜灯前形共影，枕函虚置翠衾单。更无人与共春寒。

【译文】

只有离愁别绪最让人难以释怀，想看淡一些，却终于无法做到，每一件往事都缠着我不肯离去。　今夜灯前只有形影相吊，无法入睡，枕头和薄被都闲置一边，一个人忍受这难耐的春寒。

[又]

已惯天涯莫浪愁。寒云衰草渐成秋。漫因睡起又登楼。　伴我萧萧惟代马[①]，笑人寂寂有牵牛。劳人[②]只合一生休。

【说明】

此词当作于七夕，其时性德负责马政（对马匹牧养、训练、使用和采购等的管理制度）。

【译文】

久已习惯了浪迹天涯，何必再为远行而无谓生愁呢？看这寒云衰草的景象，便知秋意渐浓。睡起后百无聊赖，于是登楼远眺。　陪伴我的只有北方的马群，连牛郎都因为今夕鹊桥相会而笑话我无法与爱人团聚。忧伤的人啊，一辈子难道只能这样度过？！

【笺注】

①代马：原指代郡（山西）所产之良马，亦可泛指北方之马。

②劳人：忧伤之人，这里为词人自指。

[采桑子 居庸关]

巂周[①]声里严关峙，匹马登登。乱踏黄尘。听报邮签第几程。　行人莫话前朝事，风雨诸陵。寂寞鱼灯。[②]天寿山头冷月横。

【译文】

雄关巍峨，伴着杜鹃声，我匹马独行。踏起黄尘一路，细听驿站夜间报时的更筹来计算行程。　　风雨中经过明朝的帝陵，兴亡总是如此，不必谈什么前朝往事。一弯冷月照在天寿山头，想来陵墓中的鱼灯还在寂寞地燃烧吧？

【笺注】

①巂（guī）周：即杜鹃鸟，子规鸟。

②鱼灯：也作鱼烛，《史记·秦始皇本纪》载，秦始皇陵中以人鱼膏做成蜡烛，经久不灭。

［清平乐 发汉儿村题壁］

参横月落。客绪从谁托。望里家山云漠漠。似有红楼一角。　　不如意事年年。消磨绝塞风烟。输与五陵公子，此时梦绕花前。

【译文】

参宿横斜，明月西沉，夜色将尽，远行的愁绪只有自己默默消受。向家所在的方向望去，一片烟云笼罩，隐约间似乎能看到红楼的一角。　　像这样不如意的事情年年都有，而此番是辞家远赴边关。哪比得京城里那些肆意逍遥的豪贵子弟，他们此时定还在花前月下没有醒来。

[又]

角声哀咽。襆被[①]驮残月。过去华年如电掣。禁得番番离别。　一鞭冲破黄埃。乱山影里徘徊。蓦忆去年今日，十三陵下归来。

【译文】

号角声声如同哀哭，我收拾行装，匹马远行，踏着残月的清光。年华飞逝，弹指间青春不再，又怎禁得起年年与你离别！　打马扬鞭，从尘埃中穿过，在乱山影里徘徊寻路。蓦然想起，去年今日我正在归途中经过十三陵。

【笺注】

①襆（fú）被：用包袱捆上衣被，即收拾行装。

[又]

画屏无睡。雨点惊风碎。贪话零星兰焰坠。闲了半床红被。　生来柳絮飘零。便教呪[①]也无灵。待问归期还未，已看双睫盈盈。

【译文】

窗外急风骤雨，我们却迟迟未睡，只在屏风边不住地闲话，任凭烛火烧残，被子抛在一边。　人生如柳絮般不能自主，任凭如何祝告神灵亦免不了命运的摆布。待要询问这一别之后的归期，还未开口，便已泪盈于睫。

【笺注】

①呪（zhòu）：同“咒”，祝告。

［秋千索］

锦帷初卷蝉云绕。却待要、起来还早。不成薄睡倚香篝，一缕缕、残烟袅。　　绿阴满地红阑悄。更添与、催归啼鸟。可怜春去又经时，只莫被、人知了。

【译文】

她刚刚苏醒，发髻松散，姿态慵懒。想要起床，天色却还太早。然而再也无法入眠，索性倚着熏笼胡乱想些心事。一缕缕轻烟袅袅飞升，熏香快燃到尽头。　　回廊上寂寂无人，只有满地的树荫，还有鸟儿催归的啼声。可怜春心已成往事，这境况最好莫被人知晓。

［浪淘沙　秋思］

霜讯下银塘。并作新凉。奈他青女忒轻狂。[①]端正一枝荷叶盖，护了鸳鸯。　　燕子要还乡。惜别雕梁。更无人处倚斜阳。还是薄情还是恨，仔细思量。

【译文】

霜期将至，池塘里生出了凉意。司掌霜雪的仙女竟一点端庄也无，特地安排一枝荷叶护住了栖宿的鸳鸯。　　燕子就要飞回南方，与雕梁上的旧垒依依惜别。夕阳里，我在无人之处独倚栏杆，仔细思量你对我的冷淡究竟是缘于薄情还是缘于恼恨呢？

【笺注】

①奈他青女忒轻狂：奈，怎奈，无奈。青女，据《淮南子·天文训》高诱注，青女即青霄玉女，主管霜雪之神。忒，过于。

［虞美人 秋夕信步］

愁痕满地无人省。露湿琅玕[①]影。闲阶小立倍荒凉。还剩旧时月色在潇湘。　　薄情转是多情累。曲曲柔肠碎。红笺向壁[②]字模糊。忆共灯前呵手为伊书。

【译文】

落叶遍地，如同人的愁绪撒落满地，但这愁绪无人能解其意。露水打湿竹影，在空荡荡的台阶上我独自伫立，倍感荒凉，只有旧时的潇湘月色能安慰我的心绪。　　太过多情，人终于疲倦不堪，我宁愿自己薄情寡义。歌声响起，一声声摧得柔肠寸断。独自对着墙壁细读你的信笺，不由得想起当初在灯前呵着冰凉的双手为你书写心曲。

【笺注】

①琅玕（láng gān）：原指似玉的美石，代指翠绿如玉的竹子。

②向壁：面向墙壁，形容心情抑郁，不欲与人交谈。《世说新语·品藻》载，东亭侯王珣病重，临终之时问武冈侯王谧："世人的议论中，将我的父亲和谁相提并论呢？"王谧答道："世人将他和北中郎将王坦之并称。"王珣翻身面向墙壁（转卧向壁），叹息道："人的确不可以短寿呀！"按，王珣的父亲王洽三十六岁便已身故，王珣认为他父亲的声誉应该超过王坦之，只可惜死得太早，所以才德不播，世人才将他和王坦之相提并论。

［浣溪沙 郊游联句］

出郭寻春春已阑（陈维崧）。东风吹面不成寒（秦松龄[①]）。青村几曲到西山（严绳孙）。　并马未须愁路远（姜宸英），看花且莫放杯闲（朱彝尊[②]）。人生别易会常难（成德）。

【说明】

此词作于康熙十八年（1679年）春，今存朱彝尊手迹。

【译文】

到城郊踏春，无奈已是暮春。东风吹面，暖融融没有凉意。风景青翠，转过几个村落，来到西山脚下。　结伴策马而行，虽然路远却不愁寂寞。尽情赏花吧，酒杯定要斟满。人生从来聚少离多，怎能不珍重此刻的欢聚。

【笺注】

①秦松龄：字汉石，号留仙，又号对岩，无锡人，顺治十二年（1655年）进士，康熙十八年（1679年）举博学鸿词科，有《苍岘山人集》六卷，词集《微云词》一卷。秦松龄尤长《诗》学，有《毛诗日笺》六卷。

②朱彝尊：字锡鬯（chàng），号竹垞（chá），浙江秀水（嘉兴）人，康熙十八年（1679年）举博学鸿词科，授翰林院检讨之职，入值南书房，为浙西词派巨擘，亦是清代前期的儒学宗师，有《曝书亭集》。词集五种，合称《曝书亭词》。

[罗敷媚 赠蒋京少[①]]

如君清庙[②]明堂器，何事偏痴。却爱新词。不向朱门和宋诗[③]。　嗜痂[④]莫道无知己，红泪偷垂。努力前期。我自逢人说项斯。

【说明】

此词作于康熙十五年（1676年）至十七年（1678年）之间，蒋景祁有和词《采桑子·答容若》（罗敷媚为采桑子之异名）四首。

【译文】

像你这般栋梁之材，为何偏偏痴迷于填词小道呢？你只顾填词，不追随达官显贵们模仿宋诗的流行风气。　你的嗜好虽然独特而冷门，却不必担忧世上无知己，不必因寂寞而暗自伤悲。请努力向前吧，我会像杨敬之为项斯扬名那般传扬你的词名。

【笺注】

①蒋京少：蒋景祁，字京少，一作荆少，宜兴人，一生仕途偃蹇，游食四方。蒋景祁与阳羡派词坛宗主陈维崧同乡，彼此常有唱和。

②清庙：太庙，帝王的宗庙。

③不向朱门和宋诗：性德颇不喜宋诗，他在《渌水亭杂识》里议论说，自从五代乱世之后，中原文化便凋落了，诗歌之道失传了，人们热衷于填词。宋人专心填词，所以成就极高，他们对于作诗并不认真，故而诗歌的水平远远不及唐人。……人总是喜新厌旧的，如今忽然流行起了宋诗。为科举而读书不得不随着别人订下规矩走，但诗是写给自己的，何必也要随人俯仰呢？

其时文坛宗主王士祯倡导宋诗，鄙薄填词。尤其在得到康熙帝的赞许之后，王士祯所倡的宋诗风格成为当时的一代风气，文人求仕进者大多轻看填词。性德与蒋景祁俱独立于社会主流之外，难免生出惺惺相惜之情。

④嗜痂：典出《南史·刘穆之传》，南康郡公刘邕生性爱吃疮痂，认为疮痂的味道很像鳆鱼。又一次刘邕去拜访孟灵休，孟灵休才患过灸疮，伤口的结痂落在床上，刘邕便取来吃了。孟灵休大惊，把身上还没有掉落的疮痂都剥下来给刘邕吃了。刘邕走后，孟灵休写信给何勖叙及此事，说自己被刘邕吃得浑身是血。南康国时有官吏二百多人，无论有罪无罪，都要被轮流鞭打，以便常常有疮痂给刘邕来吃。